à la mémoire de Claude Leblanc

Nos remerciements sincères
à Madame Florence Leblanc, petite-fille de Maurice Leblanc
et à Monsieur Jean-Pierre Croquet pour nous avoir procuré
l'édition originale anglaise du roman de E. Jepson.

Avis

Nous n'avons pu retrouver la trace des héritiers de Edgar Jepson.
Toute personne susceptible de nous aider dans nos recherches peut nous
écrire à l'adresse ci-dessous :

CLAUDE LEFRANCQ EDITEUR
386, chaussée d'Alsemberg
1180 Bruxelles - BELGIQUE

Edgar Jepson / Maurice Leblanc

ARSENE LUPIN

L'AUTHENTIQUE ROMAN DE LA PIÈCE

D'après Maurice Leblanc et Francis de Croisset

Traduction de l'anglais
et préface par Denis Labbé,
postface par Jean-Pierre Croquet

CLAUDE LEFRANCQ ÉDITEUR

Titre original :

Arsène Lupin, the authentic novel of the play
(MILLS & BOON - LONDRES 1909)

Préface

Portrait d'un artiste-cambrioleur

Qui ne connaît pas Arsène Lupin ? Qui n'a jamais entendu parler de ce gentleman cambrioleur tant de fois immortalisé au cinéma et à la télévision ?

C'est l'un des rares personnages de la littérature à avoir franchi la barrière de la page pour entrer dans l'inconscient collectif. Car Arsène Lupin est un symbole. Un symbole français, comme Sherlock Holmes est un symbole anglais. Il fait partie du patrimoine national au même titre que la Tour Eiffel, le Louvre ou Versailles. Il est même aisé d'ajouter qu'il représente une certaine idée de la France chevaleresque. Lui, le voleur, s'est surtout mis en valeur dans des rôles d'artiste, de séducteur, de défenseur de la veuve et de l'orphelin. On ne retient de lui que de bonnes actions, car il est ce que chacun de nous aimerait être.

Mais cela, nous le voyons de l'intérieur, de la France même, de la francophonie, avec égocentrisme, comme toujours. Aussi, cette adaptation d'une des pièces de Maurice Leblanc est ce qu'il pouvait arriver de mieux au personnage de Lupin et à ses lecteurs. En effet, à la lecture de cette adaptation, ces derniers vont pouvoir se rendre compte de la vision qu'un anglophone pouvait avoir de Lupin et de la France en 1909. Car, c'est là que réside en grande partie l'intérêt de ce roman. Outre le fait qu'il s'agit d'une adaptation de la pièce *Arsène Lupin* (pièce en quatre actes écrite par Maurice Leblanc en collaboration avec Francis de Croisset, en 1908), elle nous donne une vue extérieure du phénomène Arsène Lupin.

Ce qu'il y a tout d'abord d'étonnant dans cette adaptation, c'est la célérité avec laquelle elle est parue. Il faut rappeler que la première représentation à Paris de la pièce a eu lieu au théâtre de l'Athénée, le 28 octobre 1908 et que la pièce a été publiée l'année suivante. Donc, Jepson a fait vite et surtout, il a réellement adapté la pièce, il ne l'a pas uniquement recopiée, comme cela aurait pu être le cas.

Ainsi, ce n'est plus uniquement la pièce qui est à lire, mais une lecture de cette pièce. Une lecture particulière qui garde comme centres d'intérêt les relations binaires de l'intrigue : le Duc et Sonia, le Duc et Germaine, Lupin et Guerchard, mais en y ajoutant ce qui fait l'attrait des romans, des valorisations de certains personnages. Ainsi, on ne peut qu'être charmé par cette douce slave, Sonia Kritchnoff, que le destin n'a pas épargnée et que Jepson arrive à peindre d'une manière éclatante. De même, on peut s'étonner devant le sort qui est fait à ce pauvre juge d'instruction et à ses agents, et même au Duc de Charmerace dont le comportement est parfois déroutant.

Nous sommes donc conviés à une autre aventure de Lupin, une aventure qui ressemble étrangement à celle de la pièce, mais une aventure autonome, dont de nombreuses péripéties sont inédites, écrites de la main de Jepson. Ainsi, ses longues descriptions du château, des hôtels particuliers, des personnages apportent une couleur nouvelle à l'ensemble, un certain cachet qui ne peut paraître dans une pièce, sauf lorsqu'elle est jouée.

Arsène Lupin, le roman de la pièce doit donc être considéré sous deux angles différents, ce qui en fait son charme. Tout d'abord sous celui de l'adaptation, dont nous avons parlé, mais aussi sous celui du pastiche. Car, finalement, en regardant bien le nombre d'écarts volontaires réalisés par Jepson, on se rend vite compte qu'il y a autant de Leblanc que de Jepson dans ce roman. Lupin est toujours Lupin, il est proche du personnage de la pièce, mais ce n'est plus tout à fait lui non plus, comme ce n'est plus tout à fait lui non plus dans les pastiches de Boileau-Narcejac. Jepson y a mis de sa vision personnelle de Lupin, comme il a mis une vision personnelle des autres personnages et de l'intrigue.

Aussi, faut-il prendre ce roman comme un hommage au génie de Leblanc et à l'universalité de Lupin qui tous deux, traversent sans dommages les époques et les modes, insensibles aux égarements de la littérature.

A la lecture de cette traduction, le lecteur pourra donc à nouveau se plonger dans le monde de Lupin, y retrouver des repères qu'il connaît bien, tout en explorant certaines nouvelles colorations dues à la plume toute anglophone d'Edgar Jepson. Replongeons-nous dans la lecture de ce roman inédit d'Arsène Lupin, afin de retrouver cet étonnant personnage, ce portrait d'un artiste-cambrioleur.

DENIS LABBE

CHAPITRE I

La fille du millionnaire

Les rayons du soleil de Septembre inondaient le grand hall du vieux château de Charmerace. Ils allumaient de leurs douces lueurs des trésors issus de maints siècles et de maints pays, assemblés pêle-mêle, avec ce goût exécrable qui affecte si souvent ceux dont l'unique référence est l'argent. La lumière dorée réchauffait les boiseries des murs et le vieux mobilier au faible éclat, redonnant aux dorures défraîchies des chaises et des divans du Premier Empire, un peu de leur lustre d'antan. Elle éclairait la longue rangée de portraits accrochés aux murs, portraits des Charmerace décédés, dont les visages sévères ou débonnaires des hommes, soldats, hommes d'état, dandys, faisaient face aux mines aimables ou autoritaires des belles femmes. Elle arrachait des éclairs aux armures d'acier, soigneusement astiquées, et tirait des armures en bronze de faibles lueurs. Les nuances des porcelaines rares, des riches incrustations orientales ou des meubles Renaissance se mêlaient aux nuances des tableaux, de la tapisserie, du tapis Persan posé sur le sol lustré, pour remplir la salle d'un riche embrasement de couleurs.

Mais de toutes les choses belles et précieuses à qui les rayons solaires redonnaient une beauté plus éclatante, le visage de la jeune fille qui écrivait sur la table devant les grandes baies vitrées donnant sur le gazon centenaire de la vaste terrasse, était la plus belle et la plus précieuse.

C'était une beauté délicate, presque fragile. Sa peau claire avait l'éclat transparent de la vieille porcelaine, et ses joues pâles étaient simplement teintées de la plus légère nuance rose.

Son nez droit était délicatement dessiné, son menton arrondi, admirablement modelé. Un amateur de beauté aurait été bien embarrassé de choisir entre ses yeux clairs, si attendrissants, èt sa bouche délicate aux lèvres pleines, exquise invitation aux baisers. Pourtant, il aurait certainement été peiné par l'éternelle tristesse qui séjournait sur son beau visage — une douce mélancolie slave, accentuée par une sorte de malchance personnelle et de souffrance.

Son visage était encadré par une masse de cheveux blonds, tirant sur le doré là où le soleil tombait; et de petites mèches, rebelles au peigne, erraient au-dessus du front blanc, minuscules plumes d'or.

Elle faisait des adresses, et tenait une longue liste de noms à la main gauche. Quand elle avait copié l'adresse, elle glissait dans l'enveloppe un faire-part de mariage. Sur chacun était écrit :

M. Gournay-Martin a l'honneur de vous faire part du mariage de sa fille Germaine avec le duc de Charmerace.

Elle écrivait sans interruption, ajoutant les enveloppes l'une après l'autre sur la pile qui s'élevait devant elle, prête à être postée. Mais, de temps en temps, quand les rires des jeunes filles empourprées qui jouaient au tennis sur la terrasse se faisaient entendre plus qu'à l'accoutumée, à la lecture du score, et détournaient son attention du travail, son regard s'égarait par la fenêtre ouverte et s'attardait sur elles, avec mélancolie, et comme ses yeux revenaient sur sa tâche, elle soupirait avec tant de mélancolie qu'elle se rendait à peine compte qu'elle avait poussé un soupir.

Soudain, une voix venue de la terrasse cria :

— Sonia ! Sonia !

— Oui, Mademoiselle Germaine ? répondit la jeune fille qui écrivait.

— Le thé ! Commandez le thé, voulez-vous ? cria la voix, une voix irascible, au ton cassant.

— Bien, Mademoiselle Germaine, dit Sonia.

Et, ayant terminé de recopier l'adresse sur l'enveloppe, elle la posa sur la pile prête à être postée, traversa la pièce vers la vieille et imposante cheminée et sonna.

Elle resta un moment à côté de la cheminée, remit à sa place une rose tombée de son vase sur le manteau ; toute son attitude, les bras levés occupés à arranger les fleurs, exposait la ligne délicieuse de son mince visage. Alors qu'elle laissait retomber les bras, un domestique entra dans la pièce.

— Pouvez-vous apporter le thé, Alfred ? demanda-t-elle, de cette voix charmante, pure et cristalline que Mère Nature n'accorde qu'à quelques-unes des plus grandes actrices.

— Pour combien de personnes, Mademoiselle ?

— Pour quatre... à moins que votre maître soit rentré.

— Oh! non, Mademoiselle. Il est allé déjeuner à Rennes avec l'auto; et il y a beaucoup de kilomètres. Il ne sera pas ici avant une bonne heure.

— Et le duc ? Il n'est pas encore rentré de sa promenade à cheval ?

— Pas encore, Mademoiselle.

— Un instant, dit Sonia. Toutes vos affaires pour le voyage à Paris sont emballées ? Vous devrez partir tôt. Tous les domestiques sont-ils prêts ?

— Eh bien, je pense que tous les hommes sont prêts, Mademoiselle. Mais au sujet des servantes, Mademoiselle, je ne sais pas. Elles se sont affairées toute la journée, mais ça leur prend plus de temps qu'à nous.

— Dites-leur de se dépêcher ; et faites vite avec le thé, s'il vous plaît.

Alfred sortit de la pièce, Sonia retourna à son écritoire. Elle ne reprit pas immédiatement le crayon, ramassa l'un des faire-part, le lut avec découragement en faisant légèrement remuer ses lèvres.

La voix irascible, cassante, brisa sa rêverie.

— Qu'est-ce que vous faites, Sonia ? En avez-vous terminé avec ces lettres ?

Germaine Gournay-Martin entra dans la pièce, par la baie vitrée.

L'héritière des millions Gournay-Martin tenait une raquette de tennis à la main. Ses yeux noirs pétillaient et ses joues roses avaient plus que jamais rougi à force de jouer. C'était plutôt une jolie fille, au teint coloré, tout à fait l'opposé de la beauté diaphane et délicate de Sonia. Pourtant ses lèvres étaient trop minces, ses yeux sans profondeur, et tout cela lui donnait un air plutôt sévère, qui contrastait avec le visage avenant et sympathique de Sonia.

Les deux amies avec lesquelles Germaine avait joué au tennis la suivirent dans la pièce : Jeanne Gautier, grande, le teint cireux, les cheveux sombres, l'air malicieux ; Marie Bullier, petite, ronde, ordinaire, sentimentale.

Elles s'approchèrent de la table où Sonia travaillait et montrant la pile d'enveloppes, Marie s'écria :

— Ce sont les lettres de faire-part, tout cela ?

— Oui, et nous n'en sommes qu'à la lettre V, dit Germaine en fronçant les sourcils à l'égard de Sonia.

— Princesse de Vernan, duchesse de Vauvineuse… Marquis et Marquises… Vous avez invité tout le Faubourg Saint-Germain, dit Marie en remuant la pile d'enveloppe avec un air envieux.

— Vous ne connaîtrez pas beaucoup de monde à votre mariage, dit Jeanne avec un petit rire méchant.

— Je vous demande pardon, ma chère, la coupa Germaine pompeusement. Mme de Relzières, la cousine de mon fiancé, a donné un thé l'autre jour en mon honneur. Elle m'a présenté la moitié de Paris, du Paris que je suis appelée à connaître, le Paris que vous verrez dans mes salons.

— Mais nous ne serons plus dignes d'être vos amies, quand vous serez la duchesse de Charmerace, protesta Jeanne.

— Pourquoi ? demanda Germaine, et elle ajouta rapidement. Surtout, Sonia, n'oubliez pas Veauléglise, 33, rue de l'Université… 33, rue de l'Université.

— Veauléglise… 33, rue de l'Université, répéta la jeune fille en prenant une nouvelle enveloppe, et y écrivant l'adresse.

— Attendez… Attendez… Ne fermez pas l'enveloppe. Je me demande si Veauléglise mérite une croix, une double croix, ou une triple croix, dit Germaine, avec une importance solennelle.

— Qu'est-ce que c'est ? s'écrièrent ensemble Marie et Jeanne.

— La croix simple signifie l'invitation à l'église, une double croix une invitation au mariage et au lunch, et une triple croix, une invitation au mariage, au lunch et à la signature du contrat de mariage. Que pensez-vous que mérite la duchesse de Veauléglise?

— Ne me le demandez pas. Je n'ai pas l'honneur de connaître cette grande lady, s'écria Jeanne.

— Moi non plus, dit Marie.

— Moi non plus, dit Germaine. Mais j'ai là le carnet de visite de feue la duchesse de Charmerace, la mère de Jacques. Les deux duchesses étaient en excellents termes. De plus, la duchesse de Veauléglise est plutôt rosse, mais fort admirée pour sa piété. Elle va au premier service trois fois par semaine.

— Alors, mettez-lui trois, lança Jeanne.

— Je ne ferais pas ça, lâcha Marie. A votre place, ma chérie, j'éviterais de faire une gaffe. Je demanderais conseil à mon fiancé. Il connaît ce monde-là.

— Oh, bonté divine ! Mon fiancé ! Ça lui est bien égal. Ce qu'il a changé depuis sept ans. Il y a sept ans il ne prenait rien au sérieux. Tenez, s'il est parti pour son expédition au pôle Sud, c'était uniquement par snobisme. Oh, en ce temps-là, c'était un vrai duc !

— Et aujourd'hui ? demanda Jeanne.

— Ah ! aujourd'hui, il est pédant, le monde l'agace. Il est sérieux comme un pape.

— Il est gai comme un pinson, protesta soudain Sonia.

Germaine fit la moue.

— Oh, il est gai quand il se moque des gens. Mais à part ça, il est sérieux comme un pape.

— Votre père doit être ravi de ce changement, lui fit remarquer Jeanne.

— Naturellement qu'il est ravi. Papa déjeune d'ailleurs aujourd'hui même à Rennes avec le ministre, dans le seul but de faire décorer Jacques.

— Eh bien, avoir la Légion d'Honneur, c'est une belle chose, s'exclama Marie.

— Ma chérie ! La légion d'Honneur est tout ce qu'il y a de

bien pour la classe moyenne, mais ça ne va pas à un duc, lui rétorqua Germaine.

Alfred entra, portant le plateau à thé, qu'il posa sur une petite table à côté de laquelle Sonia était assise.

Germaine, qui se sentait trop importante pour s'asseoir, marchait de long en large dans la pièce. Soudain, elle s'arrêta, et montrant du doigt une statuette en argent posée sur le piano, s'écria :

— Tiens ! Pourquoi cette statuette est-elle ici ?

— En effet, quand nous sommes entrées, elle était sur le meuble, à sa place habituelle… s'étonna Sonia.

— Alfred, vous êtes venu dans le salon pendant que nous étions dans le jardin ? demanda Germaine au domestique.

— Non, Mademoiselle, répondit Alfred.

— Mais quelqu'un est entré ? insista-t-elle.

— Je n'ai entendu personne. J'étais dans l'office.

— C'est très curieux, dit Germaine.

— C'est curieux, répéta Sonia. Les statuettes ne bougent pas toutes seules.

Tout le monde fixa la statuette comme s'ils s'attendaient à la voir bouger à nouveau sous leurs yeux. Puis Alfred la remit à sa place habituelle sur l'un des meubles, et quitta la pièce.

Sonia versa le thé. Pendant ce temps, les trois amies parlèrent du mariage, des toilettes qu'elles allaient porter, et des cadeaux que Germaine avait déjà reçus. Cela lui rappela qu'elle devait demander à Sonia si quelqu'un avait téléphoné depuis la maison de son père à Paris; et Sonia lui répondit que personne ne l'avait fait.

— C'est très embêtant, dit Germaine. Ça prouve qu'on ne m'a pas envoyé de cadeaux aujourd'hui.

Elle fit la moue et haussa les épaules avec un air d'enfant gâtée, qui ne convenait que médiocrement à une jeune femme bien faite de vingt-trois ans.

— C'est dimanche. Les magasins ne font pas de livraisons le dimanche, dit doucement Sonia.

Mais Germaine faisait encore sa moue d'enfant gâtée.

— Est-ce que votre magnifique duc viendra prendre le thé

avec nous ? demanda Jeanne avec curiosité.

— Bien sûr, je l'attends à quatre heure et demie. Il a dû sortir à cheval avec les deux frères du Buit. Ils viennent prendre le thé eux aussi, dit Germaine.

— Il est sorti à cheval avec les du Buit ? Quand cela ? s'étonna Marie.

— Cet après-midi.

— C'est impossible. Mon frère est allé déjeuner chez les du Buit pour voir André et Georges. Ils étaient sortis depuis ce matin, en voiture, et ils ne devaient rentrer que tard dans la soirée.

— Tiens, mais... qu'est-ce que le duc m'a raconté alors ? dit Germaine, perplexe, en fronçant les sourcils.

— Si j'étais à votre place, je ferais une enquête minutieuse. Les ducs, eh bien nous savons comment sont les ducs, il est important de garder un œil sur eux, dit Jeanne avec malice.

Germaine s'empourpra, et ses yeux lancèrent des éclairs..

— Merci bien. J'ai toute confiance en Jacques. Je suis absolument sûre de lui, dit-elle sèchement.

— Eh bien, si vous en êtes certaine, c'est parfait.

La sonnerie du téléphone apporta une heureuse diversion.

Germaine se rua dessus, plaqua l'écouteur sur son oreille et cria :

— Allô, c'est vous Pierre ? Oh, c'est Victoire ? Ah, plusieurs cadeaux sont arrivés, c'est ça ?... Eh bien, qu'est-ce que c'est ?... Quoi ! un coupe-papier... encore ! Un encrier Louis XVI... encore ! Oh zut ! De qui ?... Oh, de la Comtesse Rudolph et du Baron de Valery.

Sa voix s'élevait, frissonnante de fierté.

A ce moment, elle se tourna vers ses amies, le récepteur toujours contre l'oreille et s'écria :

— Oh, mes chéries, un collier de perles ! Un grand ! Les perles sont grosses !

— Quelle chance ! dit Marie.

— Qui a envoyé ça ? demanda Germaine, se retournant vers le téléphone. Oh, un ami de papa — elle avait ajouté cela avec désappointement. Enfin, c'est un collier de perles. Avez-vous bien fermé les portes, Victoire ? Et serrez le collier dans l'armoire secrète... Oui, merci beaucoup, Victoire. Je vous verrai demain.

Elle raccrocha le récepteur et s'éloigna du téléphone les sourcils froncés.

— C'est inouï ! dit-elle d'un air maussade. Les relations de papa me font des cadeaux merveilleux et tous les gens chics m'envoient des coupe-papier. C'est de la faute de Jacques. Il est au-dessus de ce genre de choses. Le Faubourg Saint-Germain sait à peine que nous sommes fiancés.

— Il ne fait aucune réclame ? dit Jeanne en souriant.

— Vous plaisantez, mais c'est que c'est vrai. C'est exactement ce que sa cousine, Mme de Relzières me disait l'autre jour au thé qu'elle a donné en mon honneur, n'est-ce pas Sonia ? Et elle marcha vers la fenêtre et, leur tournant le dos, baissa les yeux.

— Elle en a plein la bouche de son thé, dit Jeanne à Marie à voix basse.

Il y eut un lourd silence. Marie le brisa.

— A propos de Mme de Relzières, vous savez qu'elle est aux cent coups. Son fils se bat en duel aujourd'hui.

— Avec qui ? demanda Sonia.

— On ne sait pas, elle a surpris une lettre des témoins...

— Je suis tranquille pour Relzières, dit Germaine. C'est une fine lame. Il est imbattable.

Sonia ne semblait pas partager leur enthousiasme. Son front était plissé de rides d'inquiétude, comme si elle avait découvert quelque problème; et cela ressemblait bien à la peur dans son charmant regard.

— Il était intime avec votre fiancé autrefois ? demanda Jeanne.

— Intime ? Je le pense bien, dit Germaine. C'est même par Relzières que nous avons connu Jacques.

— Où était-ce ? demanda Marie.

— Dans ce château.

— En fait dans son propre château ? s'étonna Marie.

— Oui; ici, en fait. Est-ce drôle, la vie ! Si quelques mois après la mort de son père, Jacques ne s'était pas trouvé dans la dèche et obligé, pour les frais de son expédition au pôle Sud, de bazarder ce château; et si papa et moi, nous n'avions pas eu envie d'avoir un château historique, et enfin, si papa n'avait pas souffert de rhumatismes, je ne m'appellerais pas dans un mois la duchesse de Charmerace.

— Quels rapports ont les rhumatismes de votre père dans le fait que vous allez devenir duchesse de Charmerace ? s'écria Jeanne.

— Tout. Papa craignait que ce château ne fût humide. Pour prouver à papa qu'il n'avait rien à craindre, Jacques, en grand seigneur, lui a offert l'hospitalité, ici, à Charmerace, pendant trois semaines.

— C'est digne d'un duc, dit Marie.

— Mais, il est toujours ainsi, fit remarquer Sonia.

— Oh, c'est un type bien de ce côté, à condition qu'il se soucie un peu des gens, dit Germaine. Par miracle mon père guérit de ses rhumatismes. Jacques est tombé amoureux de moi, papa s'est décidé à acheter le château, et moi, j'ai demandé la main de Jacques.

— Vous lui avez demandé sa main ? Mais vous aviez seize ans ! s'exclama Marie, quelque peu surprise.

— Oui, mais à seize ans, une fille doit savoir qu'un duc est un duc. Moi, je le savais. Alors, comme papa trouvait que j'étais beaucoup trop jeune pour me marier, j'ai promis à Jacques d'attendre son retour.

— Oh, que tout cela était romantique, souffla Marie.

— Romantique ? Oh, oui, dit Germaine; et elle fit la moue. Seulement, entre nous, si j'avais su qu'il devait rester si longtemps au pôle Sud…

— C'est vrai, coupa Marie. Partir pour trois ans, et rester sept ans là-bas, au bout du monde.

— Toute la belle jeunesse de Germaine, dit Jeanne, un sourire malicieux aux lèvres.

— Merci ! répliqua Germaine d'une voix acerbe.

— Dame, vous n'avez que vingt-trois ans. C'est la fleur de l'âge.

— Vingt-trois ans à peu près, ajouta Germaine à la hâte. Et regardez la déveine que j'ai. Le duc est tombé malade et a été soigné à Montevideo. Une fois bien portant, comme personne n'est plus entêté que lui, il a voulu reprendre son expédition. Il est parti; et pendant une éternité, sans un mot d'avertissement, il n'y a plus eu aucune nouvelle de lui ... aucune nouvelle d'aucune sorte. Vous savez, pendant six mois nous l'avons cru mort.

— Mort ? Mais vous avez dû être très malheureuse ! dit Sonia.

— Ah ! Ne m'en parlez pas ! Pendant six mois je n'ai plus osé mettre une robe claire.

— Elle a dû souvent s'inquiéter pour lui, chuchota Jeanne à Marie.

— Heureusement, un beau jour, les lettres ont réapparu. Il y a trois mois un télégramme a annoncé son retour et, enfin, le duc est revenu, dit Germaine de façon théâtrale.

— Le duc est revenu, l'imita Jeanne.

— C'est égal. L'aimée attendant pendant près de sept ans son fiancé. Quelle fidélité ! dit Sonia.

— Oh, vous êtes une sentimentale, Mademoiselle Kritchnoff, se moqua Jeanne. L'influence du château.

— Que voulez-vous dire ? demanda Germaine.

— Dame ! Posséder le château de Charmerace, et s'appeler mademoiselle Gournay-Martin, ça n'est pas mal. On doit absolument devenir duchesse.

— Oui, oui; et pendant toute cette merveilleuse fidélité de sept ans, Germaine a failli se fiancer avec un autre, ajouta Marie en souriant.

— Qui n'était que baron, lâcha Jeanne dans un rire.

— Comment ! c'est vrai ? s'étonna Sonia.

— Vous ne saviez pas, mademoiselle Kritchnoff ? Elle est presque fiancée avec le cousin du duc, le baron de Relzières. C'était loin d'être aussi grand.

— Oh, c'est vraiment bien de rire de moi, mais étant le cousin et l'héritier du duc, Relzières aurait relevé le titre, et j'aurais été tout de même duchesse, dit Germaine triomphalement.

— Évidemment, c'était l'important, dit Jeanne. Sur ce, ma chérie, je me sauve. Nous avons promis à la comtesse de Grosjean de lui faire un bout de visite. Vous connaissez la comtesse de Grosjean ?[1]

— De nom. Papa a connu son mari à la Bourse quand il s'appelait encore simplement monsieur Grosjean. Papa, lui, a préféré garder son nom intact, lui rétorqua Germaine, avec une calme fierté.

— Intact. C'est une façon de voir. Alors, je vous verrai à Paris. Vous partez toujours demain ?

— Oui, demain matin.

Jeanne et Marie enfilèrent leur manteau avec force jacasseries et embrassades et sortirent de la pièce.

Lorsqu'elles eurent refermé la porte, Germaine se tourna vers Sonia et dit :

— Je hais vraiment ces deux filles ! Ce sont d'horribles snobinardes.

— Oh, elles ont un assez bon naturel.

— Un bon naturel ? Vous êtes idiote, elles crèvent d'envie d'être à ma place... elles en crèvent vraiment d'envie ! C'est vrai qu'elles en ont toutes les raisons, ajouta-t-elle avec assurance, en se regardant dans un miroir Vénitien avec sa suprême satisfaction d'enfant gâtée.

1 (NdT) Dans la pièce, il s'agit de la Vicomtesse, mais c'est un titre qui n'existe pas en Angleterre.

Chapitre II

L'arrivée du Charolais

Sonia retourna à sa table, et recommença à glisser les faire-part dans leurs enveloppes et à faire des adresses. Germaine, agitée, se déplaçait dans la pièce, tripotant les bibelots posés sur les meubles, changeant constamment les objets de place, interrompant Sonia pour lui demander si elle préférait cet arrangement ou cet autre, se jetant sur une chaise pour lire un magazine, se levant quelques minutes après pour redresser un tableau, posant toutes les questions futiles imaginables. Quatre-vingt-dix-neuf personnes sur cent auraient été fortement irritées par son agitation. Sonia la supportait avec patience. A cinq reprises, Germaine lui demanda si elle devrait porter sa robe héliotrope ou sa robe rose pour le prochain dîner de Mme de Relzières. A cinq reprises, Sonia répondit, sans le plus petit changement de ton :

— Je pense que le rose vous va mieux.

Et pendant tout ce temps, la pile d'enveloppes écrites s'élevait régulièrement.

Quelques minutes plus tard, la porte s'ouvrit, et Alfred apparut sur le seuil.

— Deux messieurs demandent à vous voir, Mademoiselle.

— Ah oui, les deux du Buit, s'exclama Germaine.

— Ils ne m'ont pas donné leurs noms, Mademoiselle.

— Un monsieur d'un certain âge et un plus jeune ?

— Oui, Mademoiselle.

— C'est ce que je pensais. Faites entrer.

— Bien, Mademoiselle. N'avez-vous pas d'ordres à me faire transmettre à Victoire quand nous serons à Paris ?

— Non. Vous partez tout à l'heure ?

— Oui, Mademoiselle. Nous prenons le train de sept heures. Le voyage est long d'ici à Paris ; nous n'arriverons qu'à neuf heures du matin. Ça nous donnera juste le temps de mettre de l'ordre dans la maison avant que vous n'arriviez dans la soirée.

— Tout est emballé ?

— Oui, Mademoiselle. Tout. La charrette a déjà conduit les gros bagages à la gare. Tout ce qui vous reste à faire est de surveiller vos valises.

— Parfait. Faites entrer Monsieur du Buit et son frère.

Germaine gagna une chaise près de la fenêtre, et prit manifestement une attitude de grâce affectée. Alors qu'elle penchait la tête en arrière en un angle charmant, contre le haut dossier de la chaise, ses yeux tombèrent sur la fenêtre, et s'écarquillèrent.

— Oh, qu'est-ce que c'est que ça, s'écria-t-elle, montrant quelque chose du doigt.

— Quoi ? demanda Sonia, sans lever les yeux de l'enveloppe sur laquelle elle écrivait une adresse.

— Eh bien, la fenêtre. Regardez ! Un des carreaux a été enlevé. On croirait qu'il a été coupé.

Sonia regarda la grande baie vitrée que montrait Germaine.

— C'est vrai qu'il a été coupé, juste au niveau de l'espagnolette.

Les deux filles fixèrent le trou avec attention.

— L'aviez-vous remarqué avant ? demanda Germaine.

— Non; les morceaux doivent être tombés dehors.

L'ouverture de la porte détourna leur attention de la fenêtre. Deux individus s'avancèrent vers elles, l'un était un petit homme rond et replet de cinquante-cinq ans, rougeaud, chauve, aux yeux gris clair qui semblaient continuellement éviter les regards, et derrière lui venait un jeune homme maigre, sombre et grave. Malgré la différence de couleur de leurs yeux, il était évident qu'ils étaient père et fils, leurs yeux se ressemblaient tellement. Le fils paraissait avoir hérité, outre des yeux noirs, du nez de sa mère, mince et aquilin; le nez de son père était mince entre les sourcils, mais se terminait en un bulbe écarlate, preuve d'une relation approfondie avec le vin.

Germaine se leva, les regarda avec surprise et incertitude : ce n'était pas ses amis du Buit.

Le plus âgé s'avança avec une souriante bonhomie, salua et dit d'une voix nasillarde, au ton doucereux :

— Je suis Monsieur Charolais, jeunes dames, Monsieur Charolais… ancien brasseur, chevalier de la Légion d'honneur, propriétaire à Rennes. Laissez-moi vous présenter mon fils.

Le jeune homme salua gauchement.

— Nous venons de Rennes ce matin, et nous avons déjeuné à la ferme de Kerlor.

— Faut-il leur servir du thé ? chuchota Sonia.

— Ah, non par exemple, dit sèchement Germaine dans un souffle ; puis plus fort, elle demanda à Monsieur Charolais : quel est l'objet de votre visite ?

— Nous avons demandé à voir votre père, dit Monsieur Charolais, souriant avec grande amabilité, tandis que ses yeux dansaient sur son visage, évitant toute rencontre avec le regard des jeunes filles. Le domestique nous a dit que Monsieur Gournay-Martin était sorti, mais que sa fille était à la maison. Nous n'avons pas résisté au plaisir de vous rencontrer.

A ces mots, il s'assit et son fils suivit son exemple.

Sonia et Germaine, interloquées, se regardèrent avec perplexité.

— Quel beau château, papa ! fit remarquer le jeune homme.

— Oui, petit, c'est un beau château, dit Monsieur Charolais en parcourant du regard la pièce avec des yeux admiratifs, mais voraces.

Il y eut une pause.

— C'est un bien beau château, Mesdemoiselles, reprit Monsieur Charolais.

— Oui; mais veuillez m'excuser, que désirez-vous ?

Monsieur Charolais croisa les jambes, se laissa aller en arrière sur sa chaise, enfonça ses doigts dans les emmanchures de son gilet, et dit :

— Voilà, nous sommes venus à cause de l'annonce que nous avons vue dans l'*Éclaireur de Rennes*, comme quoi Monsieur

Gournay-Martin veut se défaire d'une automobile. Mon fils me dit toujours « Papa, je voudrais une auto qui bouffe les côtes », il veut dire une soixante chevaux.

— Nous avons une soixante chevaux, mais elle n'est pas à vendre. Mon père s'en est même servi aujourd'hui, dit Germaine.

— C'est peut-être l'auto que nous avons vue dans les communs ?

— Non, celle-là est une trente à quarante chevaux. Elle est à moi. Mais si votre fils aime vraiment bouffer les côtes, comme vous dites, nous avons une cent chevaux dont mon père veut se défaire. Attendez ; où est sa photographie, Sonia ? Elle doit être quelque part par là.

Les deux filles se levèrent, se dirigèrent vers une table posée contre le mur de l'autre côté de la fenêtre, et commencèrent à retourner les papiers dans lesquels elles pensaient trouver la photographie. Elles avaient à peine tourné le dos, que la main du jeune Charolais jaillit aussi rapidement que la langue d'un lézard attrapant une mouche, se referma sur la statuette d'argent posée sur le haut du meuble à côté de lui, et la projeta dans la poche de sa veste.

Charolais regardaient fixement les deux filles sans bouger un muscle de son visage, le visage figé dans son éternel sourire, il siffla de colère.

— Lâche ça, imbécile ! Remets-la à sa place !

Le jeune homme lui lança un regard de désapprobation.

— Maudit sois-tu ! Repose-la ! siffla Charolais.

Le bras du jeune homme jaillit avec la même rapidité, et la statuette retrouva sa place.

Charolais venait juste de pousser un soupir de soulagement, quand Germaine se retourna et vint vers lui, la photographie à la main. Elle la lui donna.

— Ah ! La voilà, dit-il, plaçant sur son nez une paire de pince-nez à la monture en or. Une cent-chevaux. Eh bien, nous pouvons discuter cela. Quel est le prix minimum que vous accepterez ?

— Je ne m'occupe pas de ces questions-là, s'écria Germaine.

Vous devez voir mon père. Il sera bientôt rentré de Rennes. A ce moment là, vous pourrez régler cette question avec lui.

Monsieur Charolais se leva en disant :

— Très bien. Nous allons partir et nous reviendrons tout à l'heure. Je suis désolé de vous avoir dérangées, Mesdemoiselles, et de vous avoir pris votre temps de la sorte.

— Pas du tout — pas du tout, murmura poliment Germaine.

— Au revoir, dit Monsieur Charolais. Lui et son fils reculèrent vers la porte, et les saluèrent en sortant.

— Quels personnages! dit Germaine, en allant à la fenêtre, tandis que la porte se fermait sur les deux visiteurs. Enfin, s'ils achètent la cent-chevaux, papa sera rudement content... c'est drôle que Jacques ne soit pas encore là. Il m'a dit qu'il serait ici entre quatre heures et demi et cinq heures.

— Et les du Buit ne sont pas venus non plus, fit remarquer Sonia. Mais il n'est pas encore cinq heures.

— Oui, au fait. Les du Buit ne sont pas venus non plus ! Qu'est-ce que vous faites ? ajouta-t-elle sèchement d'une voix aigrie. Complétez toujours la liste des adresses en attendant.

— C'est presque fini.

— Presque n'est pas tout à fait. Vous pouvez vous y remettre, lui dit Germaine d'un ton cassant.

Sonia retourna à l'écritoire; seule une infime accentuation du rose pâle de ses joues indiquait sa réaction à la grossièreté de Germaine. Après trois années en tant que dame de compagnie auprès de Germaine Gournay-Martin, elle était parfaitement accoutumée à ses manières de millionnaire, qui avaient presque perdu la faculté de l'émouvoir.

Germaine se laissa tomber sur une chaise pendant une vingtaine de secondes, puis elle en sortit brusquement.

— Cinq heures moins cinq, s'écria-t-elle. Jacques est en retard. Ce serait la première fois.

Elle alla à la fenêtre, et regarda à travers la vaste étendue des prairies et des bois sur lesquelles le château, placé sur la plus haute crête, trônait. La route, qui courait avec l'agaçante rectitude des routes françaises, était visible sur plus de cinq kilomètres. Tout était désert.

— Le duc a peut-être poussé jusqu'au Château de Relzières pour voir son cousin… bien qu'au fond je ne crois pas que le duc aime beaucoup le Baron de Relzières. Ils ont l'air de se détester, dit Sonia sans lever les yeux des lettres qu'elle écrivait.

— Vous l'avez remarqué ? Maintenant, Jacques est si… il est si indifférent. Personne ne l'est moins, et quand nous avons été chez Relzière jeudi, je l'ai surpris en pleine querelle avec Paul de Relzière.

— Vrai ? s'exclama Sonia, avec une soudaine inquiétude dans les yeux et la voix.

— Oui, ils se sont même salués de la façon la plus étrange.

— Mais ils se sont serré la main ?

— Pas du tout. Ils se sont regardés en chiens de faïence.

— Et… Alors… Alors… balbutia Sonia qui commençait à être effarée; et sa voix s'étrangla.

— Alors quoi ? dit Germaine, un peu surprise par le visage soudain frappé de panique.

— Le duel ! Le duel de Monsieur de Relzières ! s'écria-t-elle.

— Comment ? Vous ne pensez pas que c'est avec Jacques ?

— Je ne sais pas, mais cette dispute… L'attitude du duc… La promenade des du Buit.

— Mais ! Mais oui ! C'est très possible; c'est même certain.

— C'est horrible ! suffoqua Sonia. Examinons cette possibilité… Examinons-la seulement ! S'il lui arrivait quelque chose… Si le duc…

— Ainsi, ce serait pour moi que le duc se battrait, s'écria fièrement Germaine, en faisant de petits sauts qui trahissaient une joie triomphale.

Sonia la fixait sans la voir. Son visage était d'un blanc cadavérique… la peur avait refroidi l'éclat de sa peau, sa respiration haletait entre ses lèvres ouvertes, et ses yeux écarquillés semblaient entrevoir une vision effrayante.

Germaine tournait dans la pièce, ivre de joie. Avoir un duc qui se bat en duel pour elle dépassait de beaucoup ses rêves de snobisme les plus fous. Elle gloussait sans cesse, et une fois même, elle frappa dans ses mains et rit bruyamment.

— Il combat un escrimeur de première force… un escrimeur

imbattable, comme vous l'avez dit, marmonna Sonia d'un ton angoissé. Et l'on ne peut rien faire... rien du tout.

Elle se prit la tête à deux mains comme si elle avait voulu en chasser d'horribles images.

Germaine ne l'écoutait pas, elle se regardait dans un miroir, et considérait avec un air hautain sa propre image.

Sonia tituba jusqu'à la fenêtre et observa la route en contrebas, par laquelle devaient arriver les nouvelles, heureuses ou irrémédiablement malheureuses. Elle se frotta les yeux pour éclaircir son regard.

Soudain, elle sursauta, et se pencha en avant, raide, tout son être tendu dans l'espoir de voir quelque chose. Soudain, elle cria :

— Mademoiselle Germaine ! Regardez ! Regardez !

— Quoi ? demanda Germaine en venant à ses côtés.

— Un cavalier ! Regardez ! Là-bas ! dit Sonia, montrant la route du doigt.

— Oui... il galope...

— C'est lui ! ... C'est le duc !

— Vous croyez ? dit Germaine peu convaincue.

— J'en suis sûre ! C'est lui !

— Bien, il arrive juste pour le thé, dit Germaine extrêmement satisfaite. Il sait que je n'aime pas attendre. Il m'a dit « je serai là à cinq heures tapantes » et il est là.

— Impossible, dit Sonia, il faut qu'il fasse le tour du parc. Il n'y a pas de route directe... il y a la rivière, là.

— Pourtant, il vient en ligne droite.

C'était la vérité. Le cavalier avait quitté la route et galopait à travers les prés droit sur la rivière. En vingt secondes, il gagna la rive meuble, et au moment où il arriva dessus, Sonia se couvrit les yeux.

— Il est passé, s'écria Germaine. Mon père donnerait sept mille francs pour ce cheval.[2]

2 (NdT) *Il est dit trois mille guinées dans le roman, sept mille francs dans la pièce. Nous avons préféré choisir la monnaie française.*

CHAPITRE III

Le portrait volé

Sonia, dans un soudain revirement, ravala ses peurs, se tourna doucement et s'assit à la table de thé. Sa respiration était saccadée, et elle luttait pour retenir des larmes de soulagement. Elle ne vit pas le duc gravir la pente au galop, mettre pied à terre, et donner son cheval au garçon qui était venu en courant vers lui. Lorsqu'elle vint à la fenêtre, elle avait toujours un peu de buée dans les yeux, ce qui troublait la beauté de son visage.

— Si c'est pour moi, une grande tasse de thé, très peu de crème et trois morceaux de sucre, s'écria-t-il d'une voix grave et retentissante. Il tira sa montre de son gousset. Cinq heures pile ! Parfait.

Il se pencha, prit la main de Germaine, et la baisa avec beaucoup de galanterie.

C'était un homme dont l'allure noble dominait tous ses autres traits. Le regard franc et ardent, l'insouciante amabilité de son sourire, tempéré par des lèvres ironiques, étaient les marques évidentes d'un homme certain de sa haute naissance.

Il avança pour Germaine une chaise près de la table à thé et s'assit lui-même à côté d'elle. Sonia lui tendit une tasse de thé en tremblant tellement que la cuillère sonna sur la soucoupe.

— Vous vous êtes battu ? demanda Germaine.

— Ah ! Vous aviez tout entendu ? dit le duc quelque peu surpris.

— Oui. Pourquoi vous êtes-vous battu ?

— Vous n'êtes pas blessé, votre Grâce ? demanda Sonia anxieuse.

— Pas même une égratignure, dit-il en lui souriant.

— Vous seriez assez aimable si vous en terminiez avec les faire-part, Sonia, la coupa sèchement Germaine. Sonia retourna à l'écritoire.

Se tournant vers le duc, Germaine demanda :

— Vous vous êtes battu pour moi ?

— Ça vous ferait plaisir que ce fût pour vous ? Il y avait dans ses yeux une petite lueur moqueuse, bien trop faible pour que Germaine si satisfaite d'elle-même, s'en aperçoive.

— Oui, mais ça n'est pas vrai. Vous vous êtes battu pour une autre femme, suspecta Germaine.

— Si je m'étais battu pour une femme, ça n'aurait pu être que pour vous.

— Oui, c'est possible. Évidemment, ça ne pouvait pas être pour Sonia ni pour ma femme de chambre. Mais, quelle était le véritable motif de ce duel ?

— Oh ! Un motif puéril... J'étais de méchante humeur et Relzières m'avait dit un mot désagréable.

— Alors, ce n'était pas pour moi, et si ce n'était pas pour moi, ce n'était pas vraiment la peine, dit Germaine, profondément déçue.

La lueur moqueuse augmenta légèrement dans les yeux du duc.

— Oui, mais si j'avais été tué, on aurait dit « Le duc de Charmerace a été tué pour Mlle Gournay-Martin. » Ç'aurait eu beaucoup d'allure. Une pointe d'ironie s'était faufilée dans sa voix.

— N'allez pas recommencer à m'agacer, dit Germaine d'un ton maussade.

— C'est la dernière chose dont je rêve, ma chère enfant, sourit le duc.

— Et de Relzières ? Est-il blessé ?

— Pauvre de Relzières : il ne pourra pas sortir du lit durant les six prochains mois, dit le duc en riant avec légèreté et gaieté.

— Ah! Mon Dieu !

— Ça fera beaucoup de bien au pauvre de Relzières. Il a une entérite, et pour l'entérite, il n'y a rien de mieux que le repos.

Sonia n'en terminait pas très vite avec les faire-part. Elle était assise derrière Germaine et pouvait donc voir le visage du duc par dessus ses épaules — un visage extraordinairement expressif, qui changeait avec son humeur. Parfois, leurs yeux se rencontraient, et ceux de Sonia baissaient devant ceux du duc. Mais aussitôt qu'ils s'étaient détachés d'elle, elle le regardait à nouveau, presque avidement, comme si elle n'avait pas assez vu ce visage, dans lequel la force de caractère était mêlée à un léger scepticisme ironique, et tempéré par une délicate noblesse d'allure.

Il finit son thé; puis sortit un écrin en marocain et dit à Germaine :

— Cela doit faire trois jours que je ne vous ai rien offert.

Il ouvrit l'écrin, découvrant un pendentif de perle et le montra à Germaine.

— Oh, il est magnifique, s'écria-t-elle.

Elle le prit dans l'écrin, en disant que c'était une merveille. Elle le montra à Sonia, puis elle le mit et se plaça devant le miroir pour admirer l'effet qu'il faisait sur elle. Pour dire la vérité, ce n'était pas probant. Les perles ne mettaient pas en valeur la rudesse de sa peau presque brune. Sonia et le duc observèrent la scène. Ce dernier regarda la gorge blanche de Sonia. Elle rencontra ses yeux et rougit. Elle savait que la même pensée avait traversé leurs deux esprits : les perles auraient semblé infiniment plus belles sur elle.

Germaine avait terminé de s'admirer, elle était bien incapable de soupçonner qu'un pendentif d'une telle valeur ne puisse pas lui convenir à la perfection.

Le duc dit négligemment

— Ah ! Nom d'un chien, ce sont des invitations, tout ça ?

— Ça n'est que la lettre V, dit fièrement Germaine.

— Et il y en a vingt-cinq dans l'alphabet ! Mais vous allez inviter la terre entière, il faudra faire agrandir la Madeleine. Ils n'y tiendront pas tous. Aucune église à Paris ne le pourra.

— Ce sera un mariage très bien. On s'écrasera. Il y aura certainement des accidents.

— A votre place, j'en organiserais.

— Oh, laissez-les prendre soin d'eux-mêmes. Ils s'en

souviendront bien mieux s'ils sont un petit peu serrés.

Il y eut un éclair de dédain dans les yeux du duc. Mais il haussa simplement les épaules, et se tourna vers Sonia en disant :

— Voulez-vous être un ange et me jouer un peu de Grieg, Mlle Kritchnoff ?[3] Je vous ai entendue hier. Personne ne joue du Grieg comme vous.

— Pardon, Jacques, mais Mlle Kritchnoff a à travailler, dit Germaine d'une manière acerbe.

— Cinq minutes d'arrêt, juste un morceau de Grieg, je vous en prie, supplia le duc, avec un irrésistible sourire.

— Soit, répondit Germaine à contrecœur. Mais j'ai une chose importante à vous dire.

— Tiens au fait, moi aussi. J'avais oublié. J'ai là le dernier cliché que j'ai pris de vous et de Mlle Sonia. Germaine fronça les sourcils et haussa les épaules. Avec vos robes claires en plein soleil, vous avez l'air de deux grandes fleurs.

— Vous trouvez que c'est important ? s'écria Germaine.

— C'est très important comme tout ce qui est puéril, dit le duc en souriant. Tenez ! N'est-ce pas magnifique ? Et il tira une photographie de sa poche, et lui tendit.

— Magnifique ? C'est affreux ! Nous faisons des grimaces épouvantables.

— Bon, peut-être que vous faites des grimaces, dit le duc sérieusement, en regardant la photographie. Mais elles ne sont pas épouvantables. Je vous fais juge, Mlle Sonia… Les figures je ne dis pas… mais les silhouettes… Regardez le mouvement de votre écharpe… et il tendit la photographie à Sonia.

— Jacques ! s'impatienta Germaine.

— C'est vrai… Vous avez quelque chose d'important à me dire. Qu'est-ce que c'est ? demanda le duc avec résignation, et il reprit la photographie à Sonia et la remit soigneusement dans sa poche.

— Victoire a téléphoné de Paris pour dire que nous avons reçu un coupe-papier et un encrier Louis XVI.

3 (NdT) Il l'appelle plus volontiers Mademoiselle Sonia dans la pièce.

— Bravo ! cria soudain le duc, ce qui les fit toutes deux sursauter.

— Et un collier de perles.

— Bravo !

— Vous êtes vraiment puéril, dit Germaine avec mauvaise humeur. Je vous dis que nous avons reçu un coupe-papier et vous criez « bravo! ». J'ajoute que nous avons reçu un collier de perles et vous criez « bravo ! ». Vous n'avez vraiment pas le sentiment des nuances.

— Pardon. Ce collier de perles est d'un ami de votre père, n'est-ce pas ?

— Oui, pourquoi ?

— Mais l'encrier et le coupe-papier doivent être extrêmement gratin.

— Oui. Eh bien ?

— Eh bien, alors ma chère enfant, de quoi vous plaignez-vous ? Ça rétablit l'équilibre... On ne peut pas tout avoir, ironisa le duc. Et il se mit à rire.

Germaine rougit et se mordit les lèvres. Ses yeux brillaient d'indignation.

— Vous vous fichez de moi, gronda-t-elle.

— Je vous trouve adorable.

— Vous continuez à m'agacer, dit Germaine avec mauvaise humeur. Et vous le faites exprès. Je pense que c'est de mauvais goût. Je finirai par vous prendre en grippe... je sais que je devrais le faire...

— Attendez que nous soyons mariés, ma chère enfant. Il rit à nouveau, avec une bonne dose d'humeur enfantine, qui ne fit qu'augmenter la colère de Germaine.

— Ne pouvez-vous jamais être sérieux !

— Je suis l'homme le plus sérieux d'Europe.

Elle gagna la fenêtre et baissa les yeux d'un air maussade.

Le duc fit les cent pas dans la pièce, regardant les tableaux de ses ancêtres, des personnages grotesques, à qui il lançait quelques remarques humoristiques. Entre deux adresses Sonia jetait un regard dans sa direction. Germaine leur tournait le dos de mécontentement. Sonia rencontra une fois les yeux du duc, et lui sourit. Finalement, il s'arrêta devant un trou dans l'alignement des tableaux, dans lequel une vieille tapisserie était tendue.

— Je ne comprendrai jamais pourquoi vous avez laissé tous mes ancêtres nous dévisager du haut de ces murs et pourquoi vous avez mis de côté mon portrait qui était assez admirable et plutôt intéressant, lâcha-t-il négligemment.

Germaine se détourna brusquement de la fenêtre, Sonia s'arrêta au milieu d'une adresse, et les deux jeunes femmes le regardèrent étonnées.

— Il y avait un portrait de moi à la place de la tapisserie. Qu'est-ce qu'il est devenu ?

— C'est une blague ! s'exclama Germaine.

— Votre Grâce doit certainement savoir ce qui est arrivé ? demanda Sonia.

— Nous vous avons écrit tous les détails et envoyé tous les journaux. Il y a trois ans de cela. Vous n'avez donc rien reçu ? dit Germaine.

— Ni un détail, ni même un journal. Il y a trois ans j'étais perdu au Pôle Sud.

— Mais c'est tout un drame, mon cher Jacques. Tout Paris en a parlé. On l'a volé, votre portrait.

— Volé ? Qui ça ?

Germaine traversa rapidement la pièce vers le trou dans l'alignement des portraits.

— Je vais vous montrer.

Elle écarta la tapisserie et au milieu du panneau au-dessus duquel le portrait du duc avait été accroché, il vit écrit à la craie :

ARSENE LUPIN

— Que dites-vous de cet autographe ? demanda Germaine.

— Arsène Lupin ? s'étonna le duc.

— Il a laissé sa signature... Il paraît que c'est ce qu'il fait toujours... expliqua Sonia.

— Qui ça ?

— Mais Arsène Lupin ! Je pense que vous savez qui est

Arsène Lupin ? s'impatienta Germaine.

— Je n'en ai pas la moindre idée.

— Oh venez ! On n'est pas au Pôle Sud à ce point-là ! s'écria Germaine. Vous ne savez pas qui est Lupin ? Le plus fantaisiste, le plus audacieux et le plus génial des filous de France. Depuis dix ans, il met la police aux abois. Il a déjà dépisté Ganimard, Holmlock Shears, le grand détective anglais, et même Guerchard, dont tout le monde sait qu'il est le plus grand détective que la France ait connu depuis Vidocq[4]. Enfin, c'est notre voleur national. Etes-vous sérieux en disant que vous ne le connaissez pas ?

— Pas même assez pour l'inviter au restaurant, dit le duc avec désinvolture. Comment est-il ?

— Comment est-il ? Personne n'en sait rien. Il a mille déguisements. Il a dîné deux soirs de suite à l'Ambassade d'Angleterre.

— Si personne ne le connaît, comment l'a-t-on su ? demanda le duc perplexe.

— Parce que le second soir, vers dix heures, on s'est aperçu qu'un des convives avait disparu, et avec lui, tous les bijoux de l'Ambassadrice.

— Tous les bijoux ?

— Oui, et Lupin a laissé sa carte avec ces mots « Ce n'est pas un vol, c'est une restitution. Vous nous avez pris la collection Wallace. »

— C'est une blague, n'est-ce pas ?

— Non, votre Grâce ; et il a fait mieux. Vous vous souvenez de l'affaire de la banque Daray, l'épargne des petits ? demanda Sonia, dont le visage aimable rougissait sous un soudain enthousiasme.

— Je pense. N'était-ce pas le financier qui doubla sa fortune au détriment d'un tas de pauvres diables et ruina deux mille

4 (NdT) Dans ce long monologue, Jepson en a profité pour inclure les noms de Ganimard et Holmlock Shears (Sherlock Holmes) et pour comparer Guerchard, le seul cité par Maurice Leblanc, à Vidocq, ce qui était absent de la pièce. On peut noter que Ganimard et Herlock Sholmes sont les deux adversaires de Lupin dans Arsène Lupin contre Herlock Sholmes.

personnes ?

— Parfaitement. Eh bien, Lupin a dévalisé l'hôtel de Daray et lui a pris tout ce qu'il avait en caisse. Il ne lui a pas laissé un sou. Et ensuite, quand il lui a eu tout pris, il l'a distribué à tous les pauvres diables que Daray avait ruiné.

— Mais ce n'est pas d'un voleur dont vous parlez… c'est d'un philanthrope.

— Une belle sorte de philanthrope, le coupa Germaine d'un ton maussade. Il y avait beaucoup de philanthropie lorsqu'il vola papa.

— Eh bien, dit le duc en pleine réflexion, si vous pensez à cela, ce vol-là n'est pas digne de votre héros national. Mon portrait, si vous exceptez le charme et la beauté du visage lui-même, n'en est pas très digne.

— Si vous pensez qu'il s'est satisfait de votre portrait, vous vous trompez. Toutes les collections de papa ont été pillées.

— Les collections de votre père ? s'étonna le duc. Mais elles sont mieux gardées que la Banque de France. Votre père y tient comme à la prunelle de ses yeux.

— Justement, il y tenait trop. C'est pourquoi Lupin a réussi.

— C'est très intéressant, dit le duc, et il s'assit sur un divan, devant le trou dans l'alignement des tableaux, afin d'étudier l'affaire plus à son aise.

— Je suppose qu'il avait un complice dans la place.

— Oui… un complice, dit Germaine.

— Qui ça ?

— Papa !

— Hein ? Que voulez-vous dire ? Je ne comprends pas du tout.

— Eh bien, vous allez voir. Un matin, Papa reçoit une lettre… attendez… Sonia, apportez-moi le dossier Lupin qui est dans le secrétaire.

Sonia se leva de son écritoire, alla jusqu'au secrétaire, un exemple admirable du travail d'un fabricant anglais, Chippendale. Il se trouvait de l'autre côté de la pièce entre un cabinet oriental et un meuble italien du XVIème siècle. Sonia souleva l'abattant du secrétaire, et prit dans l'un des tiroirs un petit portefeuille, fouilla dans les papiers et tendit une lettre au duc.

— Voilà l'enveloppe, dit-elle. Elle est adressée à M. Gournay-Martin, collectionneur, au Château de Charmerace, Ille-et-Vilaine.

Le duc ouvrit l'enveloppe et en sortit une feuille.

— L'écriture est curieuse.

— Lisez-la... attentivement.

C'était une bien singulière écriture. Les lettres étaient petites, mais parfaitement formées. Cela ressemblait à l'écriture d'un homme sachant exactement ce qu'il veut dire, et qui aime le dire avec une rigoureuse précision. La lettre disait :

"Cher monsieur,

"Excusez-moi de vous écrire sans que nous ayons été présentés, mais je me flatte que vous me connaissiez au moins de nom.

"Il y a dans la galerie qui réunit vos deux salons un Gainsborough d'excellente facture qui me plaît infiniment. Vos Goya dans la même galerie me plaisent également beaucoup, ainsi que votre Van Dyck. Dans le salon de droite, je note les meubles Renaissance — une paire merveilleuse, la tapisserie de Flemish, le Fragonard, l'horloge signée Boulle, et divers objets, sans grande importance[5]*. Je tiens surtout à ce diadème que vous avez acheté à la vente de la marquise de La Ferronaye et qui fut porté jadis par la malheureuse marquise de Lamballe. Ce diadème a pour moi un grand intérêt... tout d'abord, les souvenirs charmants et tragiques qu'il évoque pour un poète épris d'histoire, ensuite, mais est-ce la peine de parler de ces choses-là ? sa valeur intrinsèque. J'estime en effet que les pierres de votre diadème valent, au bas mot, cinq cent mille francs.*

"Je vous prie, cher Monsieur, de faire emballer convenablement ces divers objets, et de les expédier en mon nom, port payé, en gare des Batignolles. Faute de quoi, je ferai

5 (NdT) dans la pièce, un Murillo, des Rubens, une crédence Louis XIII, une tapisserie de Beauvais, le guéridon Empire. Seul le Van Dyck et l'Horloge sont communs.

procéder moi-même à leur déménagement dans la nuit du Jeudi 7 août.[6]

"Veuillez excuser ce petit dérangement que je vous cause, et croyez moi."

"Agréez, je vous prie, Monsieur, l'expression de mon entier dévouement"

"Arsène Lupin"

"P.S. J'ai remarqué que les tableaux ne possèdent pas de verre pour les protéger. Il serait bon de réparer cet oubli avant qu'ils ne me reviennent, et je suis certain que vous prendrez ce petit désagrément supplémentaire avec entrain. Je suis conscient, bien entendu, que la plupart des meilleurs experts déclarent qu'une peinture perd une partie de sa qualité lorsqu'elle est regardée à travers une vitre. Mais cela les protège, et nous serons toujours prêts à sacrifier un peu de notre propre plaisir au bénéfice de la postérité. La France nous le demande... A. L."

Le duc éclata de rire.

— C'est drôle ! C'est vraiment drôle ! Et votre père n'a pas ri ?

— Ri ? Si vous aviez vu sa tête. Il a pris cela assez sérieusement, je peux vous le dire.

— Pas au point d'expédier les objets en gare des Batignolles, j'espère?

— Non, mais au point de s'affoler. Et comme la police avait toujours été tenue en échec par Lupin, il a eu la brillante idée de voir ce que des soldats pouvaient faire. Un colonel d'infanterie de Rennes est un ami de Papa ; et Papa alla le voir, et lui raconta tout à propos de la lettre de Lupin et de sa peur. Le colonel se moqua de lui, mais il lui offrit un caporal et six soldats pour garder sa collection dans la nuit du sept. Il était convenu qu'ils devaient venir de Rennes par le dernier train, pour que les voleurs nous ne soient pas avertis de leur arrivée. Ils sont venus,

6 (NdT) *Les dates ont été changées, on peut lire dans la pièce "dans la nuit du mercredi 27 au jeudi 28 septembre".*

sept hommes d'élites, des hommes qui avaient fait le Tonkin. Nous leur avons donné à souper, et ensuite le caporal les a postés dans le hall et dans les deux galeries où sont exposés les peintures et les objets de valeur. A onze heures nous sommes tous allés nous coucher, après avoir promis au caporal qu'en cas de combat avec les voleurs ne bougerions pas de nos chambres. J'étais terriblement nerveuse. J'ai eu énormément de mal à trouver le sommeil. Enfin, quand j'y suis parvenue, je ne me suis pas réveillée jusqu'au matin. La nuit était passée dans la plus grande quiétude. Rien d'insolite n'était arrivé. Il n'y avait pas eu le moindre bruit. J'ai réveillé Sonia et mon père. Nous nous sommes habillés aussi vite que possible, et nous nous sommes précipités dans la galerie"[7].

Elle fit une pause théâtrale.

— Eh bien ? demanda le duc.

— Eh bien, c'était fait.

— Quoi ?

— Tout ! Les tableaux avaient été enlevés, les tapisseries avaient été enlevées, les meubles avaient été enlevés, et l'horloge avait été enlevée.

— Et le diadème aussi ?

— Ah non. Il était à la Banque de France. C'est sans doute pour se dédommager, que Lupin a pris votre portrait. Car il n'avait absolument pas parlé dans sa lettre qu'il allait le voler.

— Mais, voyons ! c'est invraisemblable. Il avait donc hypnotisé le caporal et les six soldats ? Ou les avait-il tous tués ?

— Le caporal ? Ça n'avait jamais été un caporal, ni même des soldats. Le caporal c'était Lupin, et les soldats une partie de sa bande.

— Je ne comprends pas, dit le duc. Le colonel avait promis à votre père un caporal et six hommes. Ils ne sont pas venus?

— Ils sont bien arrivés à la gare, mais vous connaissez la petite auberge à mi-chemin entre la gare et le château ? Ils s'y sont arrêtés pour boire, et à onze heures le lendemain matin, un des

7 (NdT) Dans la pièce, ce ne sont pas des soldats, mais Guerchard et deux inspecteurs de confiance... Ce changement modifie la suite du chapitre et une partie de l'histoire.

villageois les a trouvés tous les sept, en compagnie du domestique qui devait les guider jusqu'au château, dormant à poings fermés dans le petit bois à cinq cents mètres de l'auberge. Bien entendu l'aubergiste n'a pas pu expliquer comment leur vin avait été drogué. Il a seulement pu nous dire qu'un automobiliste, qui s'était arrêté à l'auberge pour dîner, avait appelé les soldats et avait insisté pour leur offrir à boire. Ils semblaient un petit peu éméchés avant de quitter l'auberge, et l'automobiliste a insisté pour les conduire au château. Quand la drogue a fait effet, il les a simplement portés hors de la voiture un par un et les a laissé dans le bois.

— Lupin semble avoir fait un travail minutieux.

— Je le pense aussi. Guerchard est venu de Paris, mais il n'a pas pu trouver le moindre indice. Ce n'est pas faute d'avoir essayé, il hait Lupin. C'est un combat entre eux deux, et Lupin mène de plusieurs points.

— Il doit être habile.

— Très habile. Et cela ne me surprendrait pas qu'il soit encore dans le voisinage.

— Qu'est-ce qui vous le fait croire ?

— Je ne plaisante pas. Il se passe des choses étranges. Quelqu'un a changé des objets de place. Tenez, cette statuette en argent… Elle était sur ce meuble, et nous l'avons trouvée sur le piano. Personne ne l'avait touchée. Et regardez cette fenêtre. Quelqu'un a cassé un carreau, juste à la hauteur de l'espagnolette.

— Diable !

— Et j'ai souvent vu disparaître des babioles ces trois dernières années, ajouta-t-elle.

CHAPITRE IV

Le duc s'en mêle

Le duc se leva, alla vers la fenêtre et regarda par le carreau cassé. Il sortit sur la terrasse et inspecta le gazon. Après cela, il revint dans la pièce.

— Cela paraît sérieux. Le carreau ne s'est pas cassé tout seul. S'il avait été cassé, les morceaux de verre devraient se trouver dans le gazon. En fait, on l'a coupé. Nous devons avertir votre père pour qu'il vérifie ses trésors.

— C'est ce que je vous disais, intervint Germaine. Arsène Lupin est dans le voisinage.

— Arsène Lupin est un homme vraiment très habile, dit le duc, un sourire aux lèvres. Mais je doute qu'il n'y ait qu'un seul voleur en France ou même en Ille-et-Vilaine.

— Je suis certaine qu'il est dans le voisinage. Je sens qu'il est là, dit Germaine avec opiniâtreté.

Le duc haussa les épaules, et dit en souriant :

— Loin de moi l'idée de vous contredire. L'intuition féminine est toujours, oui toujours une intuition féminine.

Il revint dans le hall, au moment où la porte s'ouvrit. Un homme hirsute en vêtements de garde-chasse s'arrêta sur le seuil.

— Deux visiteurs, Mademoiselle Germaine, dit-il, d'une profonde voix de basse.

— Comment ! Vous avez répondu à la porte, Firmin ?

— Oui, Mademoiselle Germaine : il n'y a plus que moi ici. Tous les domestiques sont partis à la gare, et ma femme et moi nous continuons à veiller sur la famille cette nuit et demain matin. Dois-je faire entrer ces messieurs ?

— Qui est-ce ?

— Deux messieurs qui disent qu'ils avaient prévenu.

— Comment se nomment-ils ?

— Ce sont deux messieurs. Je ne sais pas leurs noms. Je n'ai pas de mémoire.

— C'est commode pour quelqu'un qui répond à une porte, dit le duc en souriant à Firmin.

— Ce n'est pas encore les deux Charolais. Ce n'est pas maintenant qu'ils devaient revenir. Je leur ai dit que Papa ne rentrait pas tout de suite.

— Non, ce ne doit pas être eux, Mademoiselle Germaine, dit Firmin.

— Très bien, faites entrer.

Firmin sortit en laissant la porte ouverte derrière lui. Ils entendirent ses bottes cloutées claquer et grincer sur la pierre du hall d'entrée.

— Charolais ? lança le duc négligemment. Je ne connais pas ce nom. Qui sont-ils ?

— Tout à l'heure Alfred a annoncé deux messieurs. J'ai cru que c'étaient Georges et André du Buit, qui nous avaient promis de venir prendre le thé. Je dis à Alfred de les introduire, et à ma grande surprise apparurent deux horribles provinciaux, que je... Oh !

Elle s'arrêta brusquement, car ceux qui entraient par la porte, c'étaient les deux Charolais, père et fils. M. Charolais pressa sa casquette d'automobiliste contre sa poitrine, et s'inclina.

— Je vous salue à nouveau, mademoiselle.

Son fils s'inclina, et derrière lui apparut un autre jeune homme.

— Mon second fils, établi pharmacien, dit M. Charolais, en présentant son fils d'une grosse main rouge.

Le jeune homme, affublé des mêmes yeux rapprochés que le reste de la famille, entra dans le hall et salua les deux jeunes femmes. Le duc fronça légèrement les sourcils.

— Je suis désolée, messieurs, dit Germaine, mais mon père n'est pas encore rentré.

— Ne vous excusez pas. Il n'y pas de mal, rétorqua

M. Charolais; et lui et ses deux fils s'assirent sur trois chaises, avec l'air de quelqu'un qui est venu pour rester longtemps.

Pendant un moment, Germaine, décontenancée par leur sang-froid, resta sans voix. Puis elle dit avec hâte :

— Il ne rentrera peut-être que dans une heure. Je ne voudrais pas vous faire perdre votre temps.

— Oh ! Il n'y a pas de mal, répliqua M. Charolais d'un air indulgent. Et se tournant vers le duc, il ajouta :

— Cependant, en attendant, si monsieur est de la famille on pourrait peut-être discuter avec lui le dernier prix de l'automobile.

— Je regrette, mais ça ne me regarde en aucune façon.

Avant que M. Charolais ne puisse répondre, la porte s'ouvrit et la voix profonde de Firmin dit :

— Si Monsieur veut pénétrer par ici.

Un troisième jeune homme entra dans le hall.

— Comment, te voilà, Bernard ? dit M. Charolais. Je t'avais dit d'attendre à la grille du parc.

— Je voulais voir l'auto aussi, dit Bernard.

— Mon troisième fils. Je le destine au barreau, dit M. Charolais, une grande fierté paternelle dans la voix.

— Mais combien sont-ils ? dit Germaine d'une voix éteinte.

Avant que M. Charolais ne puisse répondre, Firmin apparut une nouvelle fois sur le seuil.

— Le maître vient d'arriver, Mademoiselle.

— Eh bien tant mieux ! dit Germaine; et se tournant vers M. Charolais, elle ajouta : Si vous voulez me suivre, Messieurs, vous allez pouvoir parler à mon père du prix de l'automobile.

Pendant qu'elle parlait, elle s'approcha de la porte. M. Charolais et ses fils se levèrent et la suivirent. Le père et les deux fils aînés leur emboîtèrent le pas. Mais Bernard s'attarda, apparemment pour admirer les bibelots posés sur les meubles. Avec une vitesse incroyable il prit deux des objets les plus proches et suivit ses frères. Le duc traversa le hall en trois bonds, l'attrapa par le bras sur le seuil, le tira dans la pièce et ferma la porte.

— Non, vous ne pouvez pas, jeune homme, dit-il sèchement.

— Quoi ? lança Bernard en essayant de se défaire de son étreinte.

— Vous avez pris un porte-cigarettes.

— Non, non, je n'ai rien pris… rien du tout balbutia-t-il.

Le duc empoigna le bras gauche du jeune homme, fouilla dans la casquette qu'il tenait à la main et en sortit un porte-cigarettes en argent. Il lui colla sous les yeux.

Les lèvres de Bernard pâlirent. Ses yeux effrayés semblaient vouloir sortirent de leurs orbites.

— C'est… c'est… par mégarde.

Le duc l'agrippa par le col, et plongea sa main dans la poche intérieure de sa veste. Bernard, incapable de résister, et totalement déconcerté par sa rapidité, n'offrit aucune résistance.

Le duc sortit un écrin en marocain et lui lança :

— Et ça, c'est par mégarde aussi ?

— Mon Dieu le pendentif ! s'écria Sonia, qui avait observé la scène la bouche ouverte et les yeux écarquillés.

Bernard tomba à genoux et joignit les mains.

— Pardonnez-moi ! s'écria-t-il, d'une voix étranglée. Pardonnez-moi ! Ne me trahissez pas ! Pour l'amour de Dieu, ne me trahissez pas !

Il avait les larmes aux yeux.

— Vous êtes un petit misérable ! dit le duc calmement.

— Je ne recommencerais plus jamais ! Oh, ayez pitié ! Si mon père savait ! Laissez-moi partir !, criait Bernard.

Le duc hésita, le regarda, fronça les sourcils et tira sur sa moustache. Puis, rapidement, il prit sa décision.

— Soit, dit-il doucement. Pour cette fois… allez au diable ! Il le redressa brusquement et le jeta dans le hall d'entrée.

— Merci !… Oh, merci ! dit Bernard.

Le duc ferma la porte et regarda Sonia, en soufflant rapidement.

— Eh bien ? Avez vous déjà vu quelque chose de la sorte ? Ce petit ira loin. Quel toupet ! Juste sous nos yeux ! Et le pendentif aussi : c'eut été dommage ! Ma foi, j'aurais dû le livrer à la police.

— Non, non ! s'écria Sonia. Vous avez bien fait de pardonner.

Le duc déposa le pendentif sur le bord du secrétaire, et traversa le hall vers Sonia.

— Qu'avez-vous donc ? demanda-t-il avec douceur. Vous êtes toute pâle.

— Ça m'a bouleversée… le malheureux enfant, dit Sonia, les yeux baignés de larmes.

— Vous le plaignez ?

— Oui, c'est affreux. Il avait des yeux si terrifiés, et si jeune. Et puis être pris là… en volant… sur le fait. Oh ! c'est odieux !

— Voyons, voyons… que vous êtes impressionnable ! dit le duc, d'une voix réconfortante, presque caressante. Ses yeux, posés sur le charmant visage troublé de la jeune fille, étaient plein d'une vive admiration.

— Oui; c'est bête. Vous avez remarqué ses yeux, ses yeux traqués ? Vous avez eu pitié, n'est-ce pas ? Vous êtes bon au fond.

— Pourquoi… au fond ?

— Je dis au fond parce que votre apparence est ironique, et votre abord est si froid. Mais souvent, c'est le masque de ceux qui ont le plus souffert, et ce sont les plus indulgents, dit Sonia lentement, en hésitant, en choisissant ses mots.

— Oui, répondit le duc pensivement.

— Parce que quand on souffre, n'est-ce pas, alors on comprend… enfin on comprend.

Il y eut une pause. Les yeux du duc étaient toujours posés sur le visage de Sonia. L'admiration que l'on avait pu y lire précédemment s'était muée en compassion.

— Vous souffrez donc bien ici ? demanda-t-il gentiment.

— Moi ? Pourquoi ?

— Votre sourire est désolé, vous avez des yeux si apeurés, dit le duc doucement. Vous êtes comme un petit enfant qu'on voudrait protéger. Vous êtes seule dans la vie ?

Ses yeux et sa voix étaient pleins de pitié. Une rougeur monta aux joues de Sonia.

— Oui, dit-elle.

— Mais vous n'avez pas de la famille… pas d'amis ?

— Non.

— Vous n'en avez pas ici, en France, mais dans votre pays… Vous devez bien en avoir en Russie ?

— Non, personne. Mon père était un Révolutionnaire. Il est mort en Sibérie quand je n'étais encore qu'un bébé. Et ma mère, elle est morte elle aussi… à Paris. Elle avait fui de Russie. J'avais deux ans quand elle est morte.

— Ce doit être dur d'être aussi seule, dit le duc.

— Non, dit Sonia avec un petit sourire. Ça ne me gêne pas de ne pas avoir de famille. J'ai été habituée si jeune… si jeune. Ce qui est dur… Mais vous allez vous moquer de moi.

— Le ciel m'en préserve ! dit le duc avec sérieux.

— Eh bien, ce qui est dur, c'est de ne jamais recevoir de lettres… une enveloppe qu'on ouvre… quelqu'un qui pense à vous…

Elle s'arrêta, et ajouta d'une voix pleine de gravité :

— Mais je me fais une raison. J'ai une grande dose de philosophie.

Elle lui sourit… d'un adorable sourire d'enfant.

Le duc sourit aussi.

— Une certaine dose de philosophie. Vous ressemblez à un philosophe.

Alors qu'ils se regardaient, cherchant à découvrir l'âme dans les yeux de l'autre, la porte de la galerie s'ouvrit, et la voix acerbe de Germaine claqua à leurs oreilles.

— Vous êtes impossible Sonia ! cria-t-elle. Je ne peux absolument rien vous dire. Je vous avais pourtant bien recommandé d'emballer vous-même dans ma valise mon nécessaire à écrire en cuir ? J'ouvre au hasard un tiroir et que vois-je ? Mon nécessaire à écrire en cuir.

— Je vous demande pardon, dit Sonia. Je vais…

— Oh ! Ce n'est plus la peine… je m'en charge, dit Germaine. Mais ma parole, vous seriez une invitée au château, vous n'en prendriez pas plus à votre aise. Vous êtes la négligence même.

— Voyons, Germaine… pour une petite distraction, intervint le duc, sur un ton enjôleur.

— Je vous en prie, Jacques; mais vous avez la fâcheuse habitude de vous mêler des affaires de maison. Vous l'avez déjà fait l'autre jour. Je ne peux plus faire une observation à un domestique…

— Germaine ! protesta violemment le duc.

Germaine se tourna vers Sonia, et désignant un paquet d'enveloppes et de lettres que Bernard Charolais avait fait tomber de la table, s'écria :

— Ramassez les enveloppes et les lettres, et portez le tout dans ma chambre, et faites vite !

Elle sortit vivement de la pièce et claqua la porte derrière elle.

Sonia paraissait totalement indifférente à cet accès de colère : aucune rougeur d'humiliation ne ternissait ses joues, ses lèvres ne frémissaient pas. Elle se baissa pour ramasser les papiers.

— Non, non ; je vous en prie, dit le duc, avec douleur.

Et se laissant tomber à genoux, il l'aida à rassembler les papiers. Il les posa sur la table, et ajouta :

— Il ne faut pas faire attention à ce que dit Germaine. Elle a… elle a… elle a bon cœur. C'est sa façon de se conduire. Elle a toujours été très heureuse et a toujours eu tout ce qu'elle voulait. Elle a été trop gâtée. Ce genre de personne n'a aucune considération pour les autres. Vous ne devez pas laisser ses accès de colère vous blesser.

— Oh, je n'ai pas remarqué. Vraiment, protesta Sonia.

— Tant mieux. Ça n'en valait pas la peine.

Il fit un paquet des enveloppes et des cartes et lui tendit.

— Voilà, dit-il avec un sourire. Ça ne sera pas trop lourd ?

— Merci, lui dit Sonia en le prenant.

— Vous ne voulez pas que je vous aide ?

— Non, merci, Votre Grâce.

Dans un mouvement rapide, irréfléchi, presque irresponsable, il lui saisit la main, se baissa et la baisa. Une légère rougeur envahit le visage de la jeune fille, submergeant sa blancheur des cheveux à la gorge. Elle resta ainsi un long moment, pétrifiée, la main sur le cœur. Puis, d'un pas rapide, hésitant, elle se dirigea vers la porte et l'ouvrit. Là, elle s'arrêta sur le seuil avant de se retourner pour le regarder et de disparaître.

CHAPITRE V

Une lettre de Lupin

Le duc resta un moment à fixer la porte par laquelle Sonia était passée, un petit sourire aux lèvres. Il traversa le hall vers le secrétaire Chippendale, prit une cigarette dans une boîte qui était posée sur l'abattant, à côté de l'écrin en marocain du pendentif. Il l'alluma et sortit. Il marcha lentement, avant de s'arrêter à la limite de la terrasse et de regarder la campagne de ses yeux rêveurs sans rien apercevoir de ses beautés. Puis, il se tourna sur sa droite, descendit une volée de marches vers la terrasse du bas, traversa la pelouse, et prit un étroit sentier qui menait au cœur d'un massif de grands cyprès. Au milieu de celui-ci, il se dirigea vers l'un de ces vieux bancs de pierre, couverts de mousse et tachés par les intempéries, qui ornent les jardins de tant de châteaux français. Il faisait face à un bassin en marbre au milieu duquel s'élevaient les minces colonnes d'une fontaine crépitante. La silhouette d'un Cupidon dansait joyeusement sur un haut piédestal à la droite du bassin. Le duc s'assit sur le banc, et il resta immobile, avec ce calme rare qui est l'apanage de quelqu'un de parfaitement équilibré. Son front se plissait sous une profonde réflexion. De temps en temps son visage préoccupé s'éclairait et ses traits se détendaient sous un petit sourire, un sourire provoqué par l'agréable souvenir du visage de Sonia, du sourire de Sonia, de Sonia rougissant sous son regard passionné. Tout cela emplissait son âme. Le soir de septembre était déjà tombé lorsqu'il se leva et grimpa les marches à travers les massifs, avec l'air d'un homme dont l'âme, pour le meilleur ou le pire, est enfin rassérénée.

Lorsqu'il parvint à la terrasse du haut ses yeux tombèrent sur un groupe qui attendait dans le coin opposé, près de l'entrée du château. Il se dirigea lentement vers lui.

Au centre se tenait M. Gournay-Martin, un malabar mou et rond. Il était presque aussi rouge de visage que M. Charolais; et il semblait encore plus rouge en raison de l'extrême blancheur des poils qui dépassaient de chaque côté de ses larges joues. En arrivant, le duc avait été frappé par l'étrangeté des yeux des Charolais : n'importe qui leur aurait trouvé un air de famille.

Le millionnaire agitait les mains et parlait haut, avec les manières d'un homme qui cultive l'art d'intimider ceux avec qui il fait des affaires; et comme le duc arrivait près du groupe, il entendit ces mots :

— Non, c'est mon dernier prix… C'est à prendre ou à laisser. Dites-moi oui, ou dites-moi adieu; je m'en fiche.

— C'est bien cher, dit M. Charolais d'un ton affligé.

— Cher ! rugit M. Gournay-Martin. Je voudrais vous en voir vendre des cent-chevaux à 19 000 francs en ce moment-ci ! Mais, mon cher Monsieur, vous m'entôlez.

— Mais non, mais non, protesta M. Charolais.

— Je vous dit que vous m'entôlez, rugit à nouveau M. Gournay-Martin. Une machine superbe que j'ai payée 33 000 francs et que je laisse à 19 000 francs ! Vous m'en faites une offre scandaleuse.

— Mais non, mais non, protesta encore M. Charolais.

Il semblait effrayé par la véhémence du gros homme.

— Vous verrez comme elle tient la route, dit M. Gournay-Martin.

— 19 000 francs c'est cher, dit M. Charolais.

— Allons ! Allons ! vous êtes un roublard. Mais ne dites rien avant d'avoir essayé la voiture.

Il se tourna vers son chauffeur, qui attendait en regardant la joute avec un sourire appréciateur sur son visage sombre, et dit :

— Jean, accompagnez ces messieurs au garage et mettez-vous à leur entière disposition. Montrez-leur ce que vaut l'automobile. Faites tout ce qu'ils vous demandent.

Il fit un clin d'œil à Jean, se tourna vers M. Charolais, et ajouta :

— Vous savez, M. Charolais, vous êtes trop dur en affaire pour moi. Vous êtes redoutable, vous êtes vraiment redoutable. Allez essayer mon automobile. Au revoir… Au revoir.

Les quatre Charolais, profondément découragés, murmurèrent au revoir, et suivirent Jean, avec un air de chien battu. Quand ils eurent tourné le coin le millionnaire s'adressa au duc avec un gloussement :

— Il va acheter la voiture — je l'ai bien roulé.

— Aucun de vos succès en affaire ne peut me surprendre, dit le duc, pince-sans-rire, un léger sourire aux lèvres.

Les petits yeux porcins de M. Gournay-Martin dansèrent et brillèrent; et des sourires flottèrent sans enthousiasme sur sa peau distendue comme de petites rides sur une mare stagnante.

— L'auto date d'il y a quatre ans, dit-il joyeusement. Il m'en donnera 19 000 francs et ça ne vaut pas une pipe à tabac. 19 000 francs c'est le prix d'un petit Watteau que je guigne depuis longtemps. Un investissement de première classe.

Il descendit tranquillement la terrasse et pénétra dans le hall par l'une des baies vitrées. Firmin avait allumé deux des lampes. Elles faisaient une petite oasis de lumière dans la pénombre du hall. Le millionnaire se laissa délicatement tomber dans un fauteuil Empire, comme s'il craignait, à juste titre, de le voir s'effondrer sous son poids.

— Au fait, mon cher duc, on ne me demande pas de nouvelles du déjeuner officiel, on ne me demande pas ce qu'a dit le ministre.

— Avez-vous du nouveau ? lança négligemment le duc.

— Oui. Votre décret sera signé demain. Vous pouvez vous considérer comme décoré. J'espère que vous êtes un homme heureux, dit le millionnaire, en frottant ses grosses mains avec une étonnante satisfaction.

— Absolument… Absolument, affirma le duc avec une totale indifférence.

— Moi, je suis ravi. Je tenais à ce que vous fussiez décoré. Après ça, après un ou deux volumes de voyages, après que vous aurez publié les lettres de votre grand-père avec une bonne préface, il faudra songer à l'Académie.

— L'Académie ! s'exclama le duc, sortant de son habituel flegme : mais je n'ai aucun titre pour devenir Académicien.

— Comment, aucun titre ? s'étonna le millionnaire solennellement; et ses petits yeux s'écarquillèrent. Vous êtes duc.

— Cela ne fait aucun doute, dit le duc en le regardant avec une curiosité admirative.

— Je veux donner ma fille à un travailleur, mon cher duc, dit le millionnaire en claquant sa grosse main gauche sur sa main droite encore plus grosse. Je n'ai pas de préjugés, moi. Je veux pour gendre un duc qui soit décoré et de l'Académie Française, parce que ça c'est le mérite personnel ! Je ne suis pas snob.

Le duc le coupa d'un rire aimable et irrépressible.

— Pourquoi riez-vous ? demanda le millionnaire dont le visage s'assombrit soudainement.

— Pour rien. Seulement, vous êtes plein de surprises.

— Je vous déroute, hein ? Avouez que je vous déroute. C'est vrai que je suis plein de surprises. Je comprends tout. Je comprends les affaires et j'aime l'art, les tableaux, les belles occasions, les bibelots, les belles tapisseries. C'est le meilleur des placements. Oui, j'aime ce qui est beau. Et sans me vanter, je m'y connais. J'ai du goût, et j'ai quelque chose de supérieur encore au goût; j'ai du flair, j'ai le flair du marchand.

— Vos collections de Paris le prouvent, lança le duc en réprimant une envie de bâiller.

— Et encore vous n'avez pas vu ma plus belle pièce, ma meilleure affaire, le diadème de la princesse de Lamballe. Il vaut cinq cent mille francs.

— Fichtre, souffla le duc avec lassitude. Je comprends que le sieur Lupin vous l'ait envié.

Le fauteuil Empire craqua lorsque le millionnaire s'en éjecta.

— Ne parlez pas de cet animal-là ! rugit-il. Ne mentionnez pas son nom devant moi.

— Germaine m'a montré sa lettre. Elle est drôle.

— Sa lettre ! Le misérable ! J'ai failli en avoir une apoplexie, hurla le millionnaire. J'étais dans ce salon où nous sommes, à bavarder tranquillement, quand tout à coup Firmin entre et apporte une lettre.

Il fut interrompu par l'ouverture de la porte. Firmin traversa la pièce à pas lourds et dit de sa voix profonde :

— Une lettre pour Monsieur.

— Merci, dit le millionnaire en prenant la lettre ; et, comme il mettait son lorgnon, il ajouta :

— Et Firmin m'apporta une lettre dont l'écriture... Il porta l'enveloppe à ses yeux, et beugla :

— Nom de Dieu !

— Que se passe-t-il ? demanda le duc en se levant de sa chaise.

— L'écriture... l'écriture... C'est la même écriture ! suffoqua le millionnaire. Et il se laissa tomber lourdement en arrière contre le dossier de son fauteuil.

Il y eut un craquement. Le duc eut la vision de bras et de jambes énormes s'agitant dans les airs alors que le dossier du fauteuil cédait. Il y eut un autre craquement. Le fauteuil s'effondra. L'énorme masse s'écrasa sur le sol.

Le rire du duc résonna irrésistiblement. Il attrapa l'un des bras qui s'agitait et remit le géant flasque sur ses pieds avec une facilité qui semblait montrer qu'il avait des muscles d'acier.

— Allons, dit-il tout en riant. Ça n'a aucun sens. Que voulez-vous dire par la même écriture ? Ce n'est pas possible.

— C'est la même écriture. Suis-je du genre à me tromper ? bredouilla le millionnaire. Il déchira avec frénésie l'enveloppe pour l'ouvrir.

Au fur et à mesure que ses yeux couraient sur la lettre, ils s'écarquillaient de plus en plus, jusqu'à atteindre une taille presque normale.

— Écoutez, dit-il... Écoutez :

"Cher Monsieur,

"Ma collection de tableaux que j'ai eu le plaisir, il y a trois ans, de commencer avec la vôtre, ne compte en fait d'œuvres anciennes qu'un Vélasquez, un Rembrandt et trois petits Rubens. Vous en avez bien davantage. Comme il est pitoyable que de pareils chefs-d'œuvre soient entre vos mains, j'ai

l'intention de me les approprier et me livrerai demain dans votre hôtel de Paris à une respectueuse perquisition."

"Agréez, je vous prie, Monsieur, l'expression de mon entier dévouement,

"ARSENE LUPIN"

— C'est une blague, dit le duc.

— Attendez ! Attendez ! s'étrangla le millionnaire. Il y a un post-scriptum. Ecoutez :

"P. S. Bien entendu, comme depuis trois ans vous détenez le diadème de la princesse de Lamballe, je me restituerai ce joyau par la même occasion... A. L."

— Le misérable ! Le bandit ! J'étouffe ! hoqueta le millionnaire, en tirant sur son col. A en juger d'après la noirceur de son visage, et la façon dont il chancela et s'écroula sur le divan, qui était heureusement plus résistant que la chaise, il disait la vérité.

— Firmin ! Firmin ! cria le duc. Un verre d'eau ! Vite ! Votre maître se trouve mal.

Il se rua à côté du millionnaire qui étouffait :

— Téléphonez ! Téléphonez à la Préfecture de Police ! Faites vite !

Le duc desserra son col de ses doigts habiles, sortit un éventail d'un étui accroché au mur et l'éventa vigoureusement. Firmin traversa la pièce à pas lourds, un verre d'eau à la main.

La porte de la galerie s'ouvrit sur Germaine et Sonia, qui, alarmées par les cris du duc, entrèrent en toute hâte.

— Vite ! Des sels ! dit le duc.

Sonia traversa le hall en courant, ouvrit l'un des tiroirs dans le cabinet oriental, et se pressa auprès du millionnaire avec un grand flacon de sels. Le duc le prit et l'appliqua sous le nez du millionnaire, qui en respira trois fois avec une extrême violence. Le duc saisit le verre des mains de Firmin et jeta l'eau sur le visage écarlate de son hôte. Le millionnaire haleta et crachota.

Germaine restait là à fixer désespérément son père qui

suffoquait.

— Que s'est-il passé ? demanda-t-elle.

— C'est cette lettre, dit le duc. Une lettre de Lupin.

— Je vous l'avait bien dit... Lupin est dans le voisinage, cria Germaine triomphalement.

— Firmin... Où est Firmin ? demanda le millionnaire en se redressant de lui-même tant bien que mal. Il semblait avoir retrouvé une partie de sa voix. Ah, vous êtes là.

Il se leva d'un bond, attrapa le garde-chasse par les épaules et le secoua furieusement.

— Cette lettre, d'où vient-elle ? Qui l'a apportée ? hurla-t-il.

— Elle était dans la boîte de la grille à l'entrée du parc. C'est ma femme qui l'a trouvée là, dit Firmin, et il se dégagea de l'étreinte du millionnaire.

— Comme il y a trois ans, cria le millionnaire, complètement désespéré. C'est le même coup qu'il y a trois ans. Ah ! Quelle catastrophe! Quelle catastrophe !

— Voyons, ne vous affolez pas, dit le duc avec une calme assurance. Si cette lettre n'est pas une fumisterie...

— Une fumisterie ! mugit le millionnaire. Est-ce que c'était une fumisterie il y a trois ans ?

— Soit. Mais alors si ce vol dont on vous menace est réel, il est enfantin et nous pouvons le prévenir.

— Comment ça ? demanda le millionnaire.

— Regardez la date de la lettre... Dimanche, le 3 septembre. Cette lettre a été écrite aujourd'hui.

— Oui. Eh bien ?

— Regardez la lettre : « je me livrerai demain matin dans votre hôtel de Paris à une respectueuse perquisition »... demain matin.

— C'est vrai : « demain matin »... et alors ?

— De deux choses l'une. Ou bien c'est une fumisterie, et il n'y a pas à s'en occuper, ou bien la menace est réelle et nous avons le temps pour empêcher ce vol.

— Mais oui, bien sûr. Pourquoi n'y avais-je pas pensé ? s'exclama le millionnaire dont l'angoisse quitta brusquement le visage.

— Pour cette fois le bluff du sieur Lupin et sa manie de prévenir les gens auront joué au bonhomme un tour pendable.

— Allons téléphoner.

— Mais le téléphone ne fonctionne pas, dit vivement Sonia.

— Il ne marche pas ! Pourquoi ? rugit le millionnaire en se précipitant vers le téléphone.

— Regardez l'heure, dit Sonia ; le téléphone ne fonctionne plus à cette heure. On est dimanche.

Le millionnaire s'arrêta net.

— C'est vrai. C'est épouvantable.

— Mais ça ne fait rien. Vous pouvez télégraphier, dit Germaine.

— Mais non ! C'est impossible, la coupa Sonia. La dépêche ne partira pas. C'est dimanche et le télégraphe ferme à midi.

— Mais quel gouvernement ! gémit le millionnaire. Il s'affaissa sur une chaise à côté du téléphone, et s'épongea le front. Ils le regardèrent, puis se regardèrent, se creusant la tête pour trouver comment entrer en contact avec la police de Paris.

— Flûte ! dit le duc. Il doit bien y avoir une solution.

— Mais laquelle ? demanda le millionnaire.

Le duc ne répondit pas. Il glissa les mains dans ses poches et marcha de long en large dans le hall. Germaine s'assit sur une chaise. Sonia posa ses mains sur le dossier d'un divan et se pencha en avant pour le regarder. Firmin, perplexe, resta devant la porte, où il s'était retiré hors d'atteinte de l'énervement de son maître. Ils regardaient tous le duc avec l'air de gens attendant que l'oracle délivre son message. Le millionnaire continuait à s'éponger le front. Plus il pensait à sa perte imminente, plus il transpirait. La femme de chambre de Germaine, Irma, entra par la porte donnant sur le hall d'entrée, que Firmin, comme à l'habitude, avait laissé ouverte, et regarda avec étonnement le groupe silencieux.

— J'ai trouvé ! cria enfin le duc. Il y a une solution.

— Laquelle ? demanda le millionnaire qui se leva et s'avança au milieu du hall.

— Quelle heure est-il ? lâcha le duc en sortant sa montre.

Le millionnaire sortit la sienne. Germaine fit de même. Firmin, après une lutte acharnée, extirpa d'une poche difficile d'accès un objet qui ressemblait fort à un navet. Il y eut une vive dispute entre Germaine et le millionnaire pour savoir laquelle de leurs montres était à l'heure. Firmin, dont la montre n'était apparemment pas d'accord avec les autres, fit entendre sa grosse voix au-dessus des leurs. Le duc en arriva à la conclusion qu'il devait être un peu plus de sept heures.

— Il est dans les sept heures. Eh bien je vais prendre une auto et filer à Paris. Je peux être là-bas, sauf incident, entre deux et trois heures du matin, juste à temps pour prévenir la police et attraper les voleurs en plein vol.

En disant cela, il se précipita hors du hall.

— Excellent ! Excellent ! s'exclama joyeusement le millionnaire. Votre jeune ami est un homme plein de ressources, Germaine. Cela ferait presque pitié qu'il soit duc. Il ferait des merveilles dans le commerce immobilier. Mais je vais aussi à Paris, et vous venez avec moi. Je ne vais pas attendre sans rien faire, pour sauver ma vie. Et je ne peux pas vous laisser ici. Cette fripouille pourrait venir faire une tentative simultanée sur le château… ce n'est pas qu'il y ait ici quoi ce soit qui ait de la valeur. Il y a cette statuette qui bouge, et le carreau découpé. Je ne peux pas laisser deux jeunes femmes avec des voleurs dans la maison. Après tout, il reste la soixante chevaux et la trente chevaux… il y aura assez de chambres pour tout le monde.

— Oh, mais c'est absurde, papa : nous arriverons avant les domestiques, dit Germaine avec mauvaise humeur. Arriver dans une maison vide en pleine nuit !

— Absurde ? Dépêchez-vous et préparez-vous. Vos valises doivent être prêtes. Où sont mes clefs ? Sonia, où sont mes clefs… les clefs de la maison de Paris.

— Elles sont dans le secrétaire.

— Bien, veillez à ce que je ne parte pas sans elles. Allez vite. Firmin, allez voir Jean et dites-lui que je veux les deux autos. J'en conduirai une, le duc conduira l'autre. Jean restera ici et vous aidera à garder le château.

Sur ce, il sortit du hall en poussant les deux jeunes femmes devant lui.

CHAPITRE VI

Encore les Charolais

La porte s'était à peine refermée sur le millionnaire que la tête de M. Charolais apparut à l'une des fenêtres ouvrant sur la terrasse. Il regarda le hall vide, siffla doucement et entra. En moins de dix secondes ses trois fils arrivèrent par la même fenêtre, et avec eux entra Jean, le chauffeur du millionnaire.

— Jean, tu prends la porte du hall d'entrée, dit M. Charolais, à voix basse. Bernard, tu prends la porte de cette galerie de peinture. Pierre et Louis, vous venez m'aider à fouiller les tiroirs. Toute la famille part pour Paris, et si nous ne sommes pas assez rapides nous ne pourrons pas prendre les autos.

— Ça devient une habitude idiote de prévenir qu'on fait un coup, grogna Jean, en se hâtant vers la porte du hall d'entrée. C'était si simple de cambrioler l'hôtel de Paris sans envoyer de lettre. Ça les a tous affolés.

— Quel mal peut faire la lettre, imbécile ? dit M. Charolais. C'est dimanche. On a besoin de leur affolement pour demain, pour mettre la main sur le diadème. Oh oui, pour mettre la main sur ce diadème ! Il doit être à Paris. J'ai fouillé le château pendant des heures.

Jean entrouvrit la porte donnant sur le hall d'entrée, et y jeta un coup d'œil. Bernard fit de même avec la porte donnant sur la galerie de peinture. M. Charolais, Pierre et Louis ouvraient les tiroirs, les fouillaient et les fermaient sans faire de bruit avec une rapidité infinie.

— Le secrétaire ! Lequel est le secrétaire ? L'endroit est bourré de secrétaires ! grogna M. Charolais. Il me faut ces clefs.

— Cette chose simple avec des poignées en cuivre à gauche…

c'est un secrétaire, murmura Jean.

— Pourquoi ne l'avais-tu pas dit ?

Il se précipita dessus, et essaya de l'ouvrir. Il était verrouillé.

— Fermé, bien sûr ! C'est bien ma chance ! Viens l'ouvrir, Pierre. Soit malin !

Le fils qu'il avait présenté comme étant un ingénieur s'approcha rapidement du secrétaire, ajusta ensemble les deux moitiés d'une petite pince-monseigneur. Il la glissa au sommet de l'abattant. Il y eut un craquement, et la vieille serrure céda. Il ouvrit l'abattant, et lui et M. Charolais tirèrent les tiroirs les uns après les autres.

— Vite ! Voilà ce vieux fou ! siffla Jean.

Il entra dans le hall, souffla une des lampes. Dans le septième tiroir se trouvait un trousseau de clefs. M. Charolais s'en empara, y jeta un coup d'œil, prit un trousseau dans sa poche, le posa dans le tiroir qu'il referma avant de rabattre l'abattant et de courir jusqu'à la fenêtre. Jean et ses fils étaient déjà sur la terrasse.

M. Charolais était encore à un mètre de la fenêtre quand la porte du hall d'entrée s'ouvrit devant M. Gournay-Martin.

Il vit un dos disparaître par la fenêtre, et hurla :

— Ah ! Un homme ! Un voleur ! Firmin ! Firmin !

Il courut maladroitement à travers le hall, se prit le pied dans un morceau du fauteuil brisé et vint s'étaler dans un bruit de tonnerre, qui lui coupa le souffle. Il resta mollement étendu plusieurs minutes, son large dos remuant convulsivement dans un pathétique effort pour reprendre son souffle. Finalement, il s'assit, et fondit en larmes. Il sanglota pendant trois ou quatre minutes, comme un petit enfant qui s'est fait mal. Puis, ayant retrouvé sa splendide voix, il hurla furieusement :

— Firmin ! Firmin ! Charmerace ! Charmerace !

Puis, il se redressa et regarda par la fenêtre.

Au bout d'un certain temps il hurla à nouveau :

— Firmin ! Firmin ! Charmerace ! Charmerace !

Il regardait à travers la fenêtre avec des yeux terrifiés, comme si quelqu'un allait venir lui trancher la gorge.

— Firmin ! Firmin ! Charmerace ! Charmerace !

Le duc entra calmement dans le hall, vêtu d'un épais manteau, d'une casquette et portant un sac de voyage.

— Avez-vous appelé ?

— Appelé ? J'ai crié ! Les voleurs sont déjà là. J'en ai vu un. Il filait par la fenêtre du milieu.

Le duc fronça les sourcils.

— La nervosité, dit-il doucement...

— Ce n'est pas de la nervosité ! Je vous dis que je l'ai vu comme je vous vois !

— Eh bien, vous ne pouvez pas me voir du tout, étant donné que le hall n'est éclairé que par une seule lampe, dit le duc incrédule.

— C'est cet imbécile de Firmin ! Il devait en allumer six. Firmin ! Firmin ! hurla le millionnaire.

Ils attendirent le claquement des bottes du garde-chasse, mais ils ne purent l'entendre. Évidemment, Firmin était en train d'obéir aux instructions que son maître lui avait données à transmettre à Jean au sujet des automobiles.

— Eh bien, nous n'avons plus qu'à fermer les fenêtres, dit le duc en s'exécutant. Si vous pensez que Firmin ne fera rien de bon, postez-le cette nuit dans le hall avec une arme. Ça ne fera pas de mal d'envoyer une volée de petits plombs dans les jambes de ces gredins. Il n'aura qu'à tirer sur l'un d'eux, et les autres sauveront leur vie. Je n'aimerais pas vous laisser, vous et Germaine, dans cette grande maison avec uniquement Firmin pour veiller sur vous.

— Je n'aimerais pas ça non plus, et je ne vais pas courir le risque, grogna le millionnaire. Nous allons à Paris en auto avec vous et nous laisserons Jean pour aider Firmin à combattre ces voleurs. Firmin est quelqu'un de sûr... c'est un ancien soldat. Il a fait '70. Ce n'est pas que je fasse confiance aux soldats pour s'opposer à Lupin, après la façon dont il s'est occupé du caporal et de ses hommes il y a trois ans.

— Je suis enchanté que vous veniez à Paris. J'aurai l'esprit tranquille. Je prendrai la limousine et vous le landaulet.

— Ca ne va pas. Germaine n'ira pas dans la limousine. Vous savez qu'elle ne l'aime pas.

— Malgré tout, je foncerai à Paris et vous suivrez doucement avec Germaine. Plus tôt je serai à Paris et mieux ce sera pour votre collection. J'emmènerai Mademoiselle Kritchnoff avec moi, et, si vous voulez, Irma; mais plus nous serons légers pour voyager, plus vite nous serons à là-bas.

— Non, je prendrai Irma et Germaine. Germaine préférera avoir Irma avec elle, au cas où vous auriez un accident. Elle ne voudrait pas arriver à Paris et avoir à trouver une nouvelle femme de chambre.

La porte de la galerie s'ouvrit et Germaine entra, suivie de Sonia et Irma. Elle portaient des vêtements d'automobile, des capuches et des voiles. Sonia et Irma tenaient des bagages à main.

— Je pense que c'est extrêmement ennuyeux d'aller comme ça à Paris en plein milieu de la nuit, dit Germaine avec mauvaise humeur.

— Vous croyez ? s'étonna le millionnaire. Eh bien alors, vous serez intéressée d'apprendre que je viens de voir un voleur dans cette pièce. Je l'ai effrayé et il a sauté par la fenêtre sur la terrasse.

— Il était verdâtre, légèrement teinté de jaune, dit le duc.

— Verdâtre ? Oh, veuillez arrêter vos idioties, Jacques. Est-ce le moment de faire l'imbécile ? cria Germaine exaspérée.

— C'est la faible lumière qui l'a fait voir de cette couleur à votre père. Dans une lumière normale, je pense qu'il aurait été d'un bleu Alsacien.

— Vous êtes en train de vous faire du tort en prenant tout à la légère, mon cher duc, si vous espérez jamais devenir un membre de l'Académie Française, lui lança le millionnaire avec aigreur. Je vous dis que j'ai vu un voleur.

— Mais oui. Je vous l'accorde. Mais c'est de sa couleur dont je vous parle, lui rétorqua le duc avec un sourire ironique.

— Oh, arrêtez vous blagues idiotes ! Nous en avons tous assez ! cria Germaine.

— Il y a un temps pour chaque chose, dit le millionnaire avec solennité. Et je dois dire que l'avenir de ma collection et du diadème étant en jeu, ce ne me semble pas être le temps des plaisanteries oiseuses.

— J'accepte la réprimande, dit le duc en souriant à Sonia.

— Mes clefs, Sonia... les clefs de l'hôtel de Paris.

Sonia prit ses propres clefs dans sa poche et alla jusqu'au secrétaire. Elle glissa une clef dans la serrure et essaya de l'ouvrir. Elle ne tourna pas. Sonia se pencha pour l'examiner.

— Quoi... quelqu'un a touché à la serrure! Elle est cassée ! lança-t-elle.

— Je vous avais bien dit que j'avais vu un voleur, triompha le millionnaire. Il en avait après les clefs.

Sonia tira l'abattant du secrétaire et ouvrit avec hâte le tiroir dans lequel étaient les clefs.

— Elles sont là ! s'écria-t-elle en les montrant.

— Je suis arrivé juste à temps, dit le millionnaire. Je les ai surpris en plein milieu de leur vol.

— Je l'admets ! Je l'admets ! s'exclama le duc. Vous avez vu un voleur, c'est l'évidence même. Mais je crois toujours qu'il était verdâtre. Ils le sont souvent. Cependant, vous devriez me donner les clefs, Mademoiselle Sonia, puisque je vais arriver à Paris le premier. Je trouverais cela stupide si, en arrivant là-bas, je devais forcer la maison pour attraper les voleurs.

Sonia porta les clefs au duc. Il s'arrangea pour prendre ses petites mains et les clefs dans les siennes et les pressa. La lumière était bien trop faible pour que les autres puissent voir la rougeur enflammer le visage de Sonia. Elle recula jusqu'au secrétaire.

— Maintenant, papa, allez-vous venir à Paris en manteau léger et en gilet de lin ? Si nous voulons partir, il faut y aller maintenant. Vous nous faites toujours attendre une demi-heure quand nous devons partir, dit Germaine.

Le millionnaire se dépêcha de sortir de la pièce. Germaine, impatiente, se laissa tomber sur une chaise. Irma attendit à la porte de la galerie et Sonia s'assit près du secrétaire.

Soudain, la pluie se mit à battre les fenêtres.

— La pluie ! Il ne manquait plus que cela ! Ça devient parfaitement abominable ! s'écria Germaine.

— Oh, eh bien, il faut prendre cela du bon côté. En tout cas, vous êtes habillée chaudement, la nuit n'est pas trop fraîche, même s'il pleut, rétorqua le duc. Je fais le vœu que Lupin gardera son opération pour un temps meilleur. Il fit une pause et ajouta joyeusement, mais après tout, cela évitera la poussière.

Ils restèrent silencieux durant trois ou quatre minutes, écoutant le bruit de la pluie contre les carreaux. Le duc prit son étui à cigarettes dans sa poche et en alluma une.

Soudain, il quitta son air ennuyé et son visage s'éclaira. Il dit avec entrain :

— Bien sûr, pourquoi n'y avons-nous pas pensé ? Pourquoi devons nous partir à l'aveuglette ? Il nous faut avoir l'illumination que mérite notre entreprise.

Sur ce, il alluma toutes les lampes du hall. Il y avait des lampes sur pieds, des appliques, des lampes sur les tables, et des lampes qui pendaient du plafond… de vieilles lampes avec de nouveaux réservoirs, des lampes en cuivre, des lampes en argent et des lampes en porcelaine. Le duc les alluma une à une, patiemment, sans en oublier une seule, avec une froide persévérance. L'opération était ponctuée par les exclamations de Germaine qui ne comprenait pas et pensait qu'il était devenu fou. Le duc ne fit pas attention à elle. Le visage illuminé d'une jubilation enfantine, il allumait lampe après lampe.

Sonia observait avec un sourire admiratif l'enthousiasme enfantin avec lequel il accomplissait sa tâche. Même le visage impassible d'Irma se fendit d'un sourire, qu'elle chassa d'une main respectueuse.

Le duc venait juste d'allumer la vingt-deuxième lampe quand le millionnaire entra :

— Qu'est-ce que c'est ? Qu'est-ce que c'est ? s'étonna-t-il, en s'arrêtant brusquement.

— Juste une nouvelle folie de Jacques, s'écria Germaine exaspérée.

— Mais, mon cher duc !… mon cher duc ! L'huile ! … L'huile ! hurla le millionnaire en pleine détresse. Pensez-vous que ce soit mon but dans la vie d'augmenter les millions de Rockfeller ? Nous n'avons jamais plus de six lampes allumées lorsque nous ne recevons pas.

— Je pense que c'est plus gai ainsi, dit le duc en regardant son travail avec un sourire d'admiration. Mais où sont les autos ? Jean met un temps fou à les amener. Pense-t-il que nous allons aller jusqu'au garage sous cette pluie battante ? Nous ferions mieux de lui dire de se dépêcher. Venez, vous avez une voix qui porte loin.

Il prit le millionnaire par le bras, l'entraîna à travers le hall d'entrée et ouvrit la grande porte du château en disant :

— Criez maintenant !

Le millionnaire le regarda et haussa les épaules :

— Vous n'y allez pas par quatre chemins quand vous voulez quelque chose.

— Et pourquoi le ferais-je ? répondit le duc. Criez, mon bon ami... criez !

Le millionnaire poussa un terrible cri :

— Jean ! Jean ! Firmin ! Firmin!

Il n'y eut pas de réponse.

CHAPITRE VII

Le vol des automobiles

La nuit était des plus sombres et la pluie fouettait leurs visages.

A nouveau le millionnaire hurla :

— Jean ! Jean ! Firmin ! Firmin !

Aucune réponse ne sortit des ténèbres, à part l'écho de sa voix contre les maisons et les dépendances.

Il se tourna vers le duc avec inquiétude :

— Que diable peuvent-ils bien faire ?

— Je n'en sais rien. Je suppose que nous devrions y aller et les trouver.

— Comment ! Dans ces ténèbres et avec ces voleurs autour ? s'exclama le millionnaire prêt à rentrer.

— Si nous n'y allons pas, personne ne le fera. Et pendant ce temps cette racaille de Lupin est de plus en plus prêt à voler vos peintures. Allez, remuez-vous et venez !

Il attrapa le millionnaire par le bras et l'entraîna en bas des escaliers. Ils trouvèrent leur chemin jusqu'aux dépendances. Une faible lumière filtrait de la porte ouverte du garage. Le duc y entra le premier et s'arrêta brusquement.

— Eh bien, que je sois pendu ! s'écria-t-il.

A la place des trois automobiles, il n'y avait plus que la cent-chevaux Mercrac. C'était une voiture de course, avec seulement deux baquets, sur lesquels deux hommes étaient assis, Jean et Firmin.

— Que faites-vous assis là ? Bande d'imbéciles ! hurla le millionnaire.

Aucun des deux hommes ne répondit, ni ne bougea. La

lumière de la lampe luisait dans leurs yeux qui fixaient leur maître en colère.

— Que diable faites-vous là ? demanda le duc en saisissant la lampe qui était posée à côté de l'automobile. Il la leva jusqu'à ce qu'elle éclaire les deux visages. Tout devint clair : ils avaient été ligotés et bâillonnés.

Le duc prit un canif dans sa poche, l'ouvrit, grimpa sur l'automobile et libéra Firmin. Ce dernier toussa, cracha et jura. Le duc coupa les liens de Jean.

— Alors, ironisa le duc, quel est ce nouveau jeu ? A quoi étiez-vous en train de jouer ?

— C'étaient les Charolais... ces maudits Charolais! grogna Firmin.

— Ils sont arrivés sur nous par derrière, dit Jean.

— Ils nous ont ligotés et bâillonnés... les porcs ! ajouta Firmin.

— Et ensuite, ils ont pris les deux automobiles, compléta Jean.

— Ils ont pris les deux autos ? s'écria le millionnaire.

Le duc partit d'un grand éclat de rire.

— Eh bien, votre cher ami Lupin ne fait pas les choses à moitié, dit-il. C'est la chose la plus amusante que j'ai jamais vue.

— Vous trouvez ça amusant ! cria le millionnaire. Amusant ! Qu'y a-t-il de drôle là-dedans ? Et quel rapport avec mes peintures et le diadème ?

Le duc arrêta de rire et se changea immédiatement en homme d'action.

— Eh bien, il va falloir changer nos plans. J'irai à Paris dans cette auto.

— Elle n'est pas en état de le faire, lâcha le millionnaire. Vous n'y arriverez pas.

— Ne vous en faites pas, le coupa le duc. J'y arriverai coûte que coûte. Je suis certain qu'elle est en meilleur état que ce que vous dites. Après tout, ce n'est qu'une affaire de trois cents kilomètres.

Il fit une pause et ajouta d'un ton anxieux :

— Tout de même, je n'aime pas vous savoir seul au château

avec Germaine. Ces gredins ont probablement pris les autos simplement pour vous empêcher d'aller à Paris. Ils pourraient aussi les avoir abandonnées dans un pré et vouloir revenir.

— Vous ne nous laisserez pas derrière. Je n'ai pas l'intention de passer la nuit au château même pour un million. Il y a toujours le train.

— Le train ! Douze heures de train... avec tous les changements ! Vous ne pensez pas que vous allez aller à Paris en train ?

— Mais si. Venez... Il faut que je l'annonce à Germaine ; il n'y plus de temps à perdre. Sur ce, il se hâta vers le château.

— Laissez les lampes allumées, Jean, et assurez-vous que le réservoir est plein, ordonna le duc. Je vais devoir faire confiance au moteur et m'en remettre à la chance. J'arriverai à Paris coûte que coûte.

Il se dirigea vers le château, Firmin sur ses talons.

Quand le duc entra dans le grand hall, il trouva Germaine et son père en train de se quereller. Elle disait que rien ne pouvait l'obliger à faire ce voyage en train; son père affirmait le contraire. Il appuyait ses dires par la simple force de sa magnifique voix.

Quand le silence revint enfin, Sonia prit calmement la parole :

— Y a-t-il un train au moins ? Je sais qu'il y a un train à minuit; mais y en a-t-il un avant ?

— Un indicateur; où y a-t-il un indicateur ? demanda le millionnaire.

— Au fait, où ai-je vu un indicateur ? s'interrogea le duc. Oh, je sais; il y en a un dans le tiroir du cabinet oriental.

Il traversa la pièce vers le meuble, ouvrit le tiroir, prit l'indicateur et le tendit à M. Gournay-Martin.

Le millionnaire s'en empara et tourna les feuilles rapidement. Son regard s'arrêta sur une page et il s'exclama :

— Dieu merci, il y a un train. Il est à neuf heure moins le quart.

— Et qu'est-ce que ça peut nous faire ? Comment allons-nous nous rendre à la gare ? intervint Germaine.

Il se regardèrent interloqués. Firmin, qui avait suivi le duc dans le hall, vint à leur secours.

— Il y a la charrette, proposa-t-il.

— La charrette ! s'écria Germaine avec dédain.

— La bonne chose ! s'exclama le millionnaire. Je la conduirai moi-même. Allez, Firmin ; attelez-y un cheval immédiatement.

Firmin quitta le hall de son pas lourd.

C'était peut-être aussi bien qu'il soit parti, car le duc demanda l'heure et comme les montres de Germaine et de son père n'indiquaient pas la même heure, il s'ensuivit une altercation à laquelle, si Firmin avait été là, il aurait sans doute pris part.

Le duc les coupa brutalement :

— Bon, je ne pense pas que je vais attendre votre départ pour la gare. Ça ne vous prendra pas plus d'une demi-heure. La charrette est légère. Vous n'avez pas besoin de partir immédiatement. Ce serait mieux que je parte dès que l'auto sera prête. Ce n'est pas comme si je pouvais compter sur elle.

— Un moment, dit Germaine. Y a-t-il un wagon-restaurant dans le train ? Je ne veux pas mourir de faim, déjà que ma nuit est fichue.

— Non, il n'y en a pas, répondit son père. Nous allons manger ici et nous prendrons quelque chose avec nous. Sonia, Irma, dépêchez-vous ! Allez dans le cellier et voyez ce que vous pouvez trouver. Dites à la Mère Firmin de nous faire une omelette. Allez !

Sonia se dirigea vers le porte du hall, suivie par Irma.

— Bonne nuit, et *bon voyage*[8], Mademoiselle Sonia, dit le duc.

— Bonne nuit, et *bon voyage*, votre Grâce, répondit Sonia.

Le duc lui ouvrit la porte du hall; et comme elle s'en allait, elle ajouta d'une toute petite voix anxieuse :

— Soyez… soyez très prudent. Je n'aime pas vous savoir roulant pour Paris par une nuit comme celle-ci. Soyez très prudent, je vous en prie.

— Je ferai attention, promit le duc.

Un coup de corne lui indiqua que Jean avait amené l'automobile à la porte du château. Il traversa la pièce, baisa la

8 (NdT) En français dans le texte.

main de Germaine, serra celle du millionnaire, leur souhaita bonne nuit et partit dans l'automobile. Ils l'entendirent démarrer; puis le bruit du moteur diminua le long de l'allée avant de disparaître au loin.

M. Gournay-Martin se leva et commença par éteindre les lampes. Lorsqu'il eut terminé, il jeta un regard inquiet aux fenêtres, comme s'il avait peur que, le duc étant parti, les voleurs viennent se jeter sur lui.

Quelqu'un frappa à la porte et Jean apparut sur le seuil.

— Sa Grâce m'a dit de venir dans la maison pour aider Firmin à la garder, dit-il.

Le millionnaire lui donna des instructions au sujet de la garde de la maison. Firmin, étant donné son passé de soldat, allait occuper le poste d'honneur en gardant le hall, armé de son fusil. Jean allait garder les deux galeries moins exposées. Il disposerait lui aussi d'un fusil. Le millionnaire entra avec lui dans l'armurerie et lui en donna un avec une douzaine de cartouches. Lorsqu'ils revinrent dans le hall, Sonia les appela dans la salle à manger; et là, en réponse aux reproches de Germaine qui voulait manger froid à huit heures du soir, ils firent un rapide, mais excellent repas d'une soupe froide laissée par le chef et prête à être servie.

Ils avaient presque terminé quand Jean entra, le fusil à l'épaule, pour dire que Firmin avait attelé le cheval à la charrette et qu'il les attendait à la porte du château.

— Allez le chercher et attendez près du cheval jusqu'à ce que nous arrivions, ordonna le millionnaire.

Firmin entra en traînant les pieds.

Le millionnaire le regarda solennellement et lui dit :

— Firmin, je me repose sur vous. Je vous laisse dans une situation pleine d'honneur et de danger… une situation comme un vieux soldat français les aime.

Firmin fit de son mieux pour ressembler à un vieux soldat français. Il abandonna la mauvaise posture que des années de marche en forêt avec un fusil à la main lui avait donnée. Il lui manquait néanmoins le fier regard du vieux soldat de la France. Ses yeux manquaient d'éclat.

— Je m'attends à tout, Firmin… voleurs, violence, attaque à main armée, confia le millionnaire.

Firmin sauta sur l'occasion :

— Ne vous en faites pas, monsieur. J'ai connu la guerre de '70, répondit-il avec vigueur.

— Très bien ! approuva le millionnaire. Je vous confie le château et mes trésors.

Il se leva et ajouta :

— Allez, nous devons nous rendre à la gare.

Il passa devant et se dirigea vers la porte du château.

La charrette était plutôt haute, et ils durent prendre une chaise dans le hall pour permettre aux femmes de grimper dedans. Germaine n'oublia pas de donner son opinion sur les avantages d'un siège formé par une planche posée sur les ridelles de la charrette. Le millionnaire grimpa lourdement à l'avant et prit les rênes.

— Jamais plus je ne me fierai seulement aux automobiles. La première chose que je ferai après m'être assuré que mes collections sont sauves, sera d'acheter des voitures…. mais des voitures spacieuses, dit-il tristement en prenant conscience de l'inconfort du siège.

Il se tourna vers Jean et Firmin, qui se tenaient sur les marches pour suivre le départ de leur maître, et leur dit :

— Fils de France, soyez braves… braves !

La charrette s'ébranla dans la moiteur nocturne.

Jean et Firmin les regardèrent disparaître dans les ténèbres. Puis ils rentrèrent dans la château et fermèrent la porte.

Firmin regarda Jean et lui dit d'un air sombre :

— Je n'aime pas ça. Ces voleurs ne vont pas laisser tomber. Ils pourraient tout aussi bien nous couper la gorge.

— Tant pis, dit Jean. D'ailleurs, tu as le poste d'honneur. Tu gardes le hall. Je dois surveiller les galeries. Il y a peu de chance qu'ils entrent par effraction dans les galeries. Alors je vais fermer à clef la porte donnant sur le hall.

— Oh, non ! tu ne vas pas verrouiller cette porte ! s'écria Firmin.

— Bien sûr que je vais le faire, dit Jean. Tu ferais mieux de venir et de prendre une arme.

Ils allèrent jusqu'à l'armurerie. Firmin protestait toujours contre la fermeture de la porte entre les galeries et le hall. Il choisit son fusil; puis ils se rendirent dans la cuisine. Jean prit deux bouteilles de vin, un appétissant pâté, un dessert et les emmena dans la galerie. Il revint dans le hall, rassembla une brassée de journaux et de magazines et retourna dans la galerie. Firmin trottait derrière lui, comme un petit chien à la démarche quelque peu lourde.

Sur le seuil de la galerie Jean s'arrêta et dit :

— L'important avec les voleurs c'est de tirer le premier, mon vieux. Bonne nuit et fais de beaux rêves.

Il ferma la porte et tourna la clef. Firmin fixa d'un air interdit les panneaux décorés. La beauté de la décoration ne lui inspirait pas, pour le moment, une grande admiration.

Il regardait craintivement tout autour de lui le hall vide et par les fenêtres, la noirceur de la nuit. Derrière le crépitement de la pluie il entendit distinctement des bruits de pas. Il traversa hâtivement le hall de son pas lourd, et se glissa dans le couloir menant à la cuisine.

— Mon Dieu ! dit-il, je n'ai jamais eu si peur depuis '70.

Il s'épongea le front en sueur avec un torchon. Ce n'était pas un torchon propre; mais il n'en avait que faire.

— Effrayé ? Par quoi ? demanda sa femme.

— Des voleurs ! Des égorgeurs ! dit Firmin.

Il lui parla des peurs de M. Gournay-Martin, et de sa propre nomination au poste honorable et dangereux de garde du château.

— Dieu nous préserve ! dit sa femme. Ferme la porte de ce foutu hall et viens dans la cuisine. Les voleurs n'en n'ont rien à faire de la cuisine.

— Mais les trésors du maître ! protesta Firmin. Il me les a confiés. Il l'a dit assez expressément.

— Laisse le maître surveiller lui-même ses trésors, dit Madame Firmin, avec fermeté. Tu n'as qu'une gorge et je n'aimerais pas qu'on te la tranche. Assieds-toi et mange ta soupe. Viens et ferme la porte.

Firmin verrouilla la porte du hall; puis il verrouilla la porte de la cuisine, s'assit et entama son repas. Son appétit était solide, mais il ne tirait pas le moindre plaisir de son repas. Il arrêta pendant quelques secondes sa fourchette pleine à mi-chemin entre son assiette et sa bouche, pensant percevoir, de ses oreilles fatiguées, le bruit d'un voleur brisant les vitres du hall. Les fenêtres étaient trop éloignées pour qu'il puisse entendre quelque chose, mais ça ne l'empêchait pas d'être aux aguets. Madame Firmin mangeait tranquillement son repas. Elle semblait certaine que les voleurs ne s'intéresseraient pas à la cuisine.

L'anxiété de Firmin lui donnait terriblement soif. Verre après verre, le vin coulait dans la gorge, lieu de toutes ses craintes. Lorsqu'il eut terminé son repas, il étancha sa soif. Madame Firmin lui alluma sa pipe et alla laver la vaisselle du repas dans l'arrière cuisine. Elle revint ensuite et s'assit de l'autre côté de l'âtre, en face de lui. Au milieu de la troisième bouteille de vin, son courage perdu se retrouva subitement restauré et Firmin commença alors à parler d'un ton ferme de ses devoirs envers son maître, de sa décision de mourir, et si besoin était, de la défense de ses intérêts, de son mépris total pour les voleurs... probablement parisiens. Mais il ne retourna pas dans le hall. Indubitablement c'était la douce chaleur du feu de la cuisine qui le maintenait sur sa chaise.

Il avait décrit à sa femme, avec férocité, la manière par laquelle il anéantirait les trois premiers voleurs qui entreraient dans le hall et il avait commencé à décrire la méthode qu'il allait employer pour le quatrième, lorsqu'un coup lourd fut donné à la porte du château.

Devenu silencieux, comme pétrifié, Firmin s'assit bouche bée, au milieu d'une phrase. Madame Firmin se précipita vers la porte de la cuisine qu'elle avait laissée déverrouillée à son retour de l'arrière cuisine, et la verrouilla. Elle se retourna et ils se regardèrent, hagards.

On frappa lourdement encore et encore à la porte. Entre deux coups, il y avait quelque chose qui ressemblait au rugissement d'un lion. Le mari et la femme étaient livides. Firmin attrapa son fusil d'une main tremblante. Ses dents claquaient comme des castagnettes.

Les coups se firent entendre à nouveau et à leur suite le rugissement.

Au bout de cinq minutes, une légère lueur de compréhension illumina le visage de Madame Firmin.

— Je crois que c'est la voix du maître, dit-elle.

— La voix du maître ! siffla Firmin terrifié.

— Oui, dit Madame Firmin. Elle déverrouilla la lourde porte et l'entrouvrit.

La barrière enlevée, le hurlement familier du millionnaire leur parvint distinctement aux oreilles. Le courage de Firmin l'envahit à nouveau. Il traversa la pièce à pas lourds, écarta sa femme, et trotta jusqu'à la porte du château. Il la déverrouilla et l'ouvrit. Le millionnaire, Germaine et Sonia se tenaient sur les marches. Irma maintenait le cheval par la bride.

— Que diable faisiez-vous ? hurla le millionnaire. Pourquoi m'avez-vous fait attendre sous la pluie ? Pourquoi ne m'avez-vous pas laissé entrer ?

— Des v-v-voleurs... Je pensais que vous étiez des v-v-voleurs, bégaya Firmin.

— Des voleurs ! hurla le millionnaire. Est-ce que je fais le même bruit qu'un voleur ?

A ce moment là ce n'était pas le cas; il faisait plutôt le bruit d'un bull de Bashan. Il dépassa Firmin et entra dans le hall.

Germaine le suivit. Elle enleva son manteau trempé et s'emporta :

— Je ne comprends pas pourquoi vous ne vous êtes pas assuré qu'il y avait un train à neuf heure moins le quart. Je n'irai pas à Paris cette nuit. Rien ne m'obligera à prendre ce train de minuit.

— C'est absurde ! rétorqua le millionnaire. C'est absurde... vous le prendrez ! Où est ce foutu indicateur ?

Il se rua vers la table sur laquelle il avait jeté l'indicateur après avoir cherché l'horaire du train, s'en empara et regarda la couverture.

— Quoi ! Que je sois pendu ! Il est de juin... de juin 1903 !

— Oh ! cria Germaine, presque hystérique. Ce n'est pas vrai !

C'est une blague de Jacques !

L'écrin du pendentif, qui était encore posé sur le bureau, attira son regard. Elle le prit et l'ouvrit.

— J'ai dû l'oublier. Hein, il est vide !

— Il a été volé… comme les autres babioles qui ont disparu ces derniers temps, s'écria le millionnaire.

— Oh non. Jacques a dû le voir et l'a glissé dans sa poche pour plus de sûreté. Il est en route pour Paris.[9]

9 (NdT) Chapitre presque entièrement de la main de Jepson.

CHAPITRE VIII

Le duc arrive

Le matin était lugubre, et le poste de police au mobilier minable, au foyer miteux, aux murs dénudés, blanchis à la chaux, dont la surface était uniquement interrompue par des panneaux d'affichage sur lesquels étaient punaisés des portraits de criminels avec leur signalement et la liste de leurs crimes, les habituels règlements de police et les décrets, présentait une apparence sombre et sordide tout à fait en harmonie avec la grisaille de septembre. L'inspecteur était assis à son bureau et bâillait après une nuit passée sans une arrestation. Il attendait la relève. Le gardien de la paix, à la porte, et ses deux collègues assis sur un banc bâillaient par compassion.

Le silence de la rue fut brisé par le fracas d'une singulière et bruyante automobile. Elle s'arrêta devant la porte du poste de police et les regards interrogateurs de l'inspecteur et de ses hommes se tournèrent paresseusement vers la porte.

Celle-ci s'ouvrit, et un jeune homme vêtu d'un manteau et d'une casquette s'arrêta sur le seuil.

Il promena dans le poste un regard sur le qui-vive, et dit d'une voix incisive :

— Je suis le duc de Charmerace. Je viens au nom de M. Gournay-Martin. Hier soir il a reçu une lettre d'Arsène Lupin disant qu'il allait venir cambrioler son hôtel de Paris ce matin.

Au nom d'Arsène Lupin l'inspecteur bondit de sa chaise et les policiers de leur banc. Ils furent immédiatement réveillés, attentifs, pleins d'ardeur.

— La lettre, votre Grâce ! demanda l'inspecteur vivement.

Le duc ôta ses gants, tira la lettre de la poche intérieure de sa veste et la tendit à l'inspecteur. Il y jeta un coup d'œil :

— Je reconnais l'écriture.

Il la lut attentivement et ajouta :

— Oui, oui, c'est bien une de ses lettres.

— Il n'y a pas de temps à perdre, dit le duc. J'aurais dû arriver il y a déjà des heures. Je suis tombé en panne. J'ai peur d'être arrivé trop tard.

— Venez donc, votre Grâce… vous deux aussi, suivez-moi, leur intima l'inspecteur.

Les quatre hommes sortirent en hâte et descendirent les escaliers du poste de police. Dans la rue attendait une grande automobile de course grise, couverte de croûtes de boue grise, de boue brune, de boue rouge, d'un bout à l'autre. On aurait dit qu'elle avait ramassé des échantillons du sol de nombreuses régions de France.

— Allez, montez dans l'auto. Vos hommes pourront courir à côté de nous, dit le duc à l'inspecteur.

Il se glissa dans l'auto, l'inspecteur y sauta à sa suite et s'assit sur le siège passager. Ils démarrèrent. La voiture alla lentement, afin de permettre aux deux policiers de les suivre. En fait, l'auto n'aurait pas pu rouler à plus vive allure, car le pneu de la roue arrière était crevé.

En trois minutes ils arrivèrent dans un vacarme peu distingué à l'hôtel des Gournay-Martin, une large façade à la maçonnerie vulgaire. Il n'y avait aucun signe de vie. Les jalousies étaient tirées, les volets étaient ouverts à toutes les fenêtres du haut et du bas. Aucune fumée ne sortait des cheminées.

Prenant un trousseau de clefs dans sa poche, le duc grimpa l'escalier. L'inspecteur le suivit. Le duc examina le trousseau, prit une clef et la glissa dans la serrure. Elle ne s'ouvrit pas. Le duc prit une autre clef, puis une autre. La porte resta désespérément fermée.

— Laissez-moi essayer, votre Grâce, dit l'inspecteur. J'y suis plus habitué. Je serai plus rapide.

Le duc lui donna les clefs et, l'une après l'autre, l'inspecteur les glissa dans la serrure.

— Ils m'ont donné les mauvaises clefs, dit le duc quelque peu vexé. Ou non… attendez… je vois ce qui s'est passé. On a substitué les clefs.

— Substitué ? s'étonna l'inspecteur. Quand ? Où ?

— Cette nuit à Charmerace. M. Gournay-Martin a dit avoir vu un voleur se sauver par une des fenêtres du hall du château et nous avons trouvé fracturée la serrure du bureau dans lequel étaient rangées les clefs.

L'inspecteur saisit le marteau et frappa.

— Essayez cette porte-là, cria-t-il à ses hommes, en montrant une porte latérale sur la droite, l'entrée des fournisseurs, qui donnait accès à l'arrière de l'hôtel. Elle était verrouillée. Rien ne bougea dans la maison en réponse à leurs appels.

— Où est le concierge ?

Le duc haussa les épaules.

— Il y a une gouvernante, et aussi une femme appelée Victoire. J'espère que nous n'allons pas les trouver avec la gorge tranchée.

— Ce ne sont pas les manières de Lupin, fit remarquer l'inspecteur.

— Il est vraisemblable qu'ils ne soient pas en état d'ouvrir les portes, dit sèchement le duc. Ne serait-il pas mieux d'entrer de force et d'en finir ?

L'inspecteur hésita.

— Les gens n'aiment pas qu'on défonce leurs portes. Et M. Gournay-Martin…

— Oh, j'en prendrai la responsabilité.

— Si vous en prenez la responsabilité, votre Grâce... Henri, va chez Ragoneau, le serrurier de la Rue Théobald. Amène-le ici le plus vite possible.

— Dites-lui qu'il y a quelques louis pour lui s'il arrive dans moins de dix minutes.

Le policier partit en courant. L'inspecteur se baissa et regarda les marches attentivement. Puis il passa à la rue. Le duc alluma une cigarette et l'observa. Après avoir examiné la rue, l'inspecteur tourna le coin. L'autre policier descendit la chaussée et chercha dans la direction opposée. Le duc s'adossa à la porte et fuma tranquillement. Il ne montrait pas les signes de fatigue d'un homme qui a passé la nuit dans un long trajet en automobile branlante. Son regard était clair et brillant; il semblait aussi frais que s'il venait de sortir de son lit après une longue nuit de repos. S'il n'avait pas atteint le Pôle Sud, il avait en tout cas gagné une grande endurance dans ses expéditions polaires.

L'inspecteur revint, l'air désappointé.

— Avez-vous trouvé quelque chose ? lui demanda le duc.

— Non, rien.

Il grimpa l'escalier et frappa à nouveau à la porte. Aucune réponse. Des claquements de pieds se firent entendre; Henri et le serrurier, un homme costaud et barbu, la caisse à outils en bandoulière, arrivèrent en courant. Il se mit immédiatement au travail, mais ce n'était pas si facile. La serrure était solide. Au bout de cinq minutes il avoua qu'il allait en avoir pour une bonne heure avec la serrure et demanda s'il ne valait pas mieux découper un morceau de la porte.

— Coupez, lui dit le duc.

Le serrurier changea d'outils et en moins de trois minutes il découpa un morceau de porte carré sur lequel était fixée la serrure et l'enleva.

La porte s'ouvrit. L'inspecteur entra dans l'hôtel pistolet au poing, le duc sur les talons. Les policiers sortirent leurs revolvers et suivirent le duc. Le grand hall était plongé dans la pénombre. L'un des policiers s'empressa d'aller ouvrir les volets pour laisser entrer de la lumière. Le hall était vide, tout était en ordre, il n'y avait aucun signe des voleurs.

— Le concierge ? demanda l'inspecteur. Aussitôt ses hommes se précipitèrent par la petite porte sur la droite qui donnait sur les pièces des concierges. Au bout de trente secondes, l'un des deux revint en disant :

— Bâillonné et ficelé, ainsi que sa femme.

— Mais les pièces qui risquaient d'être pillées sont aux étages, dit le duc… la grande galerie au premier. Venez, nous sommes peut-être arrivés juste à temps. Ces vauriens ne sont peut-être pas encore partis.

Il s'élança en courant dans les escaliers, suivi par l'inspecteur, et traversa le couloir en direction de la grande galerie. Il était trop tard.

La pièce était dans un désordre indescriptible. Les chaises étaient renversées et il y avait des espaces vides sur le mur, là où avaient été accrochées les plus belles peintures du millionnaire. La fenêtre en face de la porte était ouverte au large. Les volets avaient été forcés; l'un d'eux pendait de travers sur un seul gond. Le bord d'une échelle était encore appuyé devant la fenêtre, et à côté d'elle, en travers de l'ouverture, une table à carte Empire se tenait en équilibre, à moitié dehors, à moitié à l'intérieur. Sur le foyer de la cheminée, devant un large pare-feu qui masquait l'ouverture de l'âtre, pure imitation des grandes cheminées de nos ancêtres à tablettes de chêne, étaient empilées des fauteuils prêts à être emportés.

Le duc et l'inspecteur se précipitèrent vers la fenêtre et regardèrent dans le jardin. Il était vide. Au fond du jardin, sur le mur opposé, se dressait un échafaudage de maison en construction. Les voleurs avaient trouvé toutes les commodités à portée de main : une échelle solide, une issue par la porte du mur du jardin, puis par l'ouverture formée par la maison en construction, qui leur avait permis d'éviter l'étroit passage entre les murs du jardins qui débouchait dans la rue adjacente.

Le duc se détourna de la fenêtre, marcha vers le mur opposé, puis, comme si quelque chose lui avait sauté aux yeux, il accéléra.

— Regardez ! s'écria-t-il en montrant du doigt l'emplacement précédemment occupé par un tableau.

A cet endroit étaient distinctement écrits à la craie bleue ces mots :

ARSENE LUPIN

— C'est un travail pour Guerchard, dit l'inspecteur en décrochant le téléphone. Mais avant je dois appeler le juge d'instruction.

Le duc ouvrit la porte en accordéon qui donnait sur la deuxième galerie. Les volets étaient ouverts. Il ne faisait aucun doute qu'Arsène Lupin l'avait dévalisée de tout ce qui pouvait l'intéresser. Dans le vide laissé entre les tableaux, il y avait aussi la signature "Arsène Lupin."

L'inspecteur, impatient, criait dans le téléphone, enjoignant à un serviteur de réveiller son maître sur-le-champ. Il ne raccrocha pas avant d'être certain que le maître soit réveillé et informé du crime. Le duc s'assit sur une chaise et attendit.

Lorsqu'il eut fini de téléphoner, l'inspecteur chercha dans les deux pièces des traces des voleurs. Il ne trouva rien, pas même une empreinte digitale.

Quand il en eut terminé avec les deux galeries, il décida :

— La première chose à faire, c'est de trouver la gouvernante. Elle doit encore dormir… elle ne doit pas avoir entendu le bruit fait par les voleurs.

— Je trouve tout cela extrêmement intéressant, fit remarquer le duc avant de suivre l'inspecteur.

Ce dernier appela les deux policiers qui venaient de libérer le concierge. Ils n'avaient pas encore examiné toutes les pièces du bas.

L'inspecteur cria deux ou trois fois :

— Victoire ! Victoire ! sans recevoir de réponse.

Ils ouvrirent porte après porte et visitèrent chaque pièce. L'inspecteur prenait les pièces de droite, les policiers celles de gauche.

— Venez ici, dit l'un des policiers, cette pièce a été occupée récemment.

Ils y jetèrent un coup d'œil et s'aperçurent que le lit était défait. Manifestement, Victoire avait dormi dedans.

— Où peut-elle être ? demanda le duc.

— Etre ? rétorqua l'inspecteur. Je la soupçonne d'être complice des voleurs.

— Il m'a semblé que M. Gournay-Martin a la plus grande confiance en elle, affirma le duc.

— Elle va la perdre maintenant. En général, c'est la personne de confiance qui trahit son maître.

L'inspecteur et ses hommes entreprirent de fouiller minutieusement la maison. Ils trouvèrent les autres pièces en parfait état. En une demi-heure ils conclurent que les voleurs avaient concentré leur attention sur les deux galeries. Ils ne trouvèrent aucune trace de ceux-ci, ni de Victoire. Le concierge ne put guère les éclairer sur sa disparition. Lui et sa femme avaient été pris par surprise dans leur sommeil.

Ils avaient été bâillonnés et ligotés sans avoir vu leurs assaillants. Le duc et l'inspecteur revinrent dans la galerie.

L'inspecteur regarda sa montre et se dirigea vers le téléphone.

— Je dois prévenir la Préfecture maintenant.

— Appelez-les pour qu'ils envoient Guerchard.

— Guerchard ? Le juge Formery n'aime pas trop Guerchard.

— Quel sorte d'homme est M. Formery ? Est-il compétent ? demanda le duc.

— Oui, oui. Très. Mais il n'a jamais eu trop de chance.

— M. Gournay-Martin m'a expressément demandé de prévenir Guerchard si j'arrivais trop tard et que les voleurs étaient déjà passés. Il semble que Guerchard et Lupin soient à couteaux tirés. Dans ce cas, Guerchard retournera chaque pierre pour attraper cette fripouille et retrouver les trésors volés. M. Gournay-Martin a affirmé que Guerchard était l'homme de la situation.

— Très bien, votre Grâce, dit l'inspecteur. Et il appela la Préfecture de Police.

Le duc l'écouta faire son rapport sur le crime et demander qu'on envoie Guerchard. Il semblait y avoir quelques hésitations. Il prit alors le téléphone :

— Je suis le duc de Charmerace. M. Gournay-Martin m'a demandé de m'assurer les services de M. Guerchard. Il a insisté là-dessus au cas où j'arriverais à Paris alors que le crime avait déjà été commis.

Le fonctionnaire à l'autre bout de la ligne hésitait. Il ne s'y opposait pas comme il s'y était opposé lorsque c'était l'inspecteur. Il devait réfléchir au fait que M. Gournay-Martin était un millionnaire et quelqu'un d'influent, que le duc de Charmerace était un duc. Il dit que l'inspecteur Guerchard n'était pas à la Préfecture et qu'il n'était pas de service. Il devait donc envoyer deux détectives de service et dit qu'il allait faire mander l'inspecteur principal Guerchard. Le duc le remercia et raccrocha.

— Parfait, dit-il gaiement en se tournant vers l'inspecteur. A quelle heure M. Formery sera-t-il là ?

— Eh bien, je ne l'attends pas avant une heure. Il ne viendra pas avant d'avoir pris son petit déjeuner. Il a toujours pris un solide petit déjeuner avant de venir sur une enquête, de crainte de ne pas trouver le temps d'en prendre un après.

— Un petit déjeuner… voilà une bonne idée, répliqua le duc. Vous venez de me rappeler que je suis affamé. J'ai pu manger sur la route la nuit dernière, mais je n'ai rien pris depuis. Je pense qu'il ne va rien se passer d'important jusqu'à ce que M. Formery arrive, par conséquent je vais aller chercher de quoi me nourrir. Comme je ne veux pas quitter la maison, je vais aller voir ce que le concierge peut me préparer.

Sur ces mots, il descendit voir le concierge. Celui-ci semblait être encore sous le choc, mais il se chargea de satisfaire aux besoins du duc, qui lui donna un louis pour qu'il aille chercher à manger dans un restaurant.

Le duc monta dans la salle de bain où il prit un bain froid revigorant et se changea. Pendant ce temps, le concierge prépara le repas dans la salle à manger. Le duc mangea avec appétit, puis il sortit se faire raser.

Ensuite, il se rendit dans la galerie, s'installa confortablement sur un divan et alluma un excellent cigare. Il ne l'avait pas encore terminé quand l'inspecteur vint vers lui. Il n'avait pas l'air ravi. Il raconta au duc qu'il n'avait pas trouvé le moindre indice, malgré le fait que M. Dieusy et M. Bonavent, les détectives de la Préfecture, s'étaient joints à lui dans ses recherches.

Le duc compatissait à ses déboires lorsqu'ils entendirent frapper à la porte d'entrée.

— Ah ! Voici M. Formery ! dit l'inspecteur gaiement. Nous pouvons partir à présent.

CHAPITRE IX

M. Formery enquête

Le juge d'instruction entra dans la pièce. C'était un petit homme grassouillet, aux yeux très brillants. Ses cheveux hérissés se dressaient tout autour de son crâne, lui donnant l'apparence d'une grande brosse à vêtements gris pommelé. Sa moustache ressemblait étrangement à une brosse à dent.

L'inspecteur fit les présentations :

— Le duc de Charmerace, M. Formery.

Le petit homme s'inclina :

— Charmé, charmé de faire votre connaissance, votre Grâce… même si l'occasion est quelque peu malheureuse. Les trésors de M. Gournay-Martin sont connus de tout le monde. La France entière regrette leur perte.

Il fit une pause, et ajouta vivement :

— Mais nous allons les retrouver… nous allons les retrouver.

Le duc se leva, salua et retourna le compliment à M. Formery.

— Est-ce le lieu du vol, inspecteur ? demanda M. Formery en frottant ses mains d'un air ravi.

— Oui, Monsieur. Ces deux pièces semblent être les deux seules touchées, bien que nous devions attendre l'arrivée de M. Gournay-Martin. Des bijoux peuvent avoir été volés dans les chambres.

— J'ai bien peur que M. Gournay-Martin ne puisse pas apporter son aide avant quelques jours, dit le duc. Quand je l'ai quitté, il était affolé et il ne sera pas en meilleur état après une nuit de voyage entre Charmerace et Paris. Mais il est probable que ce soient les deux seules pièces touchées, puisque c'étaient celles où M. Gournay-Martin avait rassemblé les plus belles pièces de sa collection. Au-dessus de la porte étaient suspendues des tapisseries de Flemish… des merveilles… une composition admirable… des couleurs magnifiques.

— Il est facile de voir que votre Grâce les aimait beaucoup, constata M. Formery.

— On peut le dire. Je les regardais comme si elles étaient déjà à moi, car mon beau-père allaient me les donner en cadeau de noces.

— Une grande perte. Mais nous allons les retrouver, tôt ou tard, vous pouvez en être assuré. J'espère que vous n'avez rien touché dans cette pièce. Si quelque chose a été bougé, cela peut brouiller les pistes. Donnez-moi les détails de l'affaire, inspecteur.

L'inspecteur rendit compte de l'arrivée du duc au poste de police avec la lettre d'Arsène Lupin à M. Gournay-Martin, de la substitution des clefs et de l'impossibilité d'ouvrir la porte, de l'intervention du serrurier et de la découverte du concierge et de sa femme bâillonnés et ficelés.

— Probablement des complices, dit M. Formery.

— Est-ce que Lupin travaille toujours avec des complices ? demanda le duc. Excusez mon ignorance, mais j'ai longtemps été absent de France, avant qu'il n'atteigne cette notoriété.

— Lupin… pourquoi Lupin ? coupa M. Formery brusquement.

— Eh bien, il y a cette lettre de Lupin que mon futur beau-père a reçue la nuit dernière, suivie par le vol de ses deux plus belles autos, et ensuite ces signatures sur le mur, là, s'étonna le duc.

— Lupin ! Lupin ! On n'a que le nom de Lupin à la bouche ! s'impatienta M. Formery. J'en ai assez d'entendre ce nom. Cette lettre et ces signatures peuvent aussi bien être des inventions.

— Je serais curieux de voir si Guerchard aura le même point de vue, objecta le duc.

— Guerchard ? Nous n'allons sûrement pas nous encombrer de Guerchard ! Il n'a que Lupin dans la tête.

— Mais M. Gournay-Martin m'a expressément demandé de prévenir Guerchard si j'arrivais trop tard pour empêcher le vol. Il ne me l'aurait pas pardonné si j'avais négligé sa requête, aussi ai-je téléphoné de sa part… à la Préfecture de Police.

— Oh, bien, si vous avez déjà téléphoné. Mais ce n'était pas nécessaire… ce n'était absolument pas nécessaire, répliqua M. Formery sèchement.

— Je ne le savais pas, lui rétorqua poliment le duc.

— Oh, il n'y a pas de mal… ça ne fait rien.

Il marcha lentement dans la pièce, s'arrêta près des fenêtres, regarda l'échelle et observa le jardin.

— Arsène Lupin ! dit-il avec mépris. Arsène Lupin ne laisse pas de traces. Pas une trace. Allons-nous toujours avoir cette stupide plaisanterie de Lupin ?

— Je pense, Monsieur, que cette fois c'est bien une plaisanterie, car c'est un vol pur et simple, répondit l'inspecteur.

— Oui, c'est clair comme de l'eau de roche, dit M. Formery. Les cambrioleurs sont entrés par cette fenêtre, et ils sont également sortis par là.

Il traversa la pièce vers un grand coffre-fort qui était placé devant une porte condamnée. Le coffre était recouvert de velours, et des rideaux de velours pendaient devant sa porte. Il tira les rideaux et essaya la poignée de la porte du coffre. Elle ne tourna pas, le coffre était fermé.

— On n'a pas touché au coffre-fort, à ce que je vois.

— Non, heureusement, dit le duc. C'est là, je crois, du moins ma fiancée le croit, que mon beau-père enferme la pièce la plus précieuse de sa collection… un diadème.

— Le fameux diadème de la princesse de Lamballe ? demanda M. Formery.

— En effet.

— Mais d'après votre rapport, inspecteur, la lettre signée Lupin annonçait pourtant ce vol-là ?

— Formellement, acquiesça le duc.

— C'est une preuve de plus que nous n'avons pas affaire à Lupin. Ce bandit-là aurait mis sa menace à exécution, M. Formery, remarqua l'inspecteur.

— Qui donc gardait la maison ?

— Le concierge, sa femme, et une femme de charge nommée Victoire, énuméra l'inspecteur.

— Oui, pour les deux concierges je sais. J'ai mis un de vos hommes sur leur dossier. Je les interrogerai tout à l'heure. Vous les avez trouvés ficelés et bâillonnés dans leur loge ?

— Oui, M. Formery, et toujours l'imitation de Lupin… bâillon jaune, corde bleue et sur un bout de carton cette devise : « Je prends donc je suis. »

— On va encore se payer notre tête dans les journaux. Ah ! Je voudrais bien voir la femme de charge… où est-elle ? demanda M. Formery d'un air maussade.

— Le fait est que nous ne savons pas où elle est.

— Comment vous ne savez pas ? s'exclama M. Formery.

— Nous ne l'avons trouvée nulle part.

— Mais c'est excellent, excellent. Nous tenons une complice, se réjouit M. Formery en se frottant les mains. Nous ne l'avons pas trouvée, mais nous savons qui c'est.

— Je ne crois pas… dit le duc, Tout au moins mon futur beau-père et ma fiancée avaient en elle la plus grande confiance. Hier encore, elle nous téléphonait au château, elle avait la garde de tous les bijoux et des cadeaux de mariage.

— Eh bien, ces bijoux et ces cadeaux, ils ont été volés ? demanda M. Formery.

— Il semble qu'on n'y ait pas touché, dit le duc. C'est tout ce que l'on peut dire jusqu'à l'arrivée de M. Gournay-Martin. Autant que j'ai pu voir, on n'a cambriolé que les deux galeries.

— Ça, c'est très embêtant, dit M. Formery.

— Je ne trouve pas, lui répondit le duc, avec un petit sourire.

— Je me plaçais d'un point de vue professionnel, expliqua M. Formery avant de se tourner vers l'inspecteur. Vous n'avez pas bien cherché. Cette femme de charge doit bien être quelque part. A-t-on regardé dans toutes les pièces ?

— Dans toutes les pièces… sous chaque lit… dans chaque recoin et dans chaque placard, affirma l'inspecteur.

— Diable ! Pas de lambeaux de vêtements, pas de traces de sang, pas de crime, rien d'intéressant ?

— Rien ! répondit l'inspecteur.

— Mais c'est très regrettable. Où couchait-elle ? Son lit est défait ?

— Elle couchait en haut, exposa l'inspecteur. Le lit est défait et il semble qu'elle n'ait pas emporté de vêtements.

— Extraordinaire ! Cette affaire-là m'a l'air compliquée, fit remarquer M. Formery avec gravité.

— Peut-être que Guerchard sera capable d'y apporter un peu plus de lumière, insinua le duc.

M. Formery fronça les sourcils :

— Oui, oui. Guerchard est un bon collaborateur dans une telle affaire. Un peu visionnaire, un peu fantaisiste... bref un toqué. Mais, quoi, c'est Guerchard. Seulement comme Lupin est sa bête noire, il trouvera encore moyen de nous embêter avec cet animal-là. Vous allez devoir encore mêler Lupin à tout cela, votre Grâce.

Le duc regarda les signatures sur le mur.

— Il me semble qu'il y est déjà un peu mêlé.

— Croyez-moi, votre Grâce, en matière criminelle il faut se méfier des apparences. Je suis persuadé que de simples voleurs essaient de nous mettre sur une fausse piste en détournant notre attention sur Lupin.

Le duc se baissa négligemment et ramassa un livre qui était tombé d'une table.

— Je vous en prie... s'il vous plaît... s'il vous plaît... ne touchez à rien, dit vivement M. Formery.

— Tiens, c'est bizarre, fit le duc en regardant le plancher.

— Qu'est-ce qui est bizarre ?

— Eh bien, ce livre a du être poussé de la table par l'un des voleurs. Et regardez, il y a une trace en dessous... une trace de pas sur le tapis.

M. Formery et l'inspecteur accoururent. Là où le livre était tombé, il y avait une trace clairement imprimée sur le tapis. Ils l'observèrent attentivement.

M. Formery fronça les sourcils :

— On dirait du plâtre. Que peut bien faire du plâtre ici ?

— Supposez que les voleurs venaient du jardin ? dit le duc.

— Je le suppose, votre Grâce. D'où auraient-ils pu venir ? répliqua M. Formery avec impatience.

— Eh bien, au bout du jardin il y a une maison en

construction.

— Bien sûr, bien sûr. Les voleurs sont venus ici avec leurs bottes couvertes de plâtre. Ils ont essayé d'effacer les traces de pas sur le tapis, mais dans leur hâte ils ont fait tomber ce livre dessus. Cette trace de pas, cependant, n'est pas d'une grande importance, sauf qu'elle prouve avec évidence que nous savons qu'ils sont venus du jardin. Il y a l'échelle, et cette table à moitié par la fenêtre. Néanmoins, cette trace de pas peut nous être utile, après tout. Vous allez bien prendre les mesures, inspecteur. Voici un mètre. J'ai l'habitude de transporter cette règle avec moi, votre Grâce. Vous seriez surpris d'apprendre combien de fois elle m'a été utile.

Il prit une petite règle en ivoire dans la poche de son manteau et la donna à l'inspecteur qui s'agenouilla et mesura la trace de pas avec le plus grand soin.

— Je dois aller examiner la maison en construction. Je trouverai certainement quelques bonnes traces.

L'inspecteur notait les mesures de la trace dans son carnet, lorsqu'on frappa à la porte d'entrée.

— Il devrait trouver des traces de pas de la même dimension que celle-ci dans quelque tas de plâtre près de cette maison, dit M. Formery totalement convaincu, en montrant par la fenêtre la maison au bout du jardin.

Un policier ouvrit la porte de la galerie et salua.

— Monsieur, ce sont les domestiques qui arrivent de Charmerace.

— Qu'ils attendent dans la cuisine et dans l'office, ordonna M. Formery. Il garda le silence, plongé dans une profonde méditation, pendant quelques minutes. Puis, il se tourna vers le duc :

— Que disiez-vous à propos du vol des automobiles à Charmerace ?

— Quand il reçut la lettre d'Arsène Lupin, M. Gournay-Martin décida de partir pour Paris, raconta le duc. Mais quand nous avons cherché les autos elles venaient juste d'être volées. Le chauffeur de monsieur Gournay-Martin et un autre domestique étaient bâillonnés et ficelés dans le garage. Il ne restait qu'une vieille auto, une cent-chevaux. Je l'ai conduite jusqu'à Paris, laissant M. Gournay-Martin et sa famille venir en train.

— Très important... très important en fait, remarqua M. Formery. Il réfléchit un moment et ajouta :

— Est-ce que les autos ont été les seules choses volées ? N'y a-t-il pas eu d'autres vols ?

— Eh bien, en fait, il y a eu une tentative de vol. Les brigands qui ont volé les autos se sont présentés au château sous le nom de Charolais, un père et trois fils, sous le prétexte d'acheter la Mercrac de cent-chevaux. M. Gournay-Martin avait passé une annonce. Ils ont attendu le retour de M. Gournay-Martin dans le grand hall du château que la famille utilise comme pièce principale. Il est arrivé et comme ils quittaient la pièce l'un d'eux tenta de voler un pendentif que j'avais offert à Mademoiselle Gournay-Martin une demi-heure auparavant. Je l'ai pris sur le fait et j'ai sauvé le pendentif.

— Bien! bien ! Attendez... nous en avons un de la bande... attendez que je le questionne, se réjouit M. Formery en se frottant les mains. Ses yeux brillaient de joie.

— Eh bien, non, j'ai bien peur que nous ne l'ayons pas.

— Quoi ! Nous ne l'avons pas ? Il s'est échappé ? Oh, cette police régionale !

— Non, je ne l'ai pas dénoncé.

— Vous ne l'avez pas dénoncé ! cria M. Formery abasourdi.

— Non, il était très jeune et il suppliait tellement. J'avais le pendentif. Je l'ai laissé filer.

— Oh, votre Grâce, votre Grâce ! Votre devoir envers la société !

— Oui, il semble bien que ce soit mon point faible. Mais vous êtes là. Ce qui est fait est fait.

M. Formery croisa les bras et marcha de long en large dans la pièce pour réfléchir. Il s'arrêta et leva les bras :

— Je peux dire sans hésitation qu'il y a un rapport entre les vols à Charmerace et ce cambriolage !

Le duc et l'inspecteur le regardèrent avec respect... du moins c'est ce qu'on pouvait lire dans les yeux de l'inspecteur; ceux du duc brillaient.

— J'ai rassemblé les informations. Inspecteur, amenez le concierge et sa femme. Je veux les interroger. Leurs dossiers devraient être là aussi. S'ils y sont, apportez-les avec, sinon, ça ne fait rien, amenez-les sans.

L'inspecteur quitta la galerie en laissant M. Formery dans une profonde méditation.

— Je trouve tout cela très intéressant, répéta le duc.

— Tant mieux ! Tant mieux ! dit M. Formery en lui faisant signe d'un air totalement absent.

L'inspecteur entra dans la galerie, suivi par le concierge et sa femme. Il tenait à la main un document pour le juge. Le concierge, barbu, une soixantaine d'années, et sa femme, cinquante-cinq ans, quelque peu barbue elle aussi, fixaient M. Formery avec des yeux terrifiés. Il s'assit sur une chaise, croisa les jambes et lut le document avant de leur jeter un regard pénétrant.

— Voyons, vous êtes remis ?

— Oh ! Oui, monsieur, répondit le concierge. On nous a un peu bousculés, mais on ne nous a pas fait de mal.

— C'est trois fois rien, ajouta sa femme. Mais tout de même, c'est assez désagréable pour une femme honnête de ne pas pouvoir dormir en paix dans son lit sans être dérangée par des bandits. Si la police faisait bien son devoir ça n'arriverait pas. Et je m'en fiche de qui peut m'entendre.

— Vous dites qu'on vous a surpris dans votre sommeil, mais que vous n'avez rien vu ni entendu.

— On n'a pas eu le temps, c'était déjà fait, dit le concierge.

— C'était du plus mauvais effet, dit sa femme. Rester là sans être capable de dire à ces bandits ce que je pensais d'eux !

— Vous n'avez pas entendu des bruits de pas dans le jardin ?

— De notre chambre, on n'entend rien du jardin, répondit le concierge.

— Même la nuit, quand le grand Danois de Mademoiselle Germaine aboyait de minuit à sept heures du matin, toute la maisonnée était réveillée, sauf nous. Mais mille fois merci, monsieur, nous dormons comme des souches, dit sa femme.

— S'ils dorment autant que cela, c'était une perte de temps de les bâillonner, souffla le duc à l'inspecteur.

L'inspecteur sourit et lui glissa à l'oreille :

— Oh, les gens du peuple dorment toujours aussi bien, votre Grâce.

— Voyons, vous n'avez pas entendu de bruit à la porte ? demanda M. Formery.

— Non, rien, répondit le concierge.

— Alors de toute la nuit vous n'avez rien entendu du tout ?

— Ah ! Si… dès que nous avons été bâillonnés.

— Oh ! mais c'est important ça. Et quel sorte le bruit était-ce?

— Eh bien, des bruits sourds, expliqua le concierge. Et des bruits de pas marchant dans la pièce.

— Quelle pièce ? D'où venaient ces bruits ?

— De la pièce au-dessus de vos têtes… la grande galerie.

— Vous n'avez pas entendu des bruits de lutte, des cris comme si on entraînait quelqu'un ?

Le concierge et sa femme s'interrogèrent du regard.

— Non, dit le concierge.

— Rien du tout, compléta sa femme.

M. Formery réfléchit puis demanda :

— Il y a combien de temps que vous êtes au service de M. Gournay-Martin ?

— Il y a un an, dit le concierge.

M. Formery regarda le document qu'il tenait, fronça les sourcils et dit d'une voix dure :

— Eh bien, je vois que vous avez été condamné deux fois…

— Oui, monsieur, mais…

— Mon mari est un honnête homme, monsieur… le coupa sa femme. Vous n'avez qu'à le demander à M. Gournay-Martin; il…

— Je vous en prie ! intima M. Formery avant de se tourner vers son mari. Vous avez eu une première condamnation à un jour de prison avec sursis et une deuxième condamnation, où vous avez fait trois jour de prison.

— Je ne peux pas le nier, monsieur le juge, dit le concierge; mais c'est de la prison honorable.

— Comment cela ?

— La première fois, j'étais valet de chambre, et j'ai eu un jour d'emprisonnement pour avoir crié le 1er mai « Vive la Grèce ! ».

— Vous étiez valet de chambre chez qui ?

— Chez M. Jaurès.

— Et votre deuxième condamnation ?

— C'est pour avoir crié sur le seuil de Sainte-Clotilde : « Mort aux vaches! ».

— Et vous serviez encore chez M. Jaurès ?

— Non, chez M. Baudry d'Asson.

— Vous n'avez pas de convictions politiques bien arrêtées, lui fit remarquer M. Formery.

— Oh, si, monsieur. Je suis dévoué à mes maîtres et j'ai la même opinion qu'eux.

— Très bien, vous pouvez vous retirer.

Le concierge et sa femme quittèrent la pièce, ne sachant pas s'ils devaient se sentir soulagés ou non.

— Ces deux imbéciles disent l'absolue vérité, ou je ne m'y connais pas, déclara M. Formery.

— Oh, je crois que ce sont de braves gens, acquiesça le duc.

— A présent nous allons visiter le reste de la maison, décida M. Formery.

— Je viens avec vous, si vous le permettez.

— Mais certainement, certainement.

— Je trouve tout cela intéressant, lui dit le duc.

CHAPITRE X

L'aide de Guerchard

Après avoir laissé un agent de garde devant la porte de la galerie, M. Formery, accompagné du duc et de l'inspecteur, partit faire son enquête. C'était une tâche ardue pour M. Formery d'examiner chaque pièce avec le soin le plus méticuleux… avec plus de soin qu'il en avait montré dans son inspection de la galerie. Il resta assez longtemps dans la chambre de Victoire à envisager la possibilité d'un assassinat par les voleurs, qui l'aurait ensuite emmenée avec eux. Il semblait désolé de n'avoir pas trouvé de traces de sang, mais se consolait avec la pensée qu'elle avait pu être étranglée. L'inspecteur étant toujours d'accord avec ses théories, il le regardait de plus en plus comme un officier plein de zèle et digne de confiance. En outre, il n'était pas du tout mécontent de profiter de l'occasion pour impressionner le duc avec sa puissance d'analyse et de déduction. Il n'était pas sans savoir qu'en règle générale, les yeux du duc ne brillaient pas autant que pendant cette progression solennelle et déterminée à travers l'hôtel de M. Gournay-Martin. M. Formery avait exactement l'air d'un limier, et il était même des plus bruyants.

Ayant terminé ce minutieux examen de la maison, M. Formery sortit dans le jardin afin de l'inspecter. Il y avait des traces de pas sur le gazon au pied de l'échelle, car la pluie avait imprégné et ameubli le sol. Mais, par rapport à ce qui avait été escompté, le nombre de traces était à peine suffisant pour prouver que les voleurs avaient dû faire plusieurs voyages pour cambrioler les galeries d'autant d'objets d'art, dont certains d'entre eux était d'un poids considérable. Les traces de pas conduisaient à une allée de graviers que M. Formery suivit, avant de sortir par la porte du bout du jardin et de se glisser dans l'espace qui entourait la maison en construction.

Comme M. Formery l'avait deviné, il y avait un tas, ou plus exactement, plusieurs tas de plâtre tombés des échafaudages. Malheureusement, il y avait des centaines de traces de pas. M. Formery les regarda attentivement, mais il ne demanda pas à l'inspecteur de les comparer avec celle qui avait été trouvée sur le tapis de la galerie.

Pendant qu'ils examinaient le sol autour de la maison en construction, un homme descendit précipitamment l'escalier depuis le deuxième étage de la maison de M. Gournay-Martin. C'était un homme tout à fait ordinaire, presque insignifiant, entre quarante et cinquante ans, et d'une taille plutôt moyenne. Il avait une bouche ordinaire, presque sans forme, un nez ordinaire, un menton ordinaire, un front ordinaire, presque bas, et des oreilles ordinaires. Il portait un chapeau ordinaire, qui ne semblait pas des plus neufs. Ses vêtements étaient les vêtements ordinaires des citoyens aisés et ses bottes avaient été choisies, moins pour mettre en valeur la finesse de ses pieds que pour leurs confortables dimensions. Seuls ses yeux sauvaient son visage d'une complète insignifiance. C'étaient des yeux extraordinairement alertes, qui produisaient chez celui sur qui ils se posaient la désagréable impression que son âme avait été pénétrée au plus profond d'elle-même. C'était le fameux inspecteur principal Guerchard, l'ennemi juré d'Arsène Lupin.

L'agent de police à la porte de la galerie le salua sur le champ. C'était un jeune homme mince, bien bâti, au visage rougeaud, paré d'une splendide moustache noire.

— Dois-je prévenir M. Formery de votre arrivée, M. Guerchard ? demanda-t-il.

— Non non, ce n'est pas la peine, ne dérangez personne pour moi. Je n'ai aucune importance.

— Oh ! Allons, M. Guerchard, protesta l'agent.

— Pas d'importance. Pour l'instant c'est M. Formery qui est tout. Je ne suis qu'un auxiliaire.

Il entra dans la galerie et l'examina. C'était presque comme si tout son être était concentré pour regarder… comme si toutes les autres fonctions de son âme et de son corps étaient suspendues.

— M. Formery et l'inspecteur viennent juste d'examiner la chambre de la femme de charge. C'est là-haut, on prend l'escalier de service, on tourne par le corridor. C'est juste au bout du couloir sur la gauche. Voulez-vous que je vous y mène ?

— Merci, je sais où c'est… J'en viens.

Un sourire d'admiration agrandit la bouche de l'agent, découvrant une rangée de belles dents blanches.

— Ah ! M. Guerchard est plus malin à lui tout seul que tous les juges d'instruction de Paris réunis.

— Il ne faut pas dire ça, mon ami. Je ne puis vous empêcher de le penser; mais il ne faut pas le dire, lui dit avec douceur Guerchard, dont la bouche s'arrondit d'un mince sourire.

Il marcha tranquillement jusqu'à la fenêtre, accompagné comme son ombre du policier.

— Avez-vous noté ça, monsieur ? lui demanda le policier en attrapant le haut de l'échelle d'une main puissante. Il est possible que les cambrioleurs soient arrivés et repartis par cette échelle.

— Merci, mon ami.

— Ils ont même laissé un guéridon sur le rebord de la fenêtre, ajouta-t-il en le saisissant de son autre main.

— Merci beaucoup.

— Et on ne croit pas que ce soit Lupin. On croit que c'est un truc.

— Est-ce tout ?

— Y a-t-il une façon pour que je vous aide, monsieur ?

— Oui. Reprenez votre poste devant la porte et ne faites entrer personne sans me consulter, exceptés M. Formery, l'inspecteur, Bonavent et Dieusy.

— Ne puis-je faire entrer le duc de Charmerace ? suggéra le policier. Il prend un grand intérêt dans cette affaire.

— Le duc de Charmerace ? Oh oui… laissez entrer le duc de Charmerace.

L'agent retourna à son poste, fier de ses responsabilités.

Aussitôt que la porte fut fermée derrière lui, Guerchard reprit ses activités. Il examina l'échelle, les emplacements sur le mur d'où on avait enlevé les peintures, les signatures d'Arsène Lupin. Puis, il prit le livre que le duc avait reposé sur la trace de pas pour la protéger et il mesura la distance entre la trace et la fenêtre.

Le résultat de ses mesures ne lui procurèrent apparemment pas de satisfaction. Il reprit les mesures et fixa la fenêtre d'un air perplexe. Il réfléchit longuement. Il était curieux de constater que, quand il se concentrait, ses yeux semblaient perdre quelque chose de leur éclat et s'assombrissaient.

Enfin, il sembla parvenir à une conclusion. Il se détourna de la fenêtre, tira une petite loupe de sa poche, se mit à quatre pattes et examina la surface du tapis avec le plus grand soin.

Il inspecta une petite surface, s'arrêta et regarda tout autour de la pièce. Ses yeux se posèrent sur l'âtre qu'il pouvait voir en dessous du paravent monté sur roulettes. Ses yeux se remplirent d'intérêt. Sans se relever, il marcha à quatre pattes dans la pièce, jeta un coup d'œil au bord de l'écran, et se leva en souriant.

Il entra dans l'autre galerie et fit le même examen minutieux. A nouveau, il examina une partie de la surface du tapis avec sa loupe. Il revint vers la fenêtre contre laquelle l'échelle avait été posée et inspecta très attentivement le volet brisé. Il siffla doucement, alluma une cigarette et se pencha par la fenêtre. Il regarda dehors, avec des yeux sans éclat qui ne voyaient rien, tandis que son esprit travaillait sur ce qu'il venait de découvrir.

Il était plongé dans ses réflexions depuis une dizaine de minutes, quand des éclats de voix et des bruits de pas se firent entendre dans l'escalier. Il sortit de sa méditation, sembla tendre l'oreille, passa une jambe par-dessus le rebord de la fenêtre et disparut subitement par l'échelle.

La porte s'ouvrit sur M. Formery, le duc et l'inspecteur. M. Formery regarda la pièce d'un regard qui semblait s'attendre à rencontrer un spectacle familier, puis il se dirigea vers l'autre galerie et demanda vivement :

— M. Guerchard n'est pas encore arrivé ?

— Je l'ai laissé ici, répondit l'agent. Il doit avoir disparu. C'est incroyable.

— Bien sûr, dit M. Formery. Il a pris l'échelle pour aller examiner la maison en construction. Il a juste suivi nos traces et refait tout le travail que nous avons déjà fait. Il aurait pu s'épargner ces ennuis. Nous aurions pu lui dire tout ce qu'il voulait savoir. Mais il ne sera pas satisfait tant qu'il n'aura pas tout vu par lui-même.

— Il verra peut-être quelque chose que nous avons manqué, fit remarquer le duc.

M. Formery fronça les sourcils, et dit vivement :

— C'est peu probable. Je ne pense pas que votre Grâce réalise ce qu'une pratique parfaite et régulière apporte à quelqu'un comme faculté d'observation. L'inspecteur et moi mangerons volontiers tout ce que nous avons manqué... n'est-ce pas, inspecteur ? Et il rit de bon cœur de sa plaisanterie.

— Ça pourrait toujours homologuer une énorme bouchée, fit le duc avec un sourire ironique.

M. Formery endossa son air de profonde réflexion et fit quelques pas dans la pièce.

— Plus j'y pense, plus il devient clair que nous devons écarter l'hypothèse Lupin. C'est le travail d'un voleur bien moins adroit que Lupin. Qu'en pensez-vous, inspecteur ?

— Oui, je pense que vous pouvez écarter cette hypothèse, monsieur.

— Tout de même, je parierais que cela ne satisfera pas Guerchard, remarqua M. Formery.

— Alors il doit être très difficile à satisfaire, répliqua le duc.

— Oh, sur n'importe quel autre sujet, il a l'esprit ouvert, affirma M. Formery ; mais Lupin est son idée fixe. C'est une obsession... presque une manie.

— Mais il ne l'a pas encore attrapé, observa le duc.

— Non, et il ne l'aura jamais. Son obsession même de Lupin l'en empêche. Elle le prive de ses moyens et gêne son travail.

Il reprit sa marche méditative, s'arrêta à nouveau et ajouta :

— Mais en prenant tout en considération, spécialement l'absence de toutes traces de violence, je suis arrivé à une autre conclusion. Victoire est la clef du mystère. Elle est complice. Elle n'a jamais dormi dans son lit. Elle l'a défait pour la mise en scène. En tout cas, c'est un progrès d'avoir trouvé le complice. Nous aurons cette bonne nouvelle au moins à annoncer à M. Gournay-Martin à son arrivée.

— Vous pensez vraiment qu'elle est complice ? demanda le duc.

— J'en suis absolument certain. Nous allons remonter dans sa chambre pour faire un nouvel examen approfondi.

La tête de Guerchard surgit à la fenêtre.

— Mon cher M. Formery, j'espère que vous n'allez pas vous donner trop de mal.

M. Formery ouvrit la bouche :

— Quoi ! Vous, Guerchard ?

— Moi-même, dit Guerchard, puis il grimpa jusqu'en haut de l'échelle et en se glissa lestement dans la pièce.

Il serra la main de M. Formery et fit un signe de la tête à l'inspecteur. Puis, il regarda le duc avec un air interrogateur.

— Laissez-moi vous présenter, dit M. Formery. Inspecteur principal Guerchard... le duc de Charmerace.

Le duc serra la main de Guerchard en disant :

— Je suis ravi de faire votre connaissance, M. Guerchard. J'attendais votre venue avec impatience. En effet, c'est moi qui ai officiellement demandé à la Préfecture de Police de vous confier l'affaire. J'ai beaucoup insisté.

— Que faisiez-vous sur cette échelle ? demanda M. Formery sans donner l'occasion à Guerchard le temps de répondre au duc.

— J'écoutais, dit simplement Guerchard. J'écoutais. J'aime entendre parler les gens quand je suis chargé d'une affaire. C'est une distraction... et ça aide. Je dois vraiment vous féliciter, mon cher Formery, pour la façon admirable avec laquelle vous avez conduit cette enquête.

M. Formery le salua et le regarda avec suspicion.

— Il y a un ou deux points sur lesquels nous ne sommes pas d'accord, mais dans l'ensemble votre méthode a été admirable, reprit Guerchard.

— Eh bien, à propos de Victoire, vous êtes sûr qu'une inspection, une inspection plus minutieuse de sa chambre n'est pas nécessaire ?

— Absolument. J'y ai déjà jeté un coup d'œil.

La porte s'ouvrit, et Bonavent, l'un des détectives qui était venu plus tôt de la Préfecture, entra. Il portait un lambeau de tissu dans la main.

Il salua Guerchard et s'adressa à M. Formery :

— Je viens juste de trouver ce lambeau de tissu au fond du puits, au bout du jardin. La femme du concierge m'a dit que ça avait été déchiré dans la robe de Victoire.

— Je le craignais, dit M. Formery en prenant le morceau de tissu. Nous allons aller voir le puits tout d'abord, puis envoyer quelqu'un dedans, ou le draguer.

Il se dirigeait vers la porte, quand Guerchard annonça, de sa voix rauque et douce :

— Je ne pense pas qu'il soit besoin de chercher Victoire dans le puits.

— Mais ce lambeau de tissu ?

— Oui, oui, ce lambeau de tissu, dit Guerchard.

Et, se tournant vers le duc, il ajouta :

— Savez-vous s'il y a un chien ou un chat dans la maison, votre Grâce ? Je suppose qu'en tant que fiancé de Mademoiselle Gournay-Martin, vous êtes un familier de la maison.

— Qu'est-ce...commença M. Formery.

— Excusez-moi, l'interrompit Guerchard. Mais c'est important... très important.

— Oui, il y a un chat, répondit le duc. J'ai vu un chat à la porte de la loge des concierges.

— Ce doit être le chat qui a mis ce lambeau de tissu dans le puits, déclara Guerchard.

— C'est absolument ridicule ! s'écria M. Formery en s'empourprant. Nous avons affaire à un crime sérieux... un meurtre... le meurtre de Victoire... et vous parlez de chats.

— Victoire n'a pas été assassinée, assura Guerchard dont la voix rauque se fit plus basse que jamais, à peine audible.

— Mais nous ne le savons pas... nous ne savons rien de ce genre.

— Moi, je le sais, répéta Guerchard.

— Vous ?

— Oui.

— Alors comment expliquez-vous sa disparition ?

— Si elle avait disparu, je ne pourrais pas l'expliquer.

— Mais puisqu'elle a disparu ? s'écria M. Formery exaspéré.

— Non.

— Vous n'en savez rien ! s'écria à nouveau M. Formery en perdant patience.

— Mais si, dit Guerchard avec le même calme.

— Hein, vous savez où elle est ?

— Sans aucun doute.

— Mais dites-nous tout de suite que vous l'avez vue !

— Oui, je l'ai vue.

— Vous l'avez vue ! Quand ? s'écria M. Formery.

Guerchard fit une pause pour réfléchir. Puis il dit calmement.

— Il y a quatre ou cinq minutes.

— Mais sacrebleu, vous n'êtes pas sorti de cette pièce !

— Non.

— Et vous l'avez vue ?

— Oui, dit Guerchard en parlant un peu plus fort.

— Mais, sacré nom d'un chien, dites-nous alors où elle est ? Dites-le-nous ! cria M. Formery, rouge de rage.

— Mais vous ne me laissez pas parler, protesta Guerchard.

— Alors, parlez ! cria M. Formery en s'affaissant sur sa chaise.

— Eh bien, voilà, elle est ici.

— Ici ! Comment serait-elle arrivée ici ?

— Sur un matelas, répondit Guerchard.

M. Formery se redressa et lança un regard furieux à Guerchard.

— Vous vous foutez du monde ! hurla-t-il.

— Tenez, dit Guerchard.

Il se dirigea vers la cheminée, écarta les chaises qui étaient empilées sur le devant de l'âtre et roula le lourd paravent de l'autre côté, révélant à leurs regards l'âtre lui-même. Le brasero de fer qui supportait le charbon avait été poussé dans un coin et un matelas était posé sur le sol de l'âtre. Sur le matelas était allongée la silhouette d'une grosse femme, d'âge moyen, à moitié habillée. Elle avait un bâillon jaune sur la bouche et avaient les mains liées avec des cordes bleues.

— Elle dort bien, dit Guerchard.

Il s'arrêta et ramassa un mouchoir qu'il renifla.

— C'est le mouchoir avec lequel ils l'ont chloroformée.

Ils le regardèrent et regardèrent le femme endormie.

— Donnez-moi un coup de main, inspecteur dit-il. Et vous aussi, Bonavent. Elle semble peser son poids.

Les trois hommes soulevèrent le matelas et le transportèrent avec la femme endormie sur un grand divan. Ils titubaient sous leur charge.

M. Formery se redressa, reprit son souffle, mais son visage était encore des plus rouges. Ses yeux roulaient dans leurs orbites, comme s'ils étaient hors de contrôle.

Il se tourna vers l'inspecteur et cria rageusement :

— Vous n'aviez donc pas fouillé la cheminée, inspecteur ?

— Non, monsieur, répondit-il les yeux baissés.

— C'est impardonnable ! Absolument impardonnable ! s'écria M. Formery. Comment peut-on travailler avec des subordonnés pareils ?

— C'était une négligence, remarqua Guerchard.

M. Formery se tourna vers lui et dit :

— Vous avouez qu'il était matériellement impossible de la voir.

— C'était possible à quatre pattes.

— A quatre pattes ? s'étonna M. Formery.

— Oui, à quatre pattes on voyait ses deux talons qui dépassaient du matelas, expliqua simplement Guerchard.

M. Formery haussa les épaules :

— Ce paravent paraissait être là depuis des mois.

— La première chose à faire lorsque vous combattez Lupin c'est de se méfier des apparences, conseilla Guerchard.

— Lupin ! cria violemment M. Formery. Puis il serra les lèvres et se tut.

Il s'avança vers le divan et regarda Victoire endormie en fronçant les sourcils.

— Ça bouleverse tout, ajouta-t-il ; dans ces conditions, je dois tout recommencer et trouver une nouvelle explication à cette affaire. Pour le moment… pour le moment, je suis complètement dérouté. Et vous Guerchard ?

— Eh bien, j'ai une ou deux idées.

— Vous n'allez pas nous dire que vous n'êtes pas dérouté ? formula M. Formery avec incrédulité.

— Eh bien, non… pas vraiment. Je n'étais pas sur cette piste.

— Non, bien sûr que non. Vous étiez sur la piste de Lupin, dit M. Formery avec un petit sourire malicieux aux lèvres.

Le duc les regarda l'un après l'autre avec curiosité :

— Je trouve cela très intéressant.

— Nous n'allons pas trop faire attention à ce contretemps, cela ne va pas nous déprimer, dit M. Formery avec sa grandiloquence habituelle. Nous allons réfléchir un instant, puis nous allons tout reconstruire.

— C'est excellent de votre part, dit le duc dont les yeux clairs, dans un regard vraiment affectueux, ne quittaient pas le visage auto-satisfait de M. Formery.

Guerchard observait par la fenêtre un homme qui montait à l'échelle une hotte pleine de briques dans la maison en construction. Quelque chose dans l'activité de cet honnête travailleur semblait l'amuser. Cela le faisait sourire.

Seul l'inspecteur, qui repensait à cette cheminée qu'il n'avait pas examinée, paraissait vraiment déprimé.

— Nous ne pourrons rien obtenir de cette femme avant son réveil, dit M. Formery. Quand elle sera debout, je l'interrogerai. En attendant, elle serait mieux dans sa chambre pour se remettre des effets du chloroforme.

Guerchard se retourna immédiatement :

— Pas dans sa chambre.

— Certainement pas… bien sûr… pas dans sa chambre, se reprit M. Formery.

— Je pense qu'il faut placer un agent à la porte de la chambre dans laquelle elle va dormir, suggéra Guerchard.

— Évidemment… c'est nécessaire, dit M. Formery. Voyez cela, inspecteur. Vous pouvez l'emmener.

L'inspecteur appela deux agents, et avec leur aide, lui et Bonavent soulevèrent la femme endormie et la transportèrent hors de la pièce.

— A présent, bâtissons une autre hypothèse, dit M. Formery en croisant les bras et en se plongeant dans une profonde réflexion.

Le duc et Guerchard le regardèrent en silence.

CHAPITRE XI

La famille arrive

En transportant Victoire hors de la galerie, l'inspecteur avait laissé la porte ouverte. Après avoir observé M. Formery réfléchir pendant quelques minutes, Guerchard s'éclipsa. Le duc fouilla dans sa poche intérieure et murmura : « Mes cigarettes » avant de le suivre.

Il retrouva Guerchard dans les escaliers et lui dit :

— Je viens avec vous, si c'est possible, M. Guerchard. Je trouve toutes ces investigations absolument passionnantes. J'ai bien observé les méthodes de M. Formery, j'aimerais beaucoup voir les vôtres pour changer.

— Mais certainement. De toute façon, il y a plusieurs choses que je veux entendre de votre bouche. Bien entendu ce serait mieux de discuter en présence de M. Formery, mais… et il hésita.

— Ce serait dommage de déranger M. Formery en plein milieu de son processus de reconstruction, fit remarquer le duc, un sourire ironique au coin de la bouche.

Guerchard lui jeta un rapide coup d'œil :

— Sans doute…

Ils traversèrent la maison, sortirent par la porte de derrière et allèrent dans le jardin. Guerchard s'éloigna d'une vingtaine de mètres, s'arrêta et questionna longuement le duc. Il l'interrogea tout d'abord au sujet des Charolais, de leur apparition, de leurs actes, spécialement de la tentative de vol de Bernard et de la disparition des autos.

— Je me suis demandé si M. Charolais ne pouvait pas être Arsène Lupin lui-même, dit le duc.

— C'est très possible, approuva Guerchard. Il ne semble pas y avoir de limites aux déguisements de Lupin. Mon collègue, Ganimard, l'a rencontré au moins trois fois sous une identité différente. Et pas une seule fois il ne s'est douté que c'était le même homme. Il a bien entendu senti qu'il l'avait déjà rencontré auparavant, mais c'est tout. Il n'en était pas certain. Il a pu le rencontrer une demi-douzaine de fois sans le reconnaître. Ganimard affirme que si Lupin est si habile dans ses déguisements, c'est parce que c'est un grand acteur. En fait il entre dans la peau du personnage qu'il prétend être. Il pense et sent comme cette personne. Vous comprenez ?

— Oui, mais il doit être presque liquide, ce Lupin, dit le duc et il ajouta pensivement :

— Ce doit être vraiment risqué de venir si souvent au contact d'hommes comme Ganimard et vous.

— Lupin n'a jamais laissé les considérations de danger l'empêcher de faire ce dont il avait envie. Il a de drôles d'envies. C'est un humoriste des plus changeants : sinistre, ironique, farceur selon son humeur. Ce doit être terriblement pénible de vivre avec lui.

— Pensez-vous que les humoristes sont difficiles à vivre ? demanda le duc d'un ton méditatif. Je pense qu'ils égayent beaucoup la vie, mais bien entendu il y a des gens qui n'aiment pas… les classes moyennes.

— Oui, oui, je suis d'accord avec vous, mais vivre avec un humoriste doit être pénible.

Il posa à nouveau des questions au duc à propos de la maisonnée de M. Gournay-Martin, disant qu'Arsène Lupin travaillait avec la bande la plus importante qu'un voleur ait jamais commandée, et qu'il y avait des chances qu'il ait introduit un, voire plusieurs hommes, dans la place. Il ajouta que de plus, dans une aussi grosse affaire que celle-ci, Lupin lui-même jouait souvent deux ou trois rôles sous autant de déguisements.

— S'il était Charolais, je ne vois pas comment il aurait pu aussi être quelqu'un de la maison de M. Gournay-Martin, fit remarquer le duc quelque peu perplexe.

— Je ne dis pas qu'il était Charolais. C'est discutable. Dans l'ensemble, je m'incline à penser qu'il ne l'était pas. Le vol des autos était un travail pour un acolyte. Il ne s'ennuierait guère avec ça.

Le duc lui dit tout ce dont il se souvenait à propos des domestiques du millionnaire, et, sous les questions judicieuses du détective, il fut surpris de voir combien il pouvait se rappeler toutes sortes de petits détails sur ceux qu'il avait à peine eu conscience d'observer.

Alors qu'ils discutaient, ils offraient tous deux un contraste intéressant : le duc avec sa distinction, son attitude ironique, ses traits changeants, son articulation claire et sa voix bien modulée, son port élégant d'escrimeur accompli, un escrimeur aux muscles d'acier, semblait être un homme d'une autre sorte que le détective à la démarche lente, avec sa voix rauque, ses traits dessinés d'une main maladroite, si mal adaptés à l'expression de l'émotion et de l'intelligence. C'était presque le contraste entre le faucon et la taupe, le guerrier et l'ouvrier. Seuls leurs regards étaient semblables : tous deux avaient des yeux vifs, alertes et observateurs. Peut-être que la chose la plus curieuse de toutes était que, en dépit du fait qu'il avait été presque toute sa vie un oisif, passant son temps à assouvir ses plaisirs, excepté quand il était parti en expédition au pôle Sud, le duc donnait l'impression d'être un homme plus habile et à l'esprit plus fin, que le détective qui avait passé la majeure partie de sa vie à affûter son esprit sur les énigmes les plus complexes du crime.

Quand Guerchard en eut terminé avec ses questions, le duc lui dit :

— Vous m'avez donné la très nette impression que c'est toute une affaire pour attraper Lupin. Je ne m'étonne pas que jusqu'ici vous ne lui ayez pas mis la main dessus.

— Mais nous l'avons fait ! protesta vivement Guerchard. Deux fois Ganimard l'a attrapé. Une fois il l'a mis en prison et l'a même fait traduire en justice. Lupin est devenu un autre homme, et s'est laissé emmener sur le banc des accusés.

— Vraiment ? Cela semble absolument incroyable, s'étonna le duc.

— Et ensuite, dans l'affaire du Diamant Bleu, Ganimard l'a attrapé une nouvelle fois. Lupin a sa faiblesse... les femmes. C'est une faiblesse très courante chez ces maîtres du crime. Ganimard et Holmlock Shears, dans cette affaire, ont donné le meilleur d'eux-mêmes pour utiliser son amour pour une femme, une dame blonde, pour le pincer.[10]

— Une ruse minable, jugea le duc.

— Minable ? rétorqua Guerchard. Comment une chose peut-elle être minable dans le cas d'un tel gredin ?

— Peut-être pas... peut-être pas, encore que... commença le duc, puis il s'arrêta.

L'étonnement disparut du visage de Guerchard qui continua :

— Eh bien, Holmlock Shears récupéra le Diamant Bleu et Ganimard mit la main sur Lupin. Il le tint pendant dix minutes, puis Lupin s'échappa.

— Que devint la dame blonde ?

— Je ne sais pas. J'ai entendu dire qu'elle est morte. Aujourd'hui, d'après ce que j'ai entendu dire, je pense qu'elle est vraiment morte.

— Ce doit être pénible pour une femme d'aimer un homme comme Lupin. L'inquiétude continuelle est épuisante, dit le duc pensivement.

— Sans doute. Cependant il peut faire son choix parmi les prétendantes. J'ai reçu des milliers de francs de femmes, des femmes de votre monde et de riches américaines, pour les présenter à Lupin, dit Guerchard.

— Vous ne me surprenez pas, dit le duc avec un sourire ironique. Les femmes sont pleines de ressources lorsque l'un de leurs héros est inquiété. L'avez-vous fait ?

— Comment le pourrais-je ? Si seulement je pouvais. Si seulement je pouvais trouver Lupin épris d'une femme comme l'a fait Ganimard... eh bien..., dit Guerchard entre ses dents.

— Il ne se tirerait pas de vos griffes, poursuivit le duc avec conviction.

10 (NdT) Jepson fait bien entendu référence au roman Arsène Lupin contre Herlock Sholmès , paru en 1908. Mais comme plus haut, l'anagramme a été changé.

— Je ne pense pas… Je ne pense pas. Mais venez, je peux aussi réussir.

Ils marchèrent sur la pelouse jusqu'au pied de l'échelle et regardèrent les empreintes de pas tout autour. Ils en firent une rapide inspection et continuèrent à travers le jardin, par la porte dans le mur jusqu'à la maison en construction. Ils l'examinèrent rapidement, puis ils sortirent dans la rue sur laquelle la maison allait s'ouvrir une fois terminée. Ils la regardèrent de haut en bas, et revinrent sur leurs pas.

— J'ai vu tout ce que je voulais voir ici. Nous pouvons aussi bien rentrer, dit Guerchard au duc.

— J'espère que vous avez vu ce que vous espériez.

— Exactement ce que j'espérais… exactement.

— Comme il se doit, dit le duc.

Ils retournèrent à la maison et trouvèrent M. Formery dans la galerie, toujours plongé dans son processus de reconstruction :

— La chose à faire maintenant c'est de chercher les voisins pour trouver des témoins du départ des voleurs et de leur butin. Chargés comme ils étaient avec de tels objets encombrants, ils ont dû avoir besoin d'un gros véhicule. Quelqu'un doit l'avoir remarqué. Ils ont dû se demander pourquoi il était garé devant une maison en construction. Quelqu'un peut même avoir vu les voleurs le charger, même si c'était tôt dans la matinée. Bonavent va prendre des renseignements dans chaque maison de la rue qui fait face à cette maison en construction. Avez-vous noté son nom ?

— Rue Sureau, répondit Guerchard. Mais Dieusy est déjà allé chercher dans le voisinage quelqu'un qui a vu les voleurs charger leur véhicule, ou vu le véhicule en attente de chargement.

— Bien, dit M. Formery. Nous allons attendre.

M. Formery se tut. Guerchard et le duc s'assirent et allumèrent une cigarette.

— Vous avez trouvé beaucoup de traces ? demanda M. Formery en tendant la main vers la fenêtre.

— Oui, dit Guerchard.

— De Lupin ? s'enquit M. Formery avec un léger ricanement.

— Non, pas de Lupin.

— Qu'avez-vous dit ? Je suis content de voir que vous avez changé d'avis à ce sujet.

— J'ai à peine changé d'avis, dit Guerchard de sa voix rauque.

Quelqu'un frappa lourdement à la porte d'entrée. Des éclats de voix se firent entendre dans les escaliers. La porte s'ouvrit et M. Gournay-Martin fit irruption dans la pièce. Il jeta un regard à la galerie dévastée, leva les mains au plafond et hurla :

— Les vauriens ! les sales vauriens !

Et sa voix s'étrangla. Il marcha d'un pas titubant jusqu'au divan, se laissa lourdement tomber dessus, jeta un regard circulaire à la scène de désolation et fondit en larmes.

Germaine et Sonia entrèrent à leur tour. Le duc s'avança pour les accueillir.

— Ne pleure plus, papa. Tu es enroué ! dit Germaine avec impatience.

Puis, se tournant vers le duc en fronçant les sourcils, elle ajouta :

— Je pense que votre plaisanterie au sujet du train était simplement honteuse. Une plaisanterie est une plaisanterie, mais nous envoyer à la gare par une nuit comme celle-là, alors que vous saviez qu'il n'y avait pas de train à neuf heure moins le quart… c'est simplement honteux.

— Je ne sais absolument pas de quoi vous parlez, répondit le duc calmement. Il n'y avait pas de train à neuf heures moins le quart ?

— Bien sûr qu'il n'y en avait pas, rétorqua Germaine. L'indicateur avait plusieurs années. Je pense que c'était la plaisanterie la plus absurde que je n'ai jamais entendue.

— Cela ne me semblait pas du tout être une plaisanterie. Ce n'est en aucun cas le genre de plaisanterie que je fais… ce serait odieux. Je n'ai pas pensé regarder la date de l'indicateur. J'ai pris un paquet de cigarettes dans ce tiroir et j'ai remarqué qu'il y avait un indicateur. Bien sûr, il pouvait avoir été posé là il y a des années. Ce fut stupide de ma part de ne pas avoir regardé la date.

— J'ai dit que c'était une erreur, intervint Sonia. J'étais

certaine que sa Grâce ne pouvait pas faire quelque chose d'aussi cruel que ça.

Le duc lui sourit.

— Eh bien, tout ce que je peux dire, c'est que c'était vraiment stupide de votre part de ne pas avoir regardé la date, conclut Germaine.

M. Gournay-Martin se leva et gémit de la plus déchirante des façons :

— Mes tableaux ! Mes merveilleux tableaux ! De tels investissements ! Et mon mobilier ! Mes cabinets Renaissance ! Ils sont irremplaçables ! Ils étaient uniques ! Ils valaient plus de cent cinquante mille francs !

M. Formery s'avança et dit :

— Je suis désolé, M. Gournay-Martin, je suis tout à fait désolé. Je me présente, M. Formery, juge d'instruction.

— C'est une tragédie, M. Formery, c'est une tragédie, gémit le millionnaire.

— Ne vous désolez pas. Nous les retrouverons, vos chefs-d'œuvre. Donnez-nous seulement du temps, dit M. Formery pour l'encourager.

Le visage du millionnaire s'éclaira un peu.

— Et après tout, vous avez la consolation que les voleurs n'ont pas pris le joyau de votre collection. Ils n'ont pas pris le diadème de la Princesse de Lamballe.

— Non, confirma le duc. Ils n'ont pas touché à ce coffre-fort. Il est intact.

— Ça m'est égal, grogna le millionnaire. Il était vide.

— Vide ! mais votre diadème ? s'écria le duc.

— Ah ! mon Dieu ! On me l'a pris ? cria le millionnaire d'une voix enrouée, au bord de la panique.

— Mais ils n'ont pas pu… ce coffre n'a pas été ouvert, dit le duc.

— Mais le diadème n'a jamais été dans ce coffre-là. Il était… A-t-on cambriolé ma chambre ?

— Non, répondit M. Formery.

— On n'a pénétré dans aucune pièce à part ces deux-là, précisa le duc.

— Ah ! Alors je suis tranquille. Le coffre-fort dans ma chambre n'avait que deux clefs. En voici une. Il tira une clef de sa poche. Et l'autre est dans ce coffre.

Le visage de M. Formery s'éclaira de satisfaction. Il semblait avoir sauvé le diadème de ses propres mains. Il s'écria triomphalement :

— Vous voyez !

— Je vois ? Je vois ? s'écria soudain le millionnaire. Je vois qu'on m'a dévalisé… pillé. Oh ! Mes tableaux. Mes merveilleux tableaux ! De tels investissements !

CHAPITRE XII

Le vol du pendentif

Ils restèrent autour du millionnaire à observer son angoisse, avec des yeux où brillait de la sympathie. Comme si elle ne pouvait pas supporter plus longtemps un tel malheur, Sonia s'éclipsa hors de la chambre.

Le millionnaire se lamentait sur sa perte et insultait les voleurs à tour de rôle, mais toujours de sa magnifique voix.

Soudain il eut une nouvelle idée. Il se frappa le front et s'écria :

— Charolais n'achètera plus la Mercarc maintenant ! Ce n'était pas un acheteur *bona fide* !

Les lèvres du duc s'écartèrent légèrement et ses yeux s'ouvrirent un peu plus qu'à l'habitude. Il tourna soudain les talons, et sauta presque dans l'autre galerie. Là il rit à son aise.

M. Formery dit au millionnaire :

— Calmez-vous, M. Gournay-Martin. Restez calme ! Nous allons retrouver vos chefs-d'œuvre. Je vous en donne ma parole. Nous n'avons besoin que de temps. Patience. Restez calme !

Ses réprimandes eurent au moins un effet apaisant. Le millionnaire retrouva son calme.

— Guerchard ? s'inquiéta -t-il. Où est Guerchard ?

M. Formery lui présenta Guerchard.

— Etes-vous sur leur trace ? Avez-vous des indices ? demanda le millionnaire.

— Je crois, dit M. Formery sur un ton impressionnant, que nous allons maintenant procéder à l'enquête habituelle.

Il était un peu froissé parce que le millionnaire s'était tourné vers le détective. Il se dirigea vers un bureau, posa quelques feuilles de papier devant lui, et se prépara à noter les réponses à ses questions. Le duc revint dans la galerie. M. Gournay-Martin s'assit sur le divan, les mains sur les genoux et regarda sombrement M. Formery. Germaine, qui était assise sur un divan près de la porte et attendait avec résignation que son père cesse ses lamentations, se leva et se dirigea vers un fauteuil à côté du bureau. Guerchard se déplaçait nerveusement dans la pièce, mais sans bruit. Enfin, il s'immobilisa et s'appuya contre le mur.

M. Formery vérifia toutes les questions qu'il avait posées au duc. Il interrogea ensuite le millionnaire et sa fille à propos des Charolais, du vol des autos et de la tentative de vol du pendentif. Il leur posa également des questions sur leurs domestiques, mais n'obtint aucun fait nouveau.

Il s'arrêta et dit, négligemment, comme si c'était simplement de la routine :

— Je désirerais savoir si auparavant, il n'y a jamais eu de vol de commis chez vous ?

— Il y a trois ans que ce vaurien de Lupin... commença le millionnaire violemment.

— Oui, oui. Je sais tout sur ce vol. Mais avez-vous été volé depuis ? l'interrompit M. Formery.

— Non, mais ma fille a été volée.

— Votre fille ?

— Oui, elle a été volée deux ou trois fois durant ces trois dernières années.

— Ah, par exemple ! Mais il eût fallu nous prévenir ! C'est très intéressant et capital, s'écria M. Formery en se frottant les mains. Je pense que vous soupçonnez Victoire.

— Non, dit Germaine vivement. Ce ne pouvait pas être Victoire. Les deux derniers vols ont été commis au château et Victoire se trouvait en charge de cet hôtel à Paris.

M. Formery sembla en rester interloqué. Il hésitait, consultait ses notes. Puis, il dit enfin :

— Tant mieux... tant mieux. Voici qui confirme mon hypothèse.

— Laquelle ? demanda M. Gournay-Martin.

— Laissez... laissez, dit solennellement M. Formery. Et, se

tournant vers Germaine, il poursuivit :

— Voyons, Mademoiselle, ces vols ont commencé chez vous, il y a trois ans ?

— Oui, je pense qu'ils ont commencé il y a trois ans, au mois d'août[11].

— Voyons. C'est au mois d'août, il y a trois ans, que votre père fut, après une lettre de menaces comme celle de cette nuit, victime d'un cambriolage ? demanda M. Formery.

— Oui ! Les canailles ! s'écria le millionnaire d'un ton féroce.

— Il serait donc intéressant de savoir quel est celui de vos domestiques qui est entré à votre service il y a trois ans.

— Victoire n'est chez nous que depuis un an, précisa Germaine.

— Depuis seulement un an ? reprit vivement M. Formery quelque peu vexé. Il s'arrêta et ajouta :

— Précisément… précisément. Et quelle est la nature du dernier vol dont vous avez été victime ?

— On m'a volé une broche avec des perles… pas très différent du pendentif que sa Grâce m'a offert hier.

— Pourriez-vous me montrer ce pendentif ? J'aimerais le voir.

— Certainement… montrez-lui, Jacques. Vous l'avez, n'est-ce pas? demanda Germaine en se tournant vers le duc.

— Moi ? Non. Comment pourrais-je l'avoir ? répondit le duc un peu surpris. Vous ne l'avez pas ?

— J'ai uniquement l'écrin… l'écrin vide, dit Germaine d'un ton alarmé.

— L'écrin vide ?

— Oui. C'était après que nous soyons revenus de notre voyage infructueux à la gare. Je me suis souvenue que j'étais partie sans le pendentif. Je suis allée au bureau, j'ai pris l'écrin et il était vide.

— Un moment… un moment, interrompit M. Formery. Vous n'aviez pas attrapé ce jeune Bernard Charolais avec cet écrin dans les mains, votre Grâce ?

— Oui, répondit le duc. Il l'avait dans la poche.

11 (NdT) Dans la pièce, il s'agit du mois d'octobre.

— Alors vous pouvez compter que ce jeune vaurien a glissé le pendentif dans sa poche et vous a rendu l'écrin vide, affirma M. Formery triomphalement.

— Non, contesta le duc. Ce n'est pas possible. Et le vol n'a pas été commis par le voleur qui a forcé le bureau pour prendre les clefs. Longtemps après qu'ils soient partis de la maison, je suis allé prendre une cigarette dans le paquet qui était posé sur le bureau, à côté de l'écrin. Il me vint à l'esprit que ce jeune gredin avait pu me jouer ce sale tour. J'ai ouvert l'écrin, le pendentif était dedans.

— Il a été volé ! s'écria le millionnaire; bien sûr qu'il a été volé.

— Mais non. Il n'a pas été volé, fit le duc. Irma, ou peut-être Mademoiselle Kritchnoff l'aura emporté à Paris pour Germaine.

— Ce n'est certainement pas Sonia. C'est elle qui m'a dit vous avoir vu le poser sur le bureau et le glisser dans votre poche, dit Germaine vivement.

— Alors, ce doit être Irma.

— Nous allons la faire chercher et nous en assurer, intervint M. Formery. Inspecteur, allez la chercher.

L'inspecteur sortit de la pièce et le duc en profita pour s'enquérir de leur voyage auprès du millionnaire et de Germaine, s'il avait été si inconfortable que cela et s'ils les avaient fatigués. Il apprit qu'ils avaient eu assez de chance pour trouver des couchettes dans le train, et qu'ils avaient souffert aussi peu que possible de leur voyage de nuit.

Pendant ce temps, M. Formery relisait ses notes et Guerchard semblait dormir là où il s'était appuyé contre le mur.

L'inspecteur revint avec Irma. Elle était effrayée, mais avait l'attitude mi-défensive, mi-provocante qu'ont les gens de son milieu lorsqu'ils sont confrontés aux autorités. Ses grands yeux bovins roulaient avec inquiétude dans leurs orbites.

— Oh ! Irma… commença Germaine.

M. Formery la coupa, presque brusquement.

— Excusez-moi, excusez-moi. C'est moi qui mène cette enquête. Puis se tournant vers Irma, il ajouta :

— Non, n'ayez pas peur, Mademoiselle Irma, je veux

simplement vous poser une ou deux questions. Avez-vous emporté le pendentif à Paris, le pendentif que le duc de Charmerace a offert à votre maîtresse hier ?

— Moi, monsieur ? Non, monsieur.

— Vous en êtes sûre ?

— Oui ! Monsieur. Je n'ai pas vu le pendentif. Est-ce que Mademoiselle ne l'avait pas laissé sur le bureau ?

— Comment savez-vous ça ? demanda Germaine.

— J'ai entendu Mademoiselle Germaine dire qu'il était sur le bureau. J'ai pensé que peut-être Mademoiselle Kritchnoff l'avait mis dans son sac.

— Pourquoi Mademoiselle Kritchnoff l'aurait-elle mis dans son sac ? demanda vivement le duc.

— Pour le rapporter à Paris pour Mademoiselle Germaine, répondit Irma.

— Et pourquoi aviez-vous pensé cela ? intervint soudain M. Formery.

— Oh, je pensais que Mademoiselle Kritchnoff pouvait l'avoir mis dans son sac parce que je l'ai vue devant le bureau.

— Ah ! et c'est sur le bureau qu'était le pendentif ? demanda M. Formery.

— Oui, Monsieur.

Ils firent silence. L'atmosphère de la pièce était soudain devenue oppressante… presque menaçante. Guerchard était enfin sorti de sa torpeur. Germaine et le duc se regardaient avec inquiétude.

— Vous êtes au service de Mademoiselle depuis longtemps ? demanda le juge à Irma.

— Depuis six mois, Monsieur.

— C'est bien. Merci. vous pouvez vous retirer. J'aurais peut-être besoin de vous tout à l'heure.

Irma sortit rapidement de la pièce, l'air soulagé.

M. Formery écrivit quelques mots sur sa feuille, puis annonça :

— Je vais interroger Mademoiselle Kritchnoff.

— Mademoiselle Kritchnoff est au-dessus de tout soupçon, assura vivement le duc.

— Oui, c'est aussi mon avis, confirma Germaine.

— Mademoiselle Kritchnoff est entrée chez vous depuis combien de temps, Mademoiselle ? interrogea Guerchard.

— Laissez-moi réfléchir, dit Germaine.

— Vous ne vous en souvenez pas ? demanda Formery.

— Depuis trois ans.

— Précisément au moment où les vols ont commencé, fit remarquer M. Formery.

— Oui, répondit Germaine à regret.

— Priez Mademoiselle Kritchnoff de venir, inspecteur, ordonna M. Formery.

— Oui, Monsieur.

— Je vais la chercher… je sais où elle est, dit le duc vivement en se dirigeant vers la porte.

— S'il vous plaît, votre Grâce, protesta Guerchard. L'inspecteur va la ramener.

Le duc se tourna brusquement vers lui et le regarda :

— Je vous demande pardon, mais vous…

— Ne vous froissez pas, votre Grâce, l'interrompit Guerchard. Mais M. Formery est de mon avis… ce serait tout à fait irrégulier.

— Oui, votre Grâce, appuya M. Formery. Nous avons une procédure. C'est mieux de la suivre… beaucoup mieux. C'est le résultat d'années d'expérience, le meilleur chemin pour trouver la vérité.

— Comme vous voulez, s'inclina le duc, haussant les épaules.

L'inspecteur revint dans la pièce :

— Mademoiselle Kritchnoff sera là dans un instant. Elle allait juste sortir.

— Elle sortait ? s'étonna M. Formery.

— Non, monsieur, dit l'inspecteur. Elle a seulement demandé à sortir.

M. Formery fit signe à l'inspecteur d'approcher et lui dit à voix basse, de façon à ce que les autres ne l'entendent pas.

— Montez dans sa chambre et fouillez ses malles.

— Ce n'est pas la peine, dit Guerchard, également à voix basse, mais avec suffisamment de force.

— Non, bien sûr que non Ce n'est pas la peine, répéta M. Formery.

La porte s'ouvrit et Sonia entra. Elle portait encore ses vêtements de voyage et tenait son manteau sur le bras. Elle s'arrêta et les regarda avec étonnement; peut-être y avait-il également un peu de peur dans son regard. Le long trajet de la nuit ne semblait pas avoir altéré sa délicate beauté. Le regard insistant du duc se posa sur elle avec admiration. Elle se tourna vers lui et baissa les yeux.

— Voulez-vous approcher, Mademoiselle ? pria M. Formery. J'ai quelques questions…

— Voulez-vous me permettre ? le coupa Guerchard, avec tant de déférence que M. Formery ne pouvait pas refuser.

M. Formery rougit et serra les dents :

— Vous avez la place.

— Mademoiselle Kritchnoff, commença Guerchard avec courtoisie. Il se passe un fait sur lequel M. Formery a besoin de quelques renseignements. On a volé le pendentif que le duc de Charmerace a offert hier à Mademoiselle Gournay-Martin.

— Volé ? Vous en êtes sûr ? demanda Sonia avec anxiété.

— Absolument. Nous avons déterminé avec exactitude les conditions dans lesquelles le vol a été commis. Nous avons tout lieu de supposer que le coupable, pour n'être pas pris sur le fait, a caché le bijou dans le sac ou la valise d'une autre personne, de sorte que…

— Ma valise est dans ma chambre, Monsieur, voici la clef.

Pour prendre la clef dans son sac, elle déposa son manteau sur le divan. Il glissa par terre et tomba sur le sol aux pieds du duc, qui n'était pas retourné à sa place à côté de Germaine. Pendant qu'elle fouillait dans son sac, et que tous les yeux étaient posés sur elle, le duc, qui l'avait regardée avec une curieuse intensité depuis son entrée dans la pièce, se baissa et ramassa le manteau. Sa main se glissa dans la poche, et ses doigts touchèrent un objet enveloppé dans un papier de soie. Ils se refermèrent dessus, le sortirent de la poche et, cachés par le manteau, le transférèrent dans la sienne. Il posa le manteau sur le dossier du divan, et doucement retourna à sa place à côté de Germaine. Personne dans la pièce n'avait observé son manège, pas même Guerchard qui regardait Sonia avec une vive attention.

Sonia trouva ses clefs et les tendit à Guerchard.

Il secoua la tête et dit :

— C'est absolument inutile de fouiller votre valise. Avez-vous d'autres bagages ?

Elle se déroba à son regard perçant, comme s'il lui faisait peur.

— Oui, ma malle... elle est là-haut dans ma chambre... ouverte.

Elle avait parlé avec une voix hésitante et ses yeux inquiets évitaient ceux du détective.

— Mais vous alliez sortir, je crois ? demanda calmement Guerchard.

— J'en demandais la permission. Quelques courses à faire...

— Vous ne voyez aucun inconvénient à laisser sortir Mademoiselle Kritchnoff, M. Formery ? fit Guerchard.

— Oh non, aucune. Mais bien entendu, elle doit revenir.

Sonia fit demi-tour pour sortir.

— Un moment, dit Guerchard en se mettant sur son chemin. Vous n'emportez que ce sac ?

— Oui. J'ai mon argent dans mon portefeuille. Et elle le lui tendit.

Les yeux vifs de Guerchard le fixèrent, et il murmura :

— Inutile de regarder dedans. Je ne suppose pas qu'on ait eu l'audace... Et il s'arrêta.

Sonia fit quelques pas vers la porte, se retourna, hésita, revint vers le divan, et prit son manteau.

Une soudaine lueur brilla dans les yeux de Guerchard... une lueur de compréhension, d'espoir et de triomphe. Il s'avança et lui prit des mains en disant :

— Voulez-vous me permettre ?

— Non, merci, dit Sonia. Je ne le mets pas.

— Non... mais c'est possible... on a pu... Avez-vous bien regardé dans les poches ? Tenez, celle-ci ? On dirait que celle-ci...

Il montrait la poche qui avait contenu le paquet.

Sonia recula effrayée. Ses yeux jetaient des regards fiévreux dans la pièce à la recherche d'une issue de secours et ses doigts se crispaient convulsivement sur sa poche.

— Mais, c'est abominable ! cria-t-elle. Vous avez l'air...

— Je vous en prie, mademoiselle, l'interrompit Guerchard. Nous sommes parfois obligés...

— Vraiment, Mademoiselle Sonia, le coupa le duc, d'une voix claire et pénétrante. Je ne vois pas en quoi cette petite formalité peut vous déplaire.

— Oh, mais... mais... suffoqua Sonia en levant ses yeux terrifiés vers lui.

Le duc sembla la soutenir de son regard et il dit de la même voix pénétrante :

— Vous n'avez aucune inquiétude à avoir.

Sonia lâcha le manteau, et Guerchard, le visage illuminé de triomphe, plongea la main dans la poche. Il l'en tira totalement vide, et la regarda, pendant que son visage blêmissait.

— Rien ? Rien ? murmura-t-il dans un souffle. Et il regarda à nouveau sa main vide comme s'il ne pouvait pas en croire ses yeux.

Dans un violent effort il se força à sourire et dit à Sonia :

— Mille excuses, mademoiselle.

Il lui tendit le manteau. Sonia le prit et fit volte-face. Elle fit un pas vers la porte et chancela.

Le duc se précipita et la soutint au moment où elle allait tomber.

— Vous vous sentez mal ? demanda-t-il d'une voix anxieuse.

— Merci, vous m'avez sauvée, murmura Sonia.

— Je suis sincèrement désolé, s'excusa Guerchard.

— Merci, ça ne fait rien. Je vais mieux, à présent, répondit Sonia, en se libérant des bras du duc qui la soutenaient.

Elle se redressa et sortit rapidement de la pièce.

Guerchard s'approcha de M. Formery.

— Vous vous êtes lourdement trompé, Guerchard, dit M. Formery avec un peu de malice dans la voix.

Guerchard ne releva pas.

— Je voudrais que personne ne sorte sans ma permission, dit-il doucement.

— Personne, excepté Mademoiselle Kritchnoff, je suppose, répondit en souriant M. Formery.

— Elle moins qu'une autre.

— Je ne comprends pas où vous voulez en venir, reprit M. Formery. A moins que vous supposiez que Mademoiselle Kritchnoff soit Lupin déguisé.

Guerchard rit doucement :

— Vous avez fait mouche.

— Bien, bien, je vais en donner l'ordre, promit M. Formery quelque peu calmé par cet hommage à son humour.

Il appela l'inspecteur et lui glissa quelques mots à l'oreille. Puis il se leva et dit :

— Je pense que nous devrions aller examiner les chambres et avant tout, il faut vérifier que le coffre dans la chambre de M. Gournay-Martin n'a pas été ouvert.

— Je me demandais combien de temps nous allions encore perdre à cause de ce stupide pendentif, grogna le millionnaire en se levant.

— Il y a peut-être des écrins dans les chambres, présuma M. Formery.

— Il y a tous les cadeaux de mariage. Ils sont sous la responsabilité de Victoire, expliqua Germaine vivement. Ce serait terrible s'ils avaient été volés. Certains d'entre eux proviennent des premières familles de France.

— Ils pourront les remplacer… ces coupe-papier, la rassura le duc en souriant.

Germaine et son père ouvrirent le chemin. M. Formery, Guerchard et l'inspecteur les suivirent. A la porte, le duc s'arrêta et la ferma doucement sur eux. Il revint vers la fenêtre, mit la main dans sa poche et en sortit le paquet enveloppé de papier de soie.

Il enleva délicatement le papier qui révéla le pendentif.

CHAPITRE XIII

Le télégramme de Lupin

Le duc regardait le pendentif, les yeux pleins de peine, d'émerveillement et d'horreur.

— Stupéfiant… stupéfiant, souffla-t-il.

Il glissa le pendentif dans la poche intérieure de sa veste et resta à regarder par la fenêtre avec des yeux amers et désillusionnés.

La porte s'ouvrit délicatement et Sonia entra rapidement dans la pièce, ferma la porte, et s'y adossa. Son visage était livide et sa peau avait perdu son éclat de porcelaine. Elle le regarda les yeux plein d'angoisse.

Elle murmura alors d'une voix cassée :

— Pardonnez-moi ! Oh, pardonnez-moi !

— Une voleuse… vous ? dit le duc d'un ton amer.

Sonia gémit.

— Ne restez pas là, intima le duc en regardant la porte avec inquiétude.

— Vous ne voulez plus me parler, murmura-t-elle d'une voix déchirante, alors qu'elle se tordait les mains de désespoir.

— Guerchard se doute de tout ! Il est dangereux que nous causions là. Je vous assure qu'il est dangereux.

— Quelle opinion avez-vous de moi, maintenant ? C'est horrible… cruel ! gémit-elle.

— Par tous les dieux, parlez plus bas, supplia le duc de plus en plus inquiet. Pensez à Guerchard.

— Que m'importe ? J'ai perdu l'estime du seul être à qui je tenais, peu m'importe tout le reste.

— Nous parlerons ailleurs un peu plus tard. Cela vaut mieux.

— Non, non, tout de suite ! s'écria Sonia. Il faut que vous sachiez… Il faut que je vous parle… Oh ! mon Dieu… Mon Dieu !… je ne sais plus quoi dire… Et puis c'est trop injuste après tout… Elle… Germaine… elle a tout… Hier, devant moi, vous lui avez remis ce pendentif… Elle a souri… elle était orgueilleuse… j'ai vu sa joie… Alors, oui, je l'ai pris, je l'ai pris, je l'ai pris, et si je pouvais lui prendre sa fortune… je la hais ! Oh, combien je la hais !

— Quoi !

— Oui, je la hais ! répéta Sonia, dont les yeux, qui avaient abandonné leur douceur, luisaient de sombres ressentiments et de rage. Sa voix elle-même s'était faite cassante, pleine de colère.

— Vous la haïssez ?

— C'est une chose que je ne vous aurais pas dite… mais maintenant j'ose… j'ose parler… c'est vous… c'est vous… Ses aveux moururent sur ses lèvres. Ses joues rougirent brusquement avant de reprendre aussi vite leur couleur : Je la hais !

— Sonia…

— Oh ! je sais, ça n'excuse rien, vous pensez « C'est bien trouvé, mais elle n'en est pas à son premier vol ». Oui, c'est vrai, c'est le dixième, le vingtième peut-être… C'est vrai… je suis une voleuse.

Elle fit une pause, ses yeux étaient un peu plus rouges encore.

— Mais il y a une chose qu'il faut croire : depuis que vous êtes revenu, depuis que je vous ai connu, du premier jour où vous m'avez regardée; eh bien, je n'ai plus volé… je ne pouvais plus…

— Je vous crois.

Elle poussa un soupir de soulagement, puis repris plus calmement :

— Et puis, si vous saviez comment cela a commencé… cette horreur.

— L'horreur ? reprit vivement le duc.

— Oui, vous me plaignez, mais vous me méprisez… vous me méprisez profondément. Il ne faut pas ! Je ne veux pas ! s'écria-t-elle violemment.

— Mais non, croyez-moi, dit le duc pour la calmer.

— Ecoutez. Avez-vous jamais été seul au monde ?... Avez-vous jamais eu faim ? Pensez à ça... dans cette grande ville où je mourais de faim... à la vue de pain... de pain dans les magasins... On n'a qu'à tendre la main pour les toucher... des pains d'un sou. Oh ! C'est banal !

Elle s'arrêta :

— Presque banal !

— Continuez.

— Il n'y avait qu'une seule façon de gagner de l'argent, mais je ne voulais pas, non, je ne voulais pas. Mais ce jour-là, je mourais... vous comprenez, je mourais... Je suis allée chez un homme que je connaissais un peu. C'était ma dernière ressource. Je fus contente d'abord... Il me donna à manger et à boire... et puis il me parla, il m'offrit de l'argent.

— Quoi ? s'écria soudain le duc, les yeux fous de colère.

— Non, je n'ai pas pu... alors je l'ai volé... j'aimais mieux ça... c'était plus propre. Ah ! J'avais des excuses alors. J'ai commencé à voler pour rester honnête femme... et j'ai continué pour avoir l'air d'une femme honnête. Vous voyez... J'en plaisante.

Et elle rit, du terrible petit rire moqueur d'une âme maudite.

— Ah ! mon Dieu ! Ah ! mon Dieu ! s'écria-t-elle en se cachant la tête dans les mains. Et elle fondit en larmes.

— Pauvre petite ! dit doucement le duc. Il baissa les yeux d'un air sombre, vaincu par la révélation des tortures endurées dans le petit monde sous le Paris qu'il connaissait.

— Oh ! vous avez pitié... vous êtes ému, dit-elle entre deux sanglots.

Le duc releva la tête et plongea son regard dans les yeux de Sonia, plein de compassion et de sympathie.

— Ma pauvre petite Sonia, dit-il gentiment. Je comprends.

Elle le dévisagea de ses yeux incrédules, dans lesquels se mêlaient la joie et le désespoir.

Il s'approcha d'elle lentement et s'arrêta brusquement. Il venait d'entendre le bruit de pas derrière la porte.

— Vite ! Séchez vos yeux ! Vous devez paraître calme. L'autre pièce ! s'écria-t-il d'une voix impérieuse.

Il lui prit la main et la conduisit rapidement dans la galerie adjacente.

Avec cette rapidité qu'elle avait héritéé de sa longue habitude de cacher ses sentiments, Sonia se composa un visage plus en accord avec son calme habituel. Il y avait même une légère touche de couleur sur ses joues qui avaient perdu leur blancheur cadavérique. Une faible lumière brillaient dans ses yeux que l'angoisse avait quittés. Ils se posèrent sur le duc avec une intense gratitude. Elle s'assit sur le divan. Le duc se dirigea vers la fenêtre et alluma une cigarette. Ils entendirent la porte de l'autre galerie s'ouvrir. Des pas rapides traversèrent la pièce et Guerchard apparut sur le seuil. Il les regarda l'un après l'autre de ses yeux pénétrants et avides. Sonia regardait le tapis avec indifférence. Le duc se retourna et lui sourit.

— Eh bien, M. Guerchard. J'espère que les voleurs n'ont pas dérobé le diadème.

— Le diadème est sauf, votre Grâce.

— Et les coupe-papier ?

— Les coupe-papier ? s'étonna Guerchard.

— Les cadeaux de mariage.

— Ah oui, les cadeaux de mariage sont saufs, eux aussi, votre Grâce.

— Je respire à nouveau, dit le duc avec langueur.

Guerchard se tourna vers Sonia :

— Je vous cherchais, Mademoiselle, pour vous dire que M. Formery a changé d'avis. Il est impossible que vous sortiez. Personne n'est autorisé à sortir.

— Ah !

— Nous vous serions même très obligés de monter dans votre chambre. On vous servira votre repas là-haut.

— Comment ? s'écria Sonia en se levant brusquement. Puis, elle regarda le duc, qui lui fit un léger signe.

— Très bien, je vais monter dans ma chambre !

Ils l'accompagnèrent jusqu'à la porte et Guerchard lui ouvrit la porte, puis la referma sur elle.

— Vraiment, M. Guerchard, fit le duc en haussant les épaules. Cette dernière mesure… Une telle enfant !

— Je suis vraiment désolé, votre Grâce, mais c'est mon métier, ou, si vous préférez, mon devoir. D'autant qu'il se passe des choses que je suis encore seul à savoir et qui ne sont pas claires, je ne dois donc négliger aucune précaution.

— Bien sûr, vous êtes le mieux placé pour en juger. Mais voyons, une telle enfant… vous l'avez effrayée pour toute sa vie.

Guerchard haussa les épaules et sortit rapidement de la pièce.

Le duc s'assit dans un fauteuil, fronça les sourcils et réfléchit. Soudain, il entendit un grand cri et un choc violent dans les escaliers, la porte s'ouvrit violemment et M. Gournay-Martin apparut, un télégramme à la main.

M. Formery et l'inspecteur arrivèrent en courant derrière lui et le regardèrent avec des yeux étonnés.

— Là ! hurla le millionnaire. Un télégramme ! Un télégramme de ce vaurien lui-même. Ecoutez ! Ecoutez :

« Mille excuses de n'avoir pu tenir ma promesse pour le diadème. Avais rendez-vous aux Acacias. Prière préparer diadème dans votre chambre ce soir. Viendrai sans faute le prendre, entre minuit moins le quart et minuit.

Votre affectueusement dévoué,

ARSENE LUPIN. »

— Alors ! Que dites vous de cela ?

— Si vous me le demandez, je pense que c'est une blague ! dit le duc avec conviction.

— Une blague ! Vous dites toujours que c'est une blague ! Vous pensiez que le lettre était une blague et regardez ce qui s'est passé ! cria le millionnaire.

— Donnez-moi le télégramme, s'il vous plaît, dit vivement M. Formery.

Le millionnaire le lui tendit et il le lut attentivement.

— Trouvez qui l'a apporté, inspecteur.

L'inspecteur se précipita vers les escaliers et appela l'agent qui surveillait l'entrée. Il revint dans la galerie :

— Il a simplement été amené par un coursier des postes,

monsieur.

— Où est-il ? demanda Formery. Pourquoi l'avez-vous laissé partir ?

— Dois-je l'envoyer chercher, monsieur ? s'enquit l'inspecteur.

— Non, non, ça ne fait rien, répondit M. Formery. Puis, il se tourna vers M. Gournay-Martin et le duc :

— Maintenant, nous allons avoir des problèmes avec Guerchard. Il est en train de tout confondre. Ce télégramme sera la goutte d'eau qui fera déborder le vase. Rien ne pourra plus le persuader que ce n'est pas le travail de Lupin. Réfléchissez, messieurs, si Lupin était venu cette nuit, s'il avait vraiment convoité le diadème, il l'aurait volé, ou tout au moins, il aurait essayé d'ouvrir soit le coffre-fort de la chambre de M. Gournay-Martin, dans lequel le diadème se trouve en ce moment, soit ce coffre-fort qui est ici — il alla au coffre-fort et tapa sur la porte — dans lequel se trouve la seconde clef.

— Évidemment, approuva l'inspecteur.

— S'il n'a rien essayé cette nuit, quand il avait la partie belle, que l'hôtel était vide, il n'essaiera pas maintenant que nous sommes prévenus, que la police est sur pied et que l'hôtel est cerné. Messieurs, cette idée est enfantine.

Il s'appuya contre la porte du coffre-fort et reprit :

— Absolument enfantine; mais Guerchard perd la boule, et je me rend compte que sa folie est en train de nous entraîner sur le chemin le plus stupide.

Soudain, il fut poussé en avant vers le milieu de la pièce, alors que la porte du coffre-fort s'ouvrait brusquement. Guerchard en sortit.

— Que diable ! s'écria M. Formery.

— Vous seriez surpris de savoir comme on entend tout distinctement dans ces coffres-forts… on pourrait penser qu'ils sont trop épais, remarqua Guerchard de sa voix rauque.

— Comment diable êtes-vous entré là-dedans ? s'écria M. Formery.

— Entrer n'est rien. C'est sortir qui est dangereux. Ces plaisantins avaient laissé une cartouche d'explosif, j'ai failli sauter avec la porte, dit Guerchard, en se frottant les coudes.

— Comment êtes-vous entré ? Comment diable êtes-vous entré ? répéta M. Formery.

— Par le petit cabinet dont la porte s'ouvre derrière le coffre. Il n'y a plus de fond au coffre. Ils l'ont coupé proprement… un travail très net. Des coffres comme celui-ci sont toujours fixés contre un mur, pas adossés à une porte. Leur dos est toujours le point faible.

— Et la clef ? La clef du coffre de là-haut, dans ma chambre, celui qui contient le diadème… est-ce que la clef est là ? s'écria M. Gournay-Martin.

Guerchard retourna dans le coffre vide. Il en sortit en souriant.

— Eh bien, avez-vous trouvé la clef ?

— Non, mais j'ai trouvé mieux.

— Quoi ? fit M. Formery d'une voix sèche.

— Je vous le donne en mille, dit Guerchard avec un sourire terriblement tentant.

— Qu'est-ce que c'est ? demanda M. Formery.

— Un petit présent pour vous.

— Que voulez-vous dire ? s'écria M. Formery en colère.

Guerchard tira une carte de derrière ses doigts et dit calmement :

— La carte d'Arsène Lupin.

CHAPITRE XIV

Guerchard trouve la bonne piste

Le millionnaire regardait la carte d'un air stupéfait, l'inspecteur avec une extrême intelligence, le duc avec intérêt et M. Formery avec dégoût.

— C'est encore une ruse… elle a été mise là pour détourner notre attention. Ça ne prouve rien… absolument rien, affirma-t-il d'un ton méprisant.

— Non, ça ne prouve rien du tout, consentit Guerchard calmement.

— Le télégramme est la chose importante… ce télégramme, rappela M. Gournay-Martin fiévreusement. Il concerne le diadème. Est-ce qu'on va le négliger ?

— Oh non, rassura M. Formery, sur un ton apaisant. On en tiendra compte. On en tiendra certainement compte.

Le majordome de M. Gournay-Martin apparut dans l'embrasure de la porte de la galerie :

— Si monsieur veut bien se donner la peine, le déjeuner est servi.

A cette nouvelle, une partie de ses malheurs sembla disparaître de l'esprit du millionnaire :

— Bien ! Bien ! Messieurs, j'espère que vous allez déjeuner avec moi ?

— Merci, accepta M. Formery. Nous n'avons plus rien d'autre à faire, en tout cas en ce moment dans cet hôtel. Je ne suis pas entièrement satisfait de Mademoiselle Kritchnoff… du moins Guerchard ne l'est pas. Je propose de l'interroger à nouveau à propos des premiers vols.

— Je suis certain qu'elle n'a rien à voir là-dedans, coupa le duc vivement.

— Non, non, je ne le pense pas non plus, reprit M. Formery. Encore qu'on ne sait jamais de quelle direction peut venir la lumière dans une affaire comme celle-là. C'est souvent le hasard qui nous donne nos meilleurs indices.

— C'est plutôt honteux de l'effrayer… ce n'est encore qu'une enfant, dit le duc.

— Oh, je serai gentil, votre Grâce… aussi gentil que possible. Mais je compte plus sur l'audition de Victoire. Elle était là. Elle a certainement vu les voleurs au travail, mais tant qu'elle n'est pas réveillée, on ne peut rien faire, excepté attendre les découvertes des détectives qui travaillent dehors et leurs rapports. Mais pendant ce temps, nous serons heureux de manger avec vous, M. Gournay-Martin.

Ils descendirent dans la salle à manger et y trouvèrent un somptueux repas, digne de l'hospitalité d'un millionnaire. Le talent du cuisinier ne semblait pas avoir été affecté par les déboires de son maître. M. Formery, un ardent amoureux des bonnes choses, y prit énormément de goût. Il était plein d'entrain. Germaine, un peu indisposée par le voyage de nuit, était plutôt d'humeur bougonne. Son père était plongé dans une tristesse qui ne le quitta que pour un bref instant d'une apparente sensibilité. Guerchard mangea et but avec sérieux, répondant aux questions du duc d'une façon quelque peu absente. Le duc lui-même semblait avoir perdu son habituelle bonne humeur, et parfois son front se plissait dans un froncement de sourcils anxieux. Malgré les questions qu'il posait à Guerchard, il semblait bien moins s'intéresser à cette affaire.

Le déjeuner lui parut très long et très ennuyeux, mais enfin il toucha à sa fin. M. Gournay-Martin semblait avoir été bien réconforté par le vin qu'il avait bu. Il était presque confiant. M. Formery, qui n'avait pas traité le champagne à la légère, était monté au plus haut de ses certitudes les plus optimistes. Les liqueurs et le café furent servis dans le fumoir. Guerchard alluma un cigare, refusa une liqueur, but rapidement son café et se glissa hors de la pièce.

Le duc le suivit et, une fois dans le hall, lui dit :

— Je veux continuer à vous regarder démêler les fils de ce mystère, si je le peux, M. Guerchard.

Un bon républicain comme l'était Guerchard ne pouvait que se sentir flatté par l'intérêt que lui portait un duc, et l'excellent repas qu'il avait mangé le disposait à se sentir encore plus honoré.

— J'en serai charmé, dit-il. Pour dire la vérité, je trouve la compagnie de votre Grâce vraiment stimulante.

— Ce doit être parce que je trouve tout cela vraiment intéressant.

Ils montèrent vers la galerie de peinture et trouvèrent le jeune policier au visage rougeaud assis sur une chaise près de la porte, en train de manger avec appétit le déjeuner qui lui avait été apporté de la cuisine du millionnaire.

Ils entrèrent dans la galerie. Guerchard ferma la porte et tourna la clef :

— Maintenant, je pense que M. Formery va me laisser une demi-heure. Son cigare devrait durer au moins une demi-heure. Pendant ce temps je pourrai savoir ce que les voleurs ont vraiment fait de leur butin… au moins je pourrai savoir avec certitude comment ils sont sortis de la maison.

— Pouvez-vous m'expliquer ? demanda le duc. Je pensais que nous savions comment ils étaient partis.

Il accompagna ses paroles d'un geste de la main en direction des fenêtres.

— Oh ! Ça ! C'est enfantin, dit Guerchard avec mépris. Ce sont des traces pour un juge d'instruction. L'échelle, le guéridon sur le rebord de la fenêtre, ne conduisaient nulle part. Les seules personnes qui sont venues par cette échelle sont les deux hommes qui l'ont apportée de l'échafaudage. On peut voir leurs traces de pas. Personne n'est redescendu du tout. C'était pour nous faire perdre du temps.

— Mais la trace de pas sous le livre ?

— Oh, ça. L'un des voleurs s'est assis sur le divan, là, a frotté du plâtre sous la semelle de sa botte et a posé le pied sur le tapis. Puis il a essuyé le reste du plâtre et a posé le livre sur la trace.

— Comment savez-vous cela ? demanda le duc étonné.

— C'est clair comme de l'eau de roche. Il devait y avoir plusieurs voleurs pour bouger les lourdes pièces. Si toutes les semelles avaient été couvertes de plâtre, rien au monde n'aurait pu nettoyer le tapis de ces minuscules poussières. Je me suis promené sur la tapis entre la trace de pas et la fenêtre avec une loupe. Il n'y a pas de morceaux de plâtre dessus. Il faut écarter la trace de pas. C'était une simple ruse, une ruse très quelconque aussi... pour un juge d'instruction.

— Je comprends.

— Ça réduit le problème qui se résume à cette question : comment les meubles sont-ils sortis de la pièce ? Ils ne sont pas passés par la fenêtre et l'échelle. Ils ne sont pas non plus descendus par les escaliers, ni sortis par la porte d'entrée ou par la porte de derrière. Si les voleurs étaient passés par là, le concierge et sa femme auraient entendu le bruit. En outre, il aurait fallu les transporter dans la grand-rue, dans laquelle il y a des passants à toute heure. Quelqu'un aurait sûrement été prévenir un agent de police que la maison était en train d'être vidée. De plus, la police patrouille régulièrement dans les rues principales, et, aussi rapide que puisse être un homme comme Lupin pour faire son travail, il n'aurait pas pu aller si vite qu'un policier ne puisse le voir. Non, les meubles ne sont ni passés par les escaliers ni sortis par la porte de devant. Cela réduit encore plus le problème. En fait, il n'y a qu'une issue possible.

— La cheminée ! s'écria le duc.

— Vous avez trouvé, dit Guerchard en riant. Par ce procédé logique très connu, le procédé par élimination, nous avons écarté toutes les issues possibles, exceptée la cheminée.

Il fit une pause, fronça les sourcils, quelque peu perplexe; et alors il ajouta avec gêne :

— Ce qui ne me plaît pas dans cette histoire c'est que Victoire ait été laissée dans l'âtre. Je me suis immédiatement demandé ce qu'elle faisait là. C'était inutile de la droguer et de la laisser dans l'âtre... vraiment inutile.

— C'était peut-être fait pour un juge d'instruction. Si Monsieur Formery avait trouvé Victoire dans l'âtre, il n'aurait pas examiné la cheminée.

— Oui, c'était peut-être ça, dit lentement Guerchard. D'un autre côté, elle a peut-être été laissée là pour être sûr que je ne manque pas le chemin emprunté par les voleurs. Ça c'est l'inconvénient avec Lupin. Il me connaît jusqu'au bout des doigts. Il a plus d'un tour dans son sac... quelques surprises pour moi. Même à présent, je nage en plein mystère. Mais venez, nous allons suivre la route prise par les cambrioleurs. L'inspecteur a préparé ma lanterne.

Tout en parlant, il entra dans l'âtre, ramassa une lanterne et l'alluma. Le duc s'avança dans la grande cheminée à sa suite. Elle était profonde d'un mètre et large d'environ deux mètres cinquante. Guerchard dirigea la lumière de sa lanterne sur le mur du fond. A deux mètres du sol la suie disparaissait brusquement, et laissait place à une tache de briques, la moitié était propre et rouge, et l'autre moitié était noire de suie, sur un mètre vingt de haut et un mètre cinquante de large.

— L'ouverture est plus haut que je ne le pensais. Il va nous falloir un escabeau.

Il alla vers la porte de la galerie et ordonna au jeune policier d'aller lui chercher un escabeau. Il le lui ramena rapidement. Guerchard le prit, ferma la porte et la verrouilla une nouvelle fois. Il posa l'escabeau dans l'âtre et monta dessus.

— Soyez prudent, dit-il au duc, qui l'avait suivi dans la cheminée et qui attendait au pied de l'escabeau. Certaines de ces briques pourraient tomber et vous blesser si elles vous tombaient sur les doigts.

Le duc fit un pas en arrière, hors d'atteinte des briques qui pouvaient tomber.

Guerchard posa sa main gauche contre le mur de la tablette de la cheminée entre celui-ci et la galerie, et pressa fortement avec sa main droite en haut des briques. A sa première poussée, une demi-douzaine d'entre elles tombèrent avec fracas sur le sol de la maison voisine. Une faible lumière entra par le trou et éclaira le visage de Guerchard et son sourire de satisfaction. Il fit rapidement tomber chaque rang de briques jusqu'à ce qu'il ait pratiqué une ouverture d'un mètre carré.

— Venez, dit-il au duc avant de disparaître par l'ouverture.

Le duc grimpa sur l'escabeau, et il se trouva lui-même face à une grande pièce vide de la même dimension et de la même forme que la galerie de peinture de M. Gournay-Martin, sauf qu'elle possédait une simple cheminée moderne à la place de l'antique modèle dans lequel il se tenait. Le manteau de cette cheminée apparaissait juste quelques centimètres en dessous de l'ouverture. Il y posa le pied et sauta souplement sur le sol.

— Eh bien, dit-il en regardant l'ouverture par laquelle il était passé. Sacrée combine !

— Oh, c'est un truc assez connu. Les cambrioleurs opèrent parfois comme ça chez les grands bijoutiers. Mais ce qui est nouveau ici et de prime abord déroutant, c'est que les bandits ont eu l'audace de percer un orifice assez large pour pouvoir cambrioler tout le mobilier d'une maison.

— C'est vrai. L'orifice est aussi large qu'une baie vitrée. Ces brigands sont capables de tout, même d'un travail de maçonnerie.

— Oh ! tout cela a été préparé de longue main. Mais maintenant je suivrai leur piste. Et après tout je n'ai pas vraiment perdu mon temps. Dieusy non plus en enquêtant dans la rue Sureau. Il a travaillé de ce côté-ci de la maison.

Guerchard tira la vénitienne, ouvrit le volet, et laissa la lumière du jour inonder l'obscurité de la pièce. Il revint vers la cheminée et regarda l'amas de briques en fronçant les sourcils :

— Je viens de faire une erreur. J'aurais dû enlever les briques une à une, en faisant bien attention.

Rapidement, il prit chaque brique et les rangea soigneusement contre le mur de gauche. Le duc le regarda pendant deux à trois minutes avant de commencer à l'aider. Cela ne dura pas longtemps, car sous l'une des dernières briques, Guerchard trouva le fragment d'un cadre doré.

— C'est ici qu'ils ont dû balayer, dit-il en le montrant au duc.

— Je ne serais pas étonné si nous trouvions encore les meubles dans cette maison.

— Oh, non, non ! le coupa Guerchard. Je crois que Lupin a dû tenir compte du fait que Ganimard ou moi-même aurions pu être chargés de cette affaire; et il devait savoir que nous allions trouver l'ouverture dans la cheminée. Les meubles ont été sortis dans la rue sur laquelle donne cette maison.

Il sortit, descendit les escaliers jusqu'au hall d'entrée, ouvrit les volets pour chasser l'obscurité. Il examina la pièce. Une fine couche de poussière recouvrait le carrelage, au milieu de laquelle on pouvait voir un chemin créé par le passage de nombreux pieds. Les empreintes étaient certes imprécises, mais encore bien visibles. Guerchard remonta quelques marches et les regarda attentivement. A mi-chemin il s'arrêta et ramassa un petit bouquet de fleurs.

— Encore fraîches, remarqua-t-il. Ça ne fait pas longtemps qu'elles ont été cueillies.

— C'est du salvia, s'exclama le duc.

— C'est bien du salvia. Du salvia rose et il n'y a qu'un jardinier en France qui ait réussi à obtenir cette nuance… le jardinier de M. Gournay-Martin à Charmerace. Je suis aussi jardinier.

— Mais alors, les voleurs de la nuit dernière venaient de Charmerace. Ce ne peut être…

— Ça y ressemble.

— Les Charolais ! s'écria le duc.

— Ça y ressemble.

— C'est vrai. C'est passionnant… si on pouvait avoir une preuve.

— Nous l'aurons tout à l'heure, assura Guerchard avec confiance.

— C'est passionnant, s'exclama le duc visiblement enthousiaste. Ces indices… ces pistes qui se croisent… Chaque fait qui peu à peu reprend sa place normale… Vraiment passionnant.

Il fit une pause et prit un paquet de cigarettes :

— Vous voulez une cigarette ?

— C'est du caporal ?

— Non, de l'Égyptien, Mercédès.

— Merci, dit Guerchard en en prenant une.

Le duc craqua une allumette, alluma la cigarette de l'inspecteur et fit de même avec la sienne :

— Oui, passionnant, ajouta-t-il. En un quart d'heure, vous avez en fait découvert que les voleurs venaient de Charmerace, que c'étaient les Charolais, qu'ils étaient entrés par la porte de devant de cette maison et qu'ils avaient sorti les meubles par ici.

— Je ne sais pas s'ils sont venus par là, répliqua Guerchard. A moins de faire une grosse erreur, ils sont venus par la porte d'entrée de l'hôtel de M. Gournay-Martin.

— Bien sûr, dit le duc. J'avais oublié. Ils avaient apporté les clefs de Charmerace.

— Oui, mais qui leur aurait ouvert ? Le concierge a tout verrouillé avant d'aller au lit. Il me l'a dit. Il disait la vérité... je sais quand ce genre de personnes dit la vérité.

— Sapristi ! s'écria le duc. Vous pensez qu'ils avaient un complice ?

— Je pense que nous allons le trouver. Mais votre Grâce est en train de tirer des conclusions avec une rapidité peu commune. Je crois que vous pourriez faire un détective de première classe... avec de la pratique, bien entendu... avec de la pratique.

— Aurais-je manqué ma véritable vocation ? demanda le duc en souriant. C'est assurément un jeu très intéressant.

— Eh bien, je ne vais pas perquisitionner moi-même le quartier. Je vais envoyer quelques hommes pour le faire, mais je vais d'abord jeter un coup d'œil aux escaliers.

En disant cela, il ouvrit la porte d'entrée, sortit et examina attentivement les marches.

— Nous allons revenir par le chemin par lequel ils sont arrivés, dit-il après avoir terminé. La porte de la galerie est verrouillée. Nous devrions trouver M. Formery en train d'y frapper. Et il sourit comme s'il trouvait cette pensée plaisante.

Ils remontèrent les escaliers, passèrent par l'ouverture dans la galerie de M. Gournay-Martin. En effet, de l'autre côté de la porte parvenait la voix excitée de M. Formery qui criait :

— Guerchard ! Guerchard ! Que faites-vous ? Laissez-moi entrer ! Pourquoi ne me laissez-vous pas entrer ?

Guerchard déverrouilla la porte, et M. Formery bondit dans la pièce, très irrité, le visage rouge de colère.

— Bon sang, Guerchard ! Que diable fabriquiez-vous ? cria-t-il. Pourquoi n'avez-vous pas ouvert la porte quand j'ai frappé ?

— Je ne vous ai pas entendu, je n'étais pas dans la pièce.

— Et où donc étiez-vous ? s'écria M. Formery.

Guerchard le regarda avec un léger sourire ironique et dit d'une voix calme :

— Je suivais la vraie piste des voleurs.

CHAPITRE XV

L'interrogatoire de Sonia

Monsieur Formery suffoqua.

— La vraie piste ?

— Laissez-moi vous montrer, dit Guerchard en le conduisant jusqu'à la cheminée et en lui montrant l'ouverture entre les deux maisons.

— Je dois y aller moi-même, s'écria M. Formery terriblement excité.

Sans plus de cérémonie il grimpa sur l'escabeau, Guerchard derrière lui. Le duc regarda leurs pieds disparaître. Puis il sortit de la galerie et chercha M. Gournay-Martin. Il apprit que le millionnaire était allé dans sa chambre. Il monta et frappa à sa porte.

M. Gournay-Martin l'invita à entrer d'une toute petite voix, et le duc le trouva couché. Il semblait abattu, épuisé même. Le fantôme du fanfaron Gournay-Martin de la veille. La riche rougeur de ses joues avait laissé place à un léger rosissement.

— Ce télégramme, gémit le millionnaire. C'est la goutte d'eau. Ça m'a achevé. Le diadème est perdu.

— Quoi, déjà ? s'étonna le duc avec la plus grande surprise.

— Non, non; il est encore dans le coffre-fort, dit le millionnaire. Mais c'est comme s'il était perdu… avant minuit il le sera. Ce démon l'aura.

— S'il est toujours dans le coffre, il ne pourra pas être volé avant minuit. Mais êtes-vous sûr qu'il y est encore ?

— Regardez vous-même, dit le millionnaire en prenant la clef dans sa poche et en la tendant au duc.

Celui-ci ouvrit le coffre. L'écrin en marocain qui contenait le diadème était posé sur le rayon du milieu, juste devant lui. Il jeta un coup d'œil au millionnaire et vit qu'il avait fermé les yeux de désespoir. En sifflant doucement, le duc ouvrit l'écrin, sortit le diadème, et examina avec admiration le travail exquis. Il le remit dans l'écrin, le montra au millionnaire et dit pensivement :

— Je ne sais que penser au sujet de ces vieux diadèmes, est-ce que quelqu'un ne devrait pas prendre ces pierres et les faire retailler ? Regardez cette émeraude. C'est une pierre très fine, mais d'une taille démodée qui ne lui rend pas justice.

— Oh, non, non : je ne toucherai jamais une antique pièce de joaillerie, chargée d'histoire. Toute altération diminue sa valeur… en tant que relique du passé, s'écria le millionnaire d'un ton choqué.

— Je le sais, dit le duc, mais je me demande s'il ne faudrait pas sacrifier un peu de sa valeur pour accroître sa beauté.

— Vous avez vraiment de folles idées, fit remarquer le millionnaire exaspéré.

— Ah bon ? C'est bien possible.

Il claqua brusquement le couvercle de l'écrin, le remit sur l'étagère, ferma le coffre-fort et tendit la clef au millionnaire. Puis, il traversa la pièce et jeta un coup d'œil dans la rue en sifflant doucement.

— Je pense… je pense… que je vais rentrer et enlever ces vêtements de promenade. Et j'aimerais bien mettre une paire de bottes un peu moins sales.

M. Gournay-Martin s'assit d'un bond et s'écria :

— Pour l'amour de Dieu, ne partez pas, ne me laissez pas, mon cher ami ! Vous ne savez pas dans quel état de nerfs je suis !

— Oh, vous avez ce limier, Guerchard, et le splendide Formery, quatre autres détectives et une demi-douzaine de policiers pour vous garder. Vous pouvez vous passer de moi, je ne serai pas absent plus d'une demi-heure… trois quarts d'heure tout au plus. Je prendrai mes vêtements propres et je m'habillerai ici pour dîner. Je ne crois pas qu'il va se passer quelque chose d'ici minuit; mais je veux être sur les lieux et être tenu au courant de toute nouvelle information. En outre, il y a

Guerchard. Je crois en lui. En l'accompagnant, on acquiert une éducation, bien que ce ne soit peut-être pas une éducation libérale, dit le duc avec une certaine ironie dans la voix.

— Eh bien, si vous devez y aller… ronchonna M. Gournay-Martin.

— Alors à plus tard, lança le duc.

Il sortit de la chambre et descendit les escaliers. Il avait pris sa casquette et avait la main sur la clenche de la porte, quand le policier de garde lui dit :

— Je vous prie de m'excuser, monsieur, mais avez-vous la permission de M. Guerchard pour quitter la maison ?

— La permission de M. Guerchard ? dit-il avec arrogance. Qu'a dit M. Guerchard à mon propos ? Je suis le duc de Charmerace.

Et il ouvrit la porte.

— Ce sont les ordres de M. Formery, votre Grâce, balbutia l'agent.

— Les ordres de M. Formery ? dit le duc du haut des marches. Appelez-moi un fiacre, je vous prie.

Le concierge, qui se tenait derrière le policier, descendit les escaliers et siffla. Le policier regarda le duc avec gêne, en se balançant d'une jambe sur l'autre. Mais il ne dit rien de plus.

Un fiacre s'arrêta devant la porte, le duc descendit les marches, monta dedans et s'en alla.

Il revint trois quarts d'heure plus tard dans des vêtements propres, plus adaptés à un hôtel de Paris. Il monta jusqu'à la galerie de peinture et y trouva Guerchard, M. Formery et l'inspecteur, qui venait de finir son tour d'inspection de la maison d'à côté et s'était assuré que les trésors volés ne s'y trouvaient pas. L'inspecteur et ses hommes les avaient minutieusement cherchés pour être sûrs, mais comme Guerchard l'avait prédit, les voleurs n'avaient pas misé sur l'échec de la police à découvrir l'ouverture entre les deux maisons. M. Formery parla longuement au duc de ses recherches. Pendant ce temps, Guerchard alla téléphoner et appela le central pour qu'on lui passe Charmerace. On l'informa que la ligne était très encombrée et qu'il allait devoir attendre une demi-heure.

Le duc demanda si on n'avait pas trouvé d'autres traces des voleurs. M. Formery lui répondit que les détectives n'avaient pas trouvé la moindre trace. Guerchard ajouta qu'il avait mis trois hommes sur ce travail et qu'il espérait bien avoir quelques nouvelles avant longtemps.

— Le profane est toujours impatient, dit M. Formery avec un sourire indulgent. Mais nous, nous avons appris à être patients, après une longue expérience.

Il alla discuter avec Guerchard des nouvelles théories nées des découvertes de l'après-midi. Le duc ne trouva aucune d'entre elles assez intéressante et il les écouta avec un air quelque peu absent. L'interrogation imminente de Sonia pesait sur son esprit. Guerchard ne répondait que par monosyllabes aux questions et aux hypothèses lancées par M. Formery. Le duc avait l'impression qu'il ne lui prêtait que très peu d'attention et que son esprit était en train de travailler sur la solution à cette énigme, cherchant les faits manquants qui lui apporteraient la clef. Au milieu d'un exposé très élaboré de M. Formery, la sonnerie du téléphone retentit.

Guerchard se leva rapidement et décrocha. Ils l'écoutèrent :

— C'est Charmerace ?... Je voudrais parler au jardinier... Il est sorti ? Quand rentrera-t-il ?... Dites-lui de m'appeler à l'hôtel de M. Gournay-Martin à Paris dès qu'il sera là... Inspecteur principal Guerchard... Guerchard... Inspecteur principal.

Il se tourna vers eux en fronçant les sourcils et dit :

— Bien sûr, quand je veux lui parler, ce jardinier est sorti pour la journée. Encore, ça n'a qu'une toute petite importance... je ne veux qu'une simple confirmation.

Il revint à sa place et alluma une autre cigarette.

M. Formery reprit son exposé. A ce moment Guerchard dit :

— Vous devriez aller voir comment va Victoire, inspecteur. Si elle montre quelques signes de réveil. Qu'a dit le docteur ?

— Il a dit qu'elle retrouvera ses esprits avant dix heures ce soir, lui répondit l'inspecteur, mais il alla néanmoins voir dans quel état elle se trouvait.

M. Formery engagea la conversation sur les effets des différents anesthésiques. Les autres lui prêtèrent peu d'attention.

L'inspecteur revint et rapporta que Victoire ne montrait aucun signe d'un prochain réveil.

— Eh bien, M. Formery, je pense que nous allons procéder à l'interrogatoire de Mademoiselle Kritchnoff, dit Guerchard. Voulez-vous aller la chercher, inspecteur ?

— Je ne comprend pas vraiment pourquoi vous voulez inquiéter cette pauvre enfant, protesta le duc d'un ton indigné.

— Cela me semble absolument nécessaire, lui répondit M. Formery.

— Excusez-moi, dit Guerchard doucereusement, mais j'y attache énormément d'importance. Il me semble que c'est un devoir impérieux de pleinement l'interroger. Personne ne sait quelle lumière pourrait en sortir.

— Oh, eh bien, puisque vous y tenez tellement, dit M. Formery. Inspecteur, demandez à Mademoiselle Kritchnoff de venir.

L'inspecteur quitta la pièce.

Guerchard regarda le duc avec un vague air d'inquiétude :

— Je pense que ce serait mieux que nous interrogions Mademoiselle Kritchnoff nous-mêmes.

M. Formery hésita et dit :

— Oh oui, bien entendu, par nous-mêmes.

— Certainement, dit le duc un peu hautain.

Il se leva et ouvrit la porte. Il allait juste sortir, lorsque Guerchard dit brusquement :

— Votre Grâce…

Le duc n'y prêta pas attention. Il ferma la porte vivement derrière lui et grimpa quatre à quatre les escaliers. Il rencontra l'inspecteur qui descendait avec Sonia. Leur barrant le chemin il dit, de sa voix la plus douce :

— Vous ne devez pas être effrayée, Mademoiselle Sonia. Tout ce que vous avez à faire est d'essayer de vous souvenir aussi clairement que possible des circonstances des premiers vols à Charmerace. Vous ne devez pas les laisser vous troubler.

— Merci, votre Grâce, j'essaierai d'être le plus clair possible, dit Sonia en lui adressant un sourire éloquent, plein de gratitude pour son avertissement, puis elle descendit les escaliers d'un pas assuré.

Le duc monta à l'étage et frappa doucement à la porte de la chambre de Monsieur Gournay-Martin. Comme il n'obtenait aucune réponse, il ouvrit la porte et jeta un coup d'œil à l'intérieur. Surmontant son infortune, le millionnaire avait sombré dans un profond sommeil et ronflait légèrement. Le duc entra dans la chambre, laissa la porte entrouverte, tira une chaise contre elle et s'assit pour regarder les escaliers à travers la porte ouverte.

Il fronçait les sourcils, avec un air de profonde pitié sur le visage. Une fois, l'attente fut trop grande pour lui, alors il se leva et marcha de long en large dans la pièce. Il murmura, très doucement, entre ses dents, des imprécations contre Guerchard, M. Formery et tout le système criminel français. Son visage était défiguré par la fureur. Il essuya avec son mouchoir les petites gouttes de sueur qui perlaient à son front. Puis il se reprit, s'assit sur la chaise et recommença sa surveillance des escaliers.

Finalement, après une demi-heure, qui lui avait paru un mois, il entendit des voix. La porte de la galerie claqua et des bruits de pas se firent entendre dans l'escalier. L'inspecteur et Sonia entrèrent dans son champ de vision.

Il attendit qu'ils arrivent en haut des marches pour sortir de la chambre avec son air le plus insouciant et dit :

— Eh bien, Mademoiselle Sonia, j'espère que vous n'avez pas trouvé cela trop pénible.

Elle était très pâle et ses joues étaient inondées de larmes.

— C'était horrible, dit-elle doucement. Horrible. M. Formery fut très bien… il m'a crue; mais ce terrible détective n'a pas voulu croire un seul mot de ce que je disais. Il m'a troublée. Je ne savais plus ce que je disais.

Le duc grinça des dents.

— Heureusement, c'est fini. Vous allez vous allonger et vous reposer. Je vais demander à un domestique de vous apporter un verre de vin.

Il l'accompagna jusqu'à la porte de sa chambre et ajouta :

— Essayez de dormir et d'oublier ces souvenirs déplaisants.

Elle entra dans sa chambre. Le duc descendit et demanda au majordome de lui monter un verre de champagne, puis il alla jusqu'à la galerie. M. Formery écrivait à sa table. Guerchard se tenait derrière lui. Le juge d'instruction tendit ce qu'il avait écrit à l'inspecteur principal qui, avec un sourire de satisfaction, plia le papier et le glissa dans sa poche.

— Eh bien, M. Formery, est-ce que Mademoiselle Kritchnoff a apporté un nouvel éclairage à ce mystère ? demanda le duc avec un certain mépris.

— Non, en fait elle m'a convaincu qu'elle ne savait rien à propos de tout cela. M. Guerchard semble avoir une opinion différente. Mais je pense qu'il est même persuadé que Mademoiselle Kritchnoff n'est pas une amie d'Arsène Lupin.

— Peut-être qu'elle ne l'est pas, ça ne se voit pas.

— Arsène Lupin ? s'écria le duc. Vous ne pensez tout de même pas que Mademoiselle Kritchnoff a quelque chose à voir avec Arsène Lupin ?

— Je ne le pense pas, dit M. Formery. Mais quand quelqu'un a une idée fixe... oui, quand quelqu'un a une idée fixe...

Il haussa les épaules et regarda Guerchard avec mépris.

Le duc rit, d'un rire simple, mais qui n'avait rien d'aimable :

— C'est absurde, s'écria-t-il.

— Ça l'est toujours avec ces voleurs, lui fit remarquer Guerchard irrité.

— Vous n'avez rien qui vous le prouve, dit M. Formery. Et si elle était entrée au service de Mademoiselle Gournay-Martin juste avant que les vols commencent ? En outre, après ce laps de temps, si elle avait commis les vols, vous auriez trouvé une combine pour le lui faire comprendre. Ce n'est pas un travail digne de vous, en tout cas... c'est un travail pour n'importe quel détective ordinaire.

— Il y a toujours le pendentif, dit Guerchard. Je suis sûr qu'il est dans cette maison.

— Oh, ce stupide pendentif ! Je préférerais ne jamais l'avoir donné à Mademoiselle Gournay-Martin.

— J'ai le sentiment que si je pouvais mettre la main sur ce

pendentif, si je pouvais trouver où il est, j'aurais la clef de ce mystère.

— Le diable vous emporte ! murmura le duc. C'est étrange. C'est la chose la plus étrange que j'aie jamais entendue dans ce métier.

— J'ai cette impression… j'ai cette impression, approuva calmement Guerchard.

Le duc sourit.

CHAPITRE XVI

Victoire fait une erreur

Ils firent silence. Le duc alla jusqu'à la cheminée, grimpa dans le conduit et étudia l'ouverture. Il redescendit et dit :

— Au fait, M. Formery, l'agent posté à l'entrée voulait m'empêcher de sortir de la maison lorsque j'ai voulu partir me changer chez moi. J'ai pris sur moi de dire que l'interdiction de M. Guerchard ne s'appliquait pas à moi.

— Bien entendu, bien entendu, votre Grâce, dit vivement M. Formery.

— Je vois que vous avez changé de vêtements, votre Grâce, dit Guerchard. Je pensais que vous l'aviez fait ici.

— Non, lui répondit-il, je suis rentré chez moi. L'agent a protesté, mais il n'est pas allé plus loin, je n'ai pas eu à le pousser au milieu de la rue.

— Quel que soit notre rang, nous devons respecter la loi, dit solennellement M. Formery.

— La loi républicaine, M. Formery ? Je suis un royaliste, lui lança le duc avec un sourire.

M. Formery acquiesça tristement.

— J'ai été émerveillé, dit le duc, par la théorie de M. Guerchard selon laquelle les voleurs ont pénétré dans l'hôtel avec l'aide d'un complice. Pourquoi, alors qu'ils avaient cette superbe ouverture, ont-ils eu également besoin de la porte d'entrée ?

— Je ne savais rien de cette théorie de Guerchard, s'étonna avec mépris M. Formery. Ils n'avaient bien sûr aucun besoin de la porte d'entrée.

— Peut-être n'ont-ils pas eu besoin de l'utiliser, déclara

Guerchard; mais après tout, cette porte était déverrouillée et ils n'ont pas tiré les verrous pour nous détourner de la piste. Leurs fausses pistes étaient préparées à l'avance. Cependant, vous devez garder à l'esprit que cette ouverture n'a pas pu être faite quand ils sont entrés dans la maison. Si cela était, pendant qu'ils étaient de l'autre côté du mur, une brique aurait pu tomber dans le foyer et alarmer le concierge. Nous ne savons pas s'ils étaient habiles, ils n'ont pas dû prendre ce risque. J'incline à penser, après tout, qu'ils sont venus par la porte d'entrée.

M. Formery renifla dédaigneusement.

— Vous avez sans doute raison, dit le duc. Mais le complice ?

— Je pense que nous en saurons plus sur le complice lorsque Victoire sera réveillée.

— La famille a toute confiance en Victoire, affirma le duc.

— Peut-être que Lupin également, grogna Guerchard.

— Toujours Lupin ! s'exclama M. Formery.

On frappa à la porte et un valet apparut sur le seuil. Il informa le duc que Germaine était rentrée et qu'elle l'attendait dans le boudoir. Il la rejoignit et essaya de la persuader de dire un mot pour Sonia pour adoucir la rigueur de Guerchard.

Elle refusa de dire une telle chose, déclarant qu'étant donné la valeur des objets volés, rien ne la ferait changer d'avis. La police savait ce qu'ils étaient devenus, elle avait donc carte blanche. Le duc n'insista pas beaucoup, il réalisa rapidement la futilité d'une telle demande chez quelqu'un de si superficiel, de si égocentrique, et qui manquait autant de sympathie. Il prit sa revanche en la tourmentant avec les cadeaux de mariage qui allaient encore affluer. Les amis de travail de son père allaient encore s'efforcer de surpasser les autres dans la valeur des bijoux qu'ils allaient offrir. Les grandes maisons du Faubourg St. Germain allaient encore fermement s'abstenir de toute extravagance. Alors qu'il était encore avec elle, le onzième coupe-papier arriva, présent de l'amie de sa mère, le duchesse de Veauléglise. Le duc déborda de joie à sa vue et ses délicieuses remarques finirent d'exaspérer Germaine, qui l'invita, non sans une certaine rudesse, à disparaître de sa vue.

Il se soumit à sa requête, presque avec empressement et

retourna voir M. Formery et Guerchard. Ils attendaient les rapports des détectives qui étaient sortis chercher des informations sur les déplacements des voleurs et de leur butin. Ils n'avaient apparemment rien trouvé. La police était également à la recherche des automobiles volées, non seulement à Paris et dans ses environs, mais aussi partout sur la route entre Paris et Charmerace.

A cinq heures, Guerchard, fatigué de cette inaction, sortit lui-même aider ses subordonnés, laissant M. Formery se charger de la maison. Il promit de revenir vers sept heures et demie pour remplacer le juge d'instruction qui avait un engagement pour la soirée. Le duc passa son temps entre la galerie de peinture, dans laquelle M. Formery lui raconta ses anecdotes professionnelles, et le boudoir, dans lequel Germaine lui parla des jeunes amies envieuses qui venaient voir ses cadeaux de mariage. Celles-ci, appartenant à la classe moyenne qui avait fait de la France ce qu'elle est, semblaient toujours un peu mal à l'aise dans la société du duc. Son indifférence aux faits et gestes des vieux amis de sa famille les attristaient et elles étaient incapables de comprendre son dédain persistant. Cela leur semblait en désaccord avec l'harmonie cosmique.

L'après-midi touchait à sa fin, mais à sept heures et demie Guerchard n'était toujours pas rentré. M. Formery, furieux, l'attendit encore pendant dix minutes, puis il laissa la maison sous la responsabilité d'un inspecteur et se rendit à son rendez-vous. M. Gournay-Martin avait invité à dîner deux financiers et leurs épouses, deux de leurs filles et deux amis du duc, le baron de Vernan et le Comte de Vauvineuse. Heureusement pour le duc, la réception était d'une gaieté dont la splendide salle à manger avait été bien peu témoin depuis qu'elle avait eu assez de chance pour devenir la propriété de M. Gournay-Martin.

Le millionnaire avait attendu avec impatience une telle soirée, afin de déplorer la perte de ses trésors — en donnant leurs prix — à ses sympathiques amis. Le duc avait d'autres opinions qui prirent l'avantage. Après le repas, les invités se réunirent dans le fumoir, puisque les galeries étaient en possession de Guerchard. Peu après dix heures, le duc s'éclipsa et alla retrouver le détective. Celui-ci n'avait pas un visage très expressif et tout ce que le duc put y lire, c'était une tristesse voilée.

— Eh bien, M. Guerchard, dit-il gaiement, Est-ce que vos hommes ont découvert les traces du passage des voleurs et de leur butin ?

— Non, votre Grâce. Les voleurs ont vraiment la chance avec eux. Bien que tout le monde semble les avoir vus, ils ont dû disparaître dans les entrailles de la terre à travers le sol des caves de la maison vide. Ça signifie donc qu'ils ont été très rapides pour tout transporter de cet hôtel jusque dans le hall de la maison voisine, mais aussi, bien entendu, qu'ils ont été encore plus prompts à charger leur fourgon. Mais néanmoins, quelqu'un a bien vu ce fourgon, l'a vu arriver ou attendre devant la maison, ou l'en a vu partir.

— Est-ce que M. Formery est revenu ? demanda le duc.

— Pas cette nuit. L'affaire est entre mes mains à présent et j'ai mes propres hommes qui travaillent dessus, des hommes intelligents, ou tout au moins, des hommes qui connaissent mes méthodes, et qui savent ce que je veux faire.

— Quel soulagement ce doit être.

— Oh non, je suis habitué à M. Formery... à tous les juges d'instruction de Paris et à la plupart de ceux des grandes villes de province. Ils ne me gênent pas vraiment et souvent même, ils m'ont inspiré certaines idées; beaucoup d'entre eux sont des hommes d'une réelle intelligence.

— Et pas les autres, si je comprends bien.

Le porte s'ouvrit brusquement, laissant passage au détective Bonavent qui glissa à l'inspecteur principal :

— La femme de charge est réveillée.

— Bien, faites-la descendre.

— Peut-être préféreriez-vous que je m'en aille, proposa le duc.

— Oh, non. Si cela vous intéresse d'écouter l'interrogatoire, vous pouvez rester.

Bonavent quitta la pièce. Le duc s'assit dans un fauteuil et Guerchard attendit devant la cheminée.

— M. Formery m'a dit, lorsque vous étiez sorti, qu'il pensait que la femme de charge était innocente, dit le duc pour meubler l'attente.

— Il y a certainement un innocent dans cette affaire, grogna Guerchard.

— Qui ça ?

— Le juge d'instruction…

Sur ces mots, la porte s'ouvrit, et Bonavent fit entrer Victoire. C'était une femme forte, entre deux âges, au visage rubicond, avenant et sympathique, aux cheveux noirs, dont les grands yeux brillants ne semblaient pas avoir été affectés par son long sommeil drogué. Elle ressemblait à une épouse de riche fermier, une femme autoritaire, pleine de santé et de joie de vivre.

Aussitôt qu'elle fut entrée dans la pièce, elle s'adressa à M. Guerchard :

— J'aurais aimé, Monsieur l'inspecteur, que votre homme me laisse le temps d'enfiler une robe décente. J'ai été obligée de dormir dans celle-ci depuis que ces gredins m'ont ficelée. Je n'avais jamais vu une telle racaille de toute ma vie.

— Combien étaient-ils, Madame Victoire ? commença Guerchard.

— Des douzaines ! La maison en pullulait. J'ai entendu du bruit, je suis descendue et sur le palier, juste derrière cette porte, l'un d'entre eux s'est jeté sur moi par derrière et m'a presque étranglée, sûrement pour m'empêcher de crier.

— Il y en avait donc toute une bande ? Avez-vous vu leurs visages?

— Non, j'aurais bien voulu ! Je les aurais reconnus si je les avais vus, mais ils étaient tous masqués.

— Asseyez-vous, Madame Victoire. Il n'est pas besoin que vous vous fatiguiez, lui dit Guerchard qui s'assit sur une chaise en face d'elle. Puis il recommença à la questionner d'un ton aimable.

— Voyons, vous avez donc passé la nuit dans votre mansarde. Y a-t-il une lucarne dans le toit ?

— Oui, oui. Mais qu'est-ce que cela a à voir avec eux ?

— Je vous en prie, répondez à mes questions. Vous dormiez dans votre chambre. Vous n'avez entendu aucun bruit sur le toit ?

— Sur le toit ? Comment aurais-je pu entendre quelque chose sur le toit ? Il n'y a eu aucun bruit sur le toit.

— Vous en êtes sûre ?

— Oui, le bruit que j'ai entendu venait d'en bas.

— Vous êtes donc descendue pour voir ce qui se passait, et vous avez été agrippée par quelqu'un sur le palier, avant d'être transportée jusqu'ici.

— Oui, c'est ça.

— Et vous avez été ligotée et bâillonnée sur le palier ou ici ?

— Oh, j'ai été attrapée sur le palier, poussée dans la galerie et c'est ensuite qu'ils m'ont ficelée.

— Ça n'a pas dû être le travail d'un seul homme, dit Guerchard en la regardant avec admiration.

— Vous pouvez en être sûr. Ils étaient quatre ou cinq. Deux d'entre eux ont d'ailleurs récolté quelques bleus sur les tibias pour leur apprendre.

— Je n'en doute pas. Ça leur apprendra. Je suppose que pendant que ces quatre-là essayaient de vous emmener, les autres attendaient tout autour et vous regardaient ?

— Oh non, ils étaient bien trop occupés pour cela.

— Que faisaient-ils donc ?

— Ils décrochaient les tableaux, les passaient par la fenêtre et les descendaient par l'échelle.

Les yeux de Guerchard cillèrent à l'attention du duc, mais l'expression de son visage n'avait pas changée.

— Est-ce que celui qui décrochait les peintures les descendait lui-même à l'échelle, ou est-ce qu'il les passait à un autre homme qui attendait en haut de l'échelle ?

Victoire attendit avant de répondre, comme si elle cherchait à revoir la scène, puis enfin elle dit :

— Il enjambait le rebord de la fenêtre et descendait lui-même le tableau.

— Vous êtes sûre de ça ?

— Oh, oui, j'en suis absolument certaine… pourquoi voudriez-vous que je vous mente ? lâcha-t-elle vivement.

Le duc, qui ne la quittait pas des yeux, vit pour la première fois une ombre d'inquiétude passer sur son visage.

— Loin de moi cette idée, lui dit Guerchard, qui immédiatement ajouta :

— Et où vous trouviez-vous ?

— Ils m'avaient mise derrière l'écran.

— Non, non. Où étiez-vous quand vous êtes entrée ?

— Contre la porte.

— Et où était l'écran ? Etait-il déjà devant la cheminée ?

— Non, il était à côté… à gauche.

— Montrez-moi où il était.

Victoire se leva et, aidée de Guerchard, elle déplaça l'écran à gauche de la cheminée.

Guerchard recula de quelques pas pour le regarder.

— Attendez, c'est très important. Il ne faut pas perdre l'emplacement exact des quatre pieds. Voyons… de la craie… Vous êtes un peu couturière ici, n'est-ce pas, Madame Victoire ?

— Oui. Je fais parfois une robe pour une des servantes pendant mon temps libre.

— Alors, vous devez bien avoir sur vous un bout de craie.

— Oh, oui, dit Victoire en plongeant sa main dans la poche de sa robe.

Elle s'arrêta, recula d'un pas et regarda fiévreusement autour d'elle, pendant que ses joues perdaient peu à peu de leurs couleurs.

— J'sais pas pourquoi j'ai dit ça... bafouilla-t-elle d'une voix incertaine. Je n'ai pas de craie… je… n'en ai plus depuis avant-hier.

— Je pense que si, Madame Victoire. Fouillez bien votre poche, insista Guerchard dont la voix avait perdu toute douceur, son visage tout sourire et ses yeux toute aménité.

— Non, non, je n'en ai pas, s'écria Victoire.

D'un bond, Guerchard fut sur elle, l'attrapa de la main droite et plongea la gauche dans la poche.

— Laissez-moi ! Laissez-moi ! Vous me faites mal ! hurla-t-elle.

Guerchard la lâcha et recula.

— Qu'est-ce que c'est ? dit-il en exhibant le morceau de craie bleue qu'il tenait entre ses doigts.

Victoire se ressaisit et dit en le fixant crânement :

— Eh bien, c'est de la craie. Est-ce qu'une honnête femme ne peut pas avoir de la craie bleue dans ses poches sans être insultée et malmenée par tous les policiers qu'elle rencontre ?

— Ce sera au juge d'instruction d'en décider, lui rétorqua Guerchard qui se dirigea ensuite vers la porte pour appeler Bonavent.

— Quand la voiture cellulaire arrivera, vous mettrez cette femme dedans et vous l'enverrez au poste.

— Mais qu'est-ce que j'ai fait ? Je suis innocente. Je vous dis que je suis innocente. Je n'ai rien fait du tout. Ce n'est pas un crime d'avoir de la craie dans sa poche.

— Maintenant, c'est une question pour le juge d'instruction. Vous vous expliquerez avec lui. Je n'ai plus rien à voir avec ça : ce n'est pas bon d'en faire une telle histoire. Allez-y doucement, c'est une femme honnête.

Il parlait d'une voix posée, professionnelle. Victoire le regarda dans les yeux, se redressa et sortit calmement de la pièce.

CHAPITRE XVII

Sonia s'échappe

— L'un des innocents de M. Formery, lâcha Guerchard en se tournant vers le duc.

— La craie ? Est-ce la même craie ? demanda le duc.

— Oui, de la craie bleue. La même que celle des signatures sur les murs. Ajoutez ce fait à la soudaine découverte par cette femme de ce qu'elle avait fait et vous verrez qu'ils ont tout écrit avec cette craie.

— C'est tout de même une surprise. En la voyant on pourrait penser que c'est la plus honnête femme du monde.

— Ah, vous ne connaissez pas Lupin, votre Grâce. Il peut faire tout ce qu'il veut des femmes et elles feraient n'importe quoi pour lui. Et que dire de plus, autant que j'ai pu voir, cela ne fait pas la moindre différence qu'elles soient honnêtes ou non. La Dame Blonde dont je vous ai parlé était vraisemblablement une honnête femme, Ganimard aussi en est certain. Nous aurions pu chercher longtemps qui elle était si elle n'avait pas eu mauvaise réputation. Et Ganimard jure aussi que lorsqu'il a arrêté Lupin à bord du *Provence* plusieurs femmes, des femmes ordinaires, d'honnêtes passagères, portaient les bijoux de Lady Garland qui avait été volés et les emmenaient en Amérique, mais aussi plusieurs milliers de francs qui avaient été volés à un passager pendant le voyage.

— Ce pouvoir de fascination que certains hommes exercent sur les femmes est l'un de ces mystères que la science devrait élucider avant toute autre chose, dit le duc. Je vais y penser dès à présent. J'ai plus à apprendre dans cette étude que dans un voyage ennuyeux au pôle Sud. Tout de même, je suis vraiment désolé pour Victoire. Elle semble avoir un bon fond.

Guerchard haussa les épaules et dit d'un air cynique, né avec l'expérience.

— Les prisons sont pleines de personnes comme elle. Elles sont plus souvent capturées que les mauvaises.

— Cela semble donc signifier que Lupin utilise des femmes comme elle avant de les abandonner.

— Non, pas du tout. En fait, il ne l'a pas fait jusqu'à présent. Cette Victoire est la première que nous attrapons. C'est un bon présage.

Il traversa la pièce, pris son manteau et en sortit une carte qu'il tendit au duc.

— Si cela ne vous fait rien, votre Grâce, je veux que vous montriez ce visa à mes hommes qui gardent la porte quand vous voudrez sortir de la maison. C'est juste une formalité, mais j'y attache énormément d'importance. J'ai deux de mes hommes à la porte d'entrée et ils ont l'ordre de ne laisser sortir personne sans une autorisation écrite. Bien entendu, c'est différent pour les invités de M. Gournay-Martin. Bonavent a la consigne de les laisser passer. Et, si votre Grâce n'y voit pas d'inconvénient, cela m'aidera. En portant cette carte, personne ne songera à se plaindre d'avoir à le faire.

— Cela ne me dérange pas, si cela peut vous aider.

— Merci, lui dit Guerchard.

Le duc prit la carte et la lut. Dessus était écrit :

"Laissez passer le duc de Charmerace.
J. Guerchard."

— C'est presque militaire, lui fit remarquer le duc en la glissant dans la poche de sa veste.

On frappa à la porte et un homme grand et sec, barbu, entra dans la pièce.

— Ah Dieusy ! Enfin ! Quelles sont les nouvelles ?

— J'ai appris qu'un auto-camion a stationné devant l'hôtel voisin.

— A quelle heure ?

— Entre quatre et cinq heures du matin.

— Qui l'a vu ?

— Un chiffonnier. Il pense qu'il devait être dans les cinq heures quand le fourgon est parti.

— Entre quatre et cinq heures. Alors ils ont rebouché l'ouverture avant de charger le fourgon. C'est ce que je pensais. Rien d'autre ?

— Quelques minutes après le départ du fourgon, un homme en tenue de chauffeur est sorti de l'hôtel.

— En tenue de chauffeur ?

— Oui. A quelques pas de l'hôtel, il a jeté sa cigarette. Le chiffonnier a pensé que tout cela était plutôt curieux, il a donc ramassé la cigarette et l'a gardée. La voici.

Il la tendit à Guerchard, qui l'examina attentivement .

— Une cigarette à bout d'or... marque Mercédès... Tiens, votre Grâce, ce sont vos cigarettes...

— Ça c'est inouï !

— Pas du tout. C'est plutôt une autre pièce à rajouter au puzzle. Vous aviez de ces cigarettes-là à Charmerace ?

— Oh oui, des boîtes sur toutes les tables.

— Eh bien, nous y voilà.

— Je vois où vous voulez en venir. Vous pensez qu'un des Charolais aura pris une de ces boîtes.

— Dame... nous savons que ça n'est pas le scrupule qui les étouffait.

— Seulement... je pensais...

— Quoi ?

— Lupin. Puisque c'est Lupin qui a fait le coup cette nuit; puisque l'on a trouvé ces salvias dans l'hôtel voisin... Lupin arrivait donc de Charmerace...

— Évidemment.

— Mais alors Lupin est un des Charolais.

— Oh ! ça c'est autre chose.

— Mais c'est certain, absolument certain. Nous avons des morceaux qui coïncident... les salvias... cette cigarette.

— A la bonne heure ! vous voilà aussi emballé que moi. Quel policier vous auriez fait ! Seulement... rien n'est certain.

— Mais si. Que voulez-vous que ce soit ? Etait-il hier à Charmerace ou non ? A-t-il oui ou non organisé le vol des automobiles ?

— Sans aucun doute. Mais il a pu rester dans les coulisses.

— Sous quelle forme ?... Sous quel masque ?... Sapristi ! je brûle de voir cet homme-là.

— Nous le verrons ce soir.

— Ce soir ?

— Oui, puisqu'il viendra prendre le diadème entre minuit moins le quart et minuit.

— Non !... Vous croyez vraiment qu'il aura le culot de faire une chose aussi folle ?

— Vous ne connaissez pas cet homme-là, votre Grâce... ce mélange extraordinaire d'audace et de sang-froid. C'est le danger qui l'attire. Il se jette au feu, et il ne se brûle pas. Depuis dix ans, je me dis « Ça y est ! cette fois je le tiens ! ... Enfin, je vais le pincer... » Je me dis ça tous les jours.

— Eh bien ?

— Eh bien, les jours passent et je ne le pince jamais. Ah ! il est de taille, vous savez... C'est un gaillard, c'est... un bel artiste. Il ajouta entre ses dents : damné voleur.

Le duc le regarda et dit lentement.

— Alors, vous pensez que ce soir, Lupin...

— Vous avez suivi la piste avec moi, votre Grâce. Nous avons ensemble relevé chaque trace. Vous avez presque vu cet homme à l'œuvre... Vous l'avez compris. Ne pensez-vous pas qu'un individu pareil est capable de tout ?

— Si, dit le duc avec conviction.

— Eh bien, alors...

— Peut-être, vous avez raison.

Guerchard se tourna vers Dieusy et lui demanda calmement.

— Et lorsque le chiffonnier a ramassé la cigarette, a-t-il suivi le chauffeur ?

— Oui, pendant une centaine de mètres. Il a descendu la rue Sureau, puis a tourné vers l'ouest. Là, une auto est arrivée, il est monté dedans et il est parti.

— Quelle genre ?

— Une grande automobile d'un rouge sombre.

— La limousine, s'écria le duc.

— C'est tout ce que j'ai pu obtenir, monsieur, dit Dieusy.

— Bien, vous pouvez disposer. Maintenant que vous avez une piste, vous aurez probablement autre chose avant longtemps.

Dieusy salua et sortit.

— Les choses commencent à bouger, dit Guerchard joyeusement. D'abord Victoire, puis cet auto-camion.

— En effet.

— Après tout, ce n'est pas très difficile de retrouver la trace de ce fourgon. En tout cas, ses déplacements vont être assez simples à suivre jusqu'aux environs de six heures. Ensuite, bien sûr, il devait y en avoir des tas qui livraient des marchandises.

— Vous semblez obtenir toutes les informations que vous voulez, dit le duc sur un ton admiratif.

— Je suppose que je connais Paris comme ma poche.

Ils se turent pendant un instant.

Leur silence fut interrompu par l'arrivée dans la pièce de la femme de chambre de Germaine, Irma.

— Excusez-moi, votre Grâce, Mademoiselle Kritchnoff désire vous parler.

— Oh ? Où est-elle ?

— Dans sa chambre, votre Grâce.

— Bien, j'y vais. Je peux lui parler dans la bibliothèque.

Il se leva et se dirigea vers la porte, mais Guerchard le rattrapa et lui barra la route.

— Non votre Grâce.

— Non ? Pourquoi ?

— Je ne vous demande qu'une minute ou deux, j'ai quelque chose à vous dire.

Guerchard sortit de sa poche une feuille pliée en quatre et la lui tendit. Le duc le regarda, regarda le papier.

— Très bien. Puis se tournant vers Irma, il ajouta d'une voix posée; dites à Mademoiselle Kritchnoff que je suis dans la galerie.

— Bien, votre Grâce, dans la galerie.

Elle fit un pas pour sortir.

— C'est ça ! et dites-lui que j'en ai pour cinq minutes… cinq minutes, vous comprenez ?

— Oui, votre Grâce, acquiesça Irma en se dirigeant vers la porte.

— Demandez à Mademoiselle Kritchnoff de mettre son chapeau et son manteau, ajouta Guerchard.

— Bien, monsieur.

Et elle sortit.

Le duc se tourna vivement vers l'inspecteur principal.

— Et alors, pourquoi… ? Je ne comprends pas.

— Je viens de recevoir ceci de M. Formery.

— Eh bien, qu'est-ce que c'est ?

— C'est un mandat d'arrêt, votre Grâce.

— Quoi !… Un mandat !… Pas pour arrêter Mademoiselle Kritchnoff ?

— Si.

— Voyons, ce n'est pas possible. Vous n'allez pas arrêter cette enfant ?

— Il le faut bien. L'interrogatoire a été terrible pour elle, cet après-midi. Ses réponses étaient embarrassantes, contradictoires et d'un certain côté suspectes.

— Alors vous allez l'arrêter ? dit lentement le duc en fronçant les sourcils.

— Je dois le faire. Je vais même le faire immédiatement. La voiture cellulaire attend devant la porte. Il jeta un coup d'œil à sa montre. Elle et Victoire partiront ensemble.

— Bon… vous allez l'arrêter… vous allez l'arrêter ? dit le duc pensivement en faisant les cents pas dans la pièce.

— Dame ! Vous comprenez, n'est-ce pas votre Grâce ? Croyez que personnellement je n'ai rien contre Mademoiselle Kritchnoff, aucune animosité. En fait, elle me serait presque sympathique cette petite.

— Oui. Elle a l'air si désemparée… si perdue… Et cette pauvre cachette qu'elle a trouvée… ce mouchoir roulé… jeté dans la petite pièce de l'immeuble voisin… quelle absurdité.

— Quoi ! Un mouchoir ! s'écria Guerchard surpris.

— La maladresse de cette petite est désarmante.

— Qu'y avait-il dans ce mouchoir ?... Les perles du pendentif ?

— Oui, je suppose que vous l'avez vu. M. Formery vous en a bien entendu glissé un mot, s'étonna le duc devant l'ignorance du policier.

— Non, je n'ai rien entendu de la sorte.

— Il ne vous a rien dit ? s'exclama le duc. Eh bien, il vous le dira sans doute demain. Vous étiez dehors lorsqu'il l'a trouvé. Elle avait dû sortir de sa chambre juste après votre départ.

— Il a trouvé un mouchoir appartenant à Mademoiselle Kritchnoff ! Où est-il ?

— M. Formery a pris les perles, mais il a laissé le mouchoir. Je pense qu'il est resté là où il l'a trouvé.

— Il a laissé le mouchoir ? s'écria Guerchard. Mais quel fou ! Il devrait garder les poules, c'est tout ce dont il est capable !

Il courut jusqu'à la cheminée, saisit la lanterne et commença à grimper dans le conduit.

— Où est le mouchoir ? cria-t-il pour que la duc l'entende.

— Dans le coin gauche de la petite pièce à droite, au deuxième étage. Mais si vous arrêtez Mademoiselle Kritchnoff, vous n'avez plus besoin de ce mouchoir. Cela n'a plus d'importance.

— Je vous demande pardon. Cela en a.

— Comment ?

— J'arrête Mademoiselle Kritchnoff parce que j'ai de fortes présomptions de sa culpabilité. Mais je n'ai pas la moindre preuve.

— Hein ?

— Non, vous venez de me donner la preuve et puisqu'elle a pu cacher les perles dans l'immeuble voisin, c'est qu'elle connaissait le chemin qui y mène. Donc elle est complice, dit Guerchard sur un ton triomphal.

— Comment ? Vous croyez, aussi ? Mon Dieu ! Et c'est moi !... C'est mon imprudence ! ... C'est par ma faute que vous avez la preuve !

Le duc semblait effondré par cette découverte.

— C'était votre devoir.

Guerchard s'engagea plus avant dans la cheminée.

— Vous voulez que je vienne avec vous ? Je sais où est le mouchoir, dit vivement le duc.

— Non, merci, votre Grâce. Je préfère y aller seul.

— Vous feriez mieux de me laisser vous aider.

— Non, votre Grâce.

— Permettez-moi d'insister.

— Non… Non… Non… Ce n'est pas la peine d'insister, votre Grâce. Je vais y aller seul. je n'en ai que pour une minute ou deux.

— Comme vous voulez.

Guerchard disparut en haut de l'escabeau. Le duc attendit un instant en tendant l'oreille. Quand il entendit Guerchard atterrir sur le plancher de l'hôtel voisin, il se dirigea lentement vers la porte de la galerie, l'ouvrit et sortit. Bonavent était assis sur la chaise qu'avait utilisé le jeune policier durant la journée. Sonia, qui avait enfilé son chapeau et son manteau, descendait les escaliers.

Le duc passa la tête par la porte entrouverte de la galerie et cria dans la pièce vide.

— M. Guerchard, voici Mademoiselle Kritchnoff.

Il laissa la porte ouverte et attendit que Sonia arrive à sa hauteur. Là, il l'invita à le rejoindre, la fit entrer dans la pièce, la suivit et ferma derrière elle.

— Il n'y a pas de moment à perdre, dit-il à voix basse.

— Oh, qu'est-ce qu'il y a, votre Grâce ? demanda Sonia anxieuse.

— Guerchard a un mandat d'arrêt contre vous.

— Je suis perdue ! s'écria-t-elle prise de panique.

— Non. Vous allez partir tout de suite.

— Mais comment ? Personne ne peut quitter la maison. M. Guerchard ne me laissera pas sortir.

— Nous allons arranger ça.

Il courut jusqu'au manteau de Guerchard, pris un paquet de cartes, dans la poche intérieure, en choisit une et s'installa au bureau. Il tira un crayon de la poche de sa veste et sortit le visa que Guerchard lui avait donné. Il le posa à côté de la carte et imita l'écriture de Guerchard avec une incroyable exactitude. Il inscrivit :

"Laissez passer Mademoiselle Kritchnoff
J. Guerchard."

Sonia attendait à ses côtés, haletante de peur et le regardait faire étonnée. Il venait à peine d'en terminer, lorsqu'ils entendirent du bruit venant de l'hôtel voisin. Le duc jeta un rapide coup d'œil à la cheminée. Il serra les dents de colère. Il se leva violemment, les poings fermés et se dirigea vers la cheminée.

— Votre Grâce ? Votre Grâce ? appela la voix de Guerchard.

— Qu'y a-t-il ?

— Je ne trouve pas le mouchoir. N'aviez-vous pas dit dans le coin gauche de la petite pièce de droite ?

— Je vous avais bien dit de me laisser venir avec vous, triompha le duc. C'est dans le coin droit de la petite pièce de gauche.

— J'aurais juré le contraire.

Ils l'entendirent s'éloigner.

— Maintenant, vous devez vite quitter la maison. Vous montrerez cette carte aux policiers de garde à la porte et ils vous laisserons sortir sans rien dire.

Il pressa la carte dans la main de Sonia.

— Mais… mais… cette carte ? bégaya Sonia.

— Il n'y a pas de temps à perde.

— Mais c'est fou… Quand Guerchard découvrira… que vous… vous…

— Ne vous inquiétez pas de ça, l'interrompit le duc. Où irez vous ?

— Dans un petit hôtel près de l'Étoile dont j'ai oublié le nom… Mais cette carte…

— Y a-t-il le téléphone ?

— Oui… 555, Central.

— Si je ne vous ai pas téléphoné à huit heures et demie demain matin, venez directement chez moi, dit le duc en inscrivant le numéro sur sa manche.

— Bien… Mais cette carte… Quand Guerchard saura… quand il découvrira… Oh, je ne peux pas vous laisser vous mettre dans l'embarras à cause de moi.

— Partez… partez, dit le duc qui lui avait glissé la main autour de la taille et la conduisait vers la porte.

— Ah ! comme vous êtes bon pour moi.

Le duc glissa son autre bras autour de la taille de la jeune femme, l'attira à lui et l'embrassa.

Il se dégagea, ouvrit la porte et lui dit d'une voix forte :

— Vous êtes certaine que vous ne voulez pas que je vous appelle un fiacre, Mademoiselle Kritchnoff ?

— Non, non merci votre Grâce. Bonne nuit, dit elle.

Elle se dirigea vers la porte, le visage transfiguré.

CHAPITRE XVIII

Le duc reste

Le duc ferma la porte, s'adossa contre elle et tendit l'oreille avec anxiété, la respiration haletante. La porte d'entrée claqua. Il laissa échapper un soupir de soulagement, traversa rapidement la pièce, un sourire aux lèvres, alluma une cigarette et se laissa tomber dans un fauteuil en attendant le retour de Guerchard. Quelques instants plus tard, il entendit des bruit de pas en provenance de la pièce vide de la maison voisine. Puis l'inspecteur principal apparut dans la cheminée. Son visage arborait une expression d'extrême perplexité.

— Je n'y comprends rien... Je n'ai rien trouvé !

— Vous n'avez rien trouvé ?

— Non. Vous êtes sûr d'avoir vu le mouchoir dans la petite pièce du deuxième étage ?

— Certain... Il n'était pas là ?

— Non.

— Vous n'avez pas bien cherché, dit ironiquement le duc. A votre place, je retournerais voir.

— Non... si je cherche quelque chose, je le cherche bien. Je n'ai pas besoin d'y aller une seconde fois. Mais, tout de même, c'est assez drôle. Vous ne trouvez pas ça drôle, votre Grâce ?

— Je trouve ça vraiment drôle, lui répondit le duc dans un sourire ambigu.

Guerchard le regarda avec un soudain malaise, puis il sonna. Bonavent entra dans la pièce.

— Mademoiselle Kritchnoff, Bonavent. Il est temps.

— Mademoiselle Kritchnoff ? s'étonna Bonavent.

— Oui, il est temps qu'on l'emmène au poste.

— Mademoiselle Kritchnoff est partie, patron.

— Partie ! Comment, partie ?

— Partie, patron, partie.

— Mais tu es fou… Fou ! s'écria Guerchard.

— Non, je ne suis pas fou.

— Partie ! Mais qui l'a laissée partir ?

— Les hommes de garde.

— Les hommes de garde, s'exclama Guerchard, stupéfait. Mais elle n'avait pas ma permission… mon visa sur la carte ! Va me chercher ces fous !

Bonavent courut jusqu'au palier et les appela. Guerchard le suivit. Deux policiers grimpèrent quatre à quatre les escaliers et se précipitèrent dans la galerie.

— Qu'est-ce qui vous a pris de laisser sortir Mademoiselle Kritchnoff sans mon autorisation, hurla Guerchard.

— Mais elle avait votre visa, monsieur, votre visa écrit sur votre carte, balbutia l'un des policiers.

— Ah ça ? C'était ? Hein, c'était un faux !

Il réfléchit un moment. Puis il dit calmement à ses deux hommes de retourner à leur poste. Il ne bougea pas pendant quelques minutes, cherchant à élucider ce nouveau mystère.

Enfin il marcha dans la galerie et dévisagea le duc. Celui-ci, assis dans son fauteuil, fumait une cigarette, d'un air indifférent. Guerchard le regarda, comme si c'était la première fois qu'il le voyait.

— Eh bien ? demanda le duc, vous avez envoyé cette pauvre petite en prison ? Si j'avais fait une pareille chose je ne pense pas que je pourrais dormir, M. Guerchard.

— Cette pauvre petite vient de s'échapper, grâce à un faux visa, dit Guerchard d'une voix triste.

— Eh bien, je suis ravi de l'entendre ! Pardonnez-moi ce manque de compassion, M. Guerchard, mais ce n'est qu'une enfant.

— Pas trop jeune pour être la complice de Lupin.

— Vous le pensez vraiment ?

— J'en suis certain, dit Guerchard avec fermeté, puis il ajouta lentement, l'air perplexe. Mais comment… comment… a-t-elle pu obtenir ce faux visa ?

Le duc secoua la tête et le regarda d'un air grave. Guerchard le fixa, puis sortit de la pièce en claquant la porte.

— Depuis combien de temps Mademoiselle Kritchnoff est-elle partie ? demanda-t-il à Bonavent.

— Il n'y a pas plus de cinq minutes. Elle venait de vous parler dans la galerie.

— De me parler ! s'exclama Guerchard.

— Oui. Elle est sortie de la galerie, est descendue, puis est sortie de la maison.

Un petit soupir s'échappa des lèvres de Guerchard. Il se précipita dans la galerie, traversa rapidement la pièce jusqu'à son manteau, l'attrapa, sortit son portefeuille de sa poche et compta les cartes qui restaient. Puis il regarda le duc qui lui sourit, de façon charmante, presque caressante.

Guerchard semblait avoir une boule dans la gorge. Il déglutit violemment.

Il remit le portefeuille dans la poche de son manteau, puis cria :

— Bonavent ! Bonavent !

Celui-ci ouvrit la porte et s'arrêta sur le seuil.

— Vous avez bien embarqué Victoire dans la voiture cellulaire, n'est-ce pas ?

— Il y a belle lurette patron. La voiture attendait dans la cour depuis neuf heures et demie.

— Neuf heures et demie ? ... Mais la voiture ne devait arriver qu'à onze heures moins le quart. Je suppose qu'ils ont fait un effort pour être à l'heure pour une fois. Enfin, c'est bien.

— Alors on peut renvoyer l'autre voiture ?

— Quelle autre voiture ?

— La voiture cellulaire qui vient d'arriver.

— Quoi ? Qu'est-ce que tu me chantes ? s'écria Guerchard dont la voix et le visage s'étaient soudain déformés d'inquiétude.

— Vous n'aviez pas commandé deux voitures cellulaires ?

Guerchard sursauta. Son visage était rouge de fureur.

— Vous n'allez pas me dire qu'il y a deux voitures

cellulaires ?

— Si, patron…

— Tonnerre ! Dans quelle voiture a-t-on installé Victoire ? Dans laquelle ?

— Dame ! Dans la première, patron.

— Tu les a reconnus ?

— Non, ça devait être des nouveaux. Ils m'ont dit qu'ils venaient de la Santé.

— Bougre d'idiot ! C'est toi qui en as une santé.

— Comment, alors ?

— Nous sommes roulés, rugit Guerchard. C'est un tour de… un tour de…

— De Lupin ? demanda doucement le duc.

— Mais je ne comprends pas, dit Bonavent.

— Tu ne comprends pas, bougre d'idiot ? cria Guerchard. Tu as installé Victoire dans une fausse voiture cellulaire… une voiture qui venait de chez Lupin. Oh, cette fripouille ! Il a toujours plus d'un tour dans son sac.

— Il l'avait sûrement prévu, fit remarquer le duc. C'était très intelligent de sa part de prévoir l'arrestation de Victoire et de tout préparer pour y faire échec.

— Oui, mais d'où vient la fuite ? D'où vient la fuite ? Comment a-t-il pu apprendre que le docteur avait dit qu'elle retrouverait ses esprits vers dix heures ? Il y a eu un garde à la porte toute la journée. J'ai fait boucler l'hôtel et ses occupants. Toutes les provisions ont directement été réceptionnées par mes hommes et pourtant, il était là au bon moment pour prendre Victoire ! D'où vient la fuite ?

Il se tourna vers Bonavent et poursuivit.

— Ce n'est pas la peine de rester là la bouche ouverte à me regarder comme un imbécile. Monte dans les appartements des domestiques et fouille à nouveau la chambre de Victoire. Un imbécile d'inspecteur a pu oublier quelque chose, comme il a oublié Victoire. Vas-y ! Dépêche-toi !

Bonavent sortit instantanément.

— Vraiment, M. Guerchard, je commence à être d'accord avec vous. Ce Lupin est un homme remarquable, dit le duc. Le coup de la voiture cellulaire est ingénieux.

— Je le mettrai moi-même dans une voiture cellulaire. Mais avec quels imbéciles je travaille ! Si je pouvais avoir des hommes d'une intelligence ordinaire ce serait impossible de me jouer un tour pareil.

— Je ne suis pas d'accord. Je pense qu'il faudrait un fou hors du commun pour découvrir ce truc.

— Que voulez-vous dire ? Pourquoi ?

— Parce que c'est merveilleusement simple. Et en même temps c'est d'un toupet.

— Il y a de cela. Et pourtant, je dis toujours à mes hommes « suspectez tout, suspectez tout le monde, suspectez, suspectez, suspectez ». Il n'y a qu'une devise pour un bon policier, et elle tient en un mot : « suspecter ».

— Ce ne doit pas être un travail intéressant alors. Mais je suppose que ça a ses charmes.

— Oh, on s'habitue au mauvais côté.

La sonnerie du téléphone interrompit leur conversation. Guerchard se leva et décrocha.

— Oui; c'est moi... Inspecteur principal Guerchard.

Il se tourna vers le duc pour lui annoncer que c'était le jardinier de Charmerace, puis revint vers le téléphone.

— Vous êtes encore là ? Vous m'entendez bien ? Je voudrais savoir qui a pénétré dans la serre hier... qui a pu cueillir du salvia rose ?

— C'est moi, je vous l'ai dit tout à l'heure, lui fit remarquer le duc.

— Oui... Oui... je sais. Et il se tourna à nouveau vers le téléphone. Oui, hier... Personne ? Personne sauf le duc de Charmerace ? Vous êtes bien sûr ?... Tout à fait sûr ? Absolument sûr ?... Oui, c'est tout ce que je voulais savoir... merci.

Il regarda le duc et lui dit.

— Vous avez entendu, votre Grâce ? Le jardinier dit que vous êtes la seule personne qui êtes entrée dans sa serre, hier, la seule personne qui a pu cueillir du salvia rose.

— Oui ?

Guerchard le fixa attentivement, les sourcils légèrement froncés. A ce moment là, la porte s'ouvrit sur Bonavent.

— Je reviens de la chambre de Victoire et tout ce que j'ai trouvé c'est un livre de messe. Il était posé sur sa coiffeuse. L'inspecteur n'y avait pas touché.

— Qu'y a-t-il ? dit Guerchard en prenant le missel.

— Il y avait une photographie dedans.

L'inspecteur principal sortit la photographie du livre et la regarda attentivement.

— Elle a dix ans. C'est une photographie presque effacée. Tiens ! Mais qu'est-ce que c'est ?

Le photographie représentait Victoire endimanchée, et à ses côtés se tenait un jeune homme de dix-sept ou dix-huit ans. Guerchard n'arrivait pas à en détacher les yeux. Il le fixait, rapprochait le portrait, l'éloignait. Puis, son regard passa discrètement de la photographie au visage du duc.

Le duc surprit l'un de ces coups d'œil dérobés et une vague inquiétude s'alluma dans ses yeux. Guerchard s'en rendit compte. Il s'approcha du duc et le dévisagea, comme s'il ne pouvait pas en croire ses yeux.

— Qu'est-ce qui se passe ? demanda le duc. Que regardez-vous avec autant de curiosité ? Est-ce que ma cravate est de travers ?

Il leva la main et la laissa retomber.

— Oh, rien, rien du tout, dit Guerchard qui se replongea dans l'étude de sa photographie.

Des éclats de voix se firent entendre dans le hall.

— Les invités s'en vont, dit le duc. Je dois aller les saluer.

Il se leva et se dirigea vers la porte.

Guerchard était toujours plongé dans son étude.

Le duc descendit les escaliers et salua les invités du millionnaire. Après leur départ, M. Gournay-Martin remonta rapidement, Germaine et le duc le suivirent plus lentement.

— Mon père va dormir au Ritz, dit Germaine. Je vais aller avec lui. Il ne se fait pas à l'idée de dormir dans cette maison cette nuit. Je suppose qu'il a peur que Lupin fasse une attaque en force avec toute sa bande. Je pense que Guerchard peut s'en tirer tout seul, il a assez d'hommes, en tout cas. Ce ne serait pas bien pour moi de rester s'il y avait une bataille.

— Oh, allons, vous ne croyez tout de même pas que Lupin va venir cette nuit ? s'étonna le duc. Ce n'est que du bluff... il n'a pas plus l'intention que moi de venir cette nuit voler le diadème.

— Eh bien, ça ne pose pas de problème si on se met en sécurité. Tout le monde est d'accord pour dire que c'est quelqu'un de terrible. Je vais juste courir dans ma chambre et prendre une valise, Irma a emballé mes affaires. Elle pourra venir demain au Ritz pour m'habiller.

Elle se précipita dans les escaliers et le duc entra dans la galerie. Il y trouva Guerchard à l'endroit où il l'avait laissé.

— La famille va au Ritz. C'est presque une critique de votre capacité à les protéger, vous ne trouvez pas ? lui dit le duc.

— Eh bien, j'espère qu'ils seront plus heureux hors de la maison.

Guerchard regarda à nouveau le duc d'un œil inquisiteur.

— Que se passe-t-il ? Ma cravate est vraiment de travers ?

— Oh, non, non. Elle est parfaite, votre Grâce, dit Guerchard sans détourner les yeux du visage du duc.

La porte s'ouvrit et M. Gournay-Martin entra, une valise dans chaque main.

— Il était dit que je ne coucherais plus jamais chez moi.

— Vous n'avez pas de raison de partir, lui dit le duc. Qu'est-ce qui vous oblige ?

— Le danger. Vous n'avez donc pas lu le télégramme de Lupin :

« Viendrai ce soir entre minuit moins un quart et minuit prendre le diadème ! ».

Il sait qu'il est dans ma chambre. Et vous croyiez que j'allais l'attendre quand le diadème était dans ma chambre à coucher ? Avec la chance que j'ai, ce gredin va me couper la gorge.

— Vous pouvez avoir une douzaine de policiers dans votre chambre si vous voulez, dit le duc. N'est-ce pas M. Guerchard ?

— Certainement. Je peux vous affirmer que vous n'êtes pas en danger, M. Gournay-Martin.

— Merci, mais tout de même, je préfère être dehors.

Germaine entra alors dans la pièce, habillée, prête à partir.

— Pour une fois vous êtes prêt, papa. Vous venez, Jacques ?

— Non, je pense que je vais rester ici, en espérant que Lupin ne blague pas. Je ne pense pas que je serai content de le voir, en fait, je suis prêt à parier le contraire. Mais vous êtes tous si sûrs de cela que je dois vraiment rester ici pour tenter ma chance. Et après tout, il n'y a aucun doute que c'est un homme plein d'audace et prêt à prendre tous les risques.

— En tout cas, s'il vient, il ne trouvera pas le diadème. Je le prends avec moi... il est ici, fit M. Gournay-Martin d'une voix triomphale en montrant sa valise.

— Vous l'avez ? demanda le duc.

— Oui.

— Croyez-vous que c'est prudent ?

— Pourquoi pas ?

— Si Lupin est décidé à s'emparer du diadème, et si vous êtes certain que malgré ces précautions, il fera une tentative, vous risquez gros. Il vous a demandé de la laisser dans votre chambre. Il n'a pas dit quelle chambre.

— Grand Dieu ! Je n'avais pas pensé à cela, dit M. Gournay-Martin, soudain alarmé.

— Sa Grâce a raison, dit Guerchard. C'était peut-être exactement ce que Lupin attendait en envoyant ce télégramme, que vous quittiez l'hôtel avec la diadème pour un endroit sans protection. C'est tout à fait l'une de ses ruses.

— Mon Dieu ! dit le millionnaire en sortant sa clef pour ouvrir sa valise. Il s'arrêta.

— Une minute, dit-il. Je veux vous parler, duc.

Il quitta la galerie avec le duc, puis referma la porte pour lui souffler à l'oreille.

— Dans un cas comme celui-là, je suspecte tout le monde.

— Tout le monde suspecte tout le monde. Etes-vous sûr de ne pas me soupçonner ?

— Ce n'est pas le moment de rire. Que pensez-vous de Guerchard ?

— De Guerchard ? Que voulez-vous dire ?

— Pensez-vous que je puisse mettre toute ma confiance en

Guerchard ?

— Absolument. De plus, je vais rester ici pour surveiller Guerchard. Si je ne peux pas promettre de répondre de Lupin, je pense que je peux répondre de Guerchard. S'il essaie de s'échapper avec le diadème, je lui tordrai le coup de votre part avec plaisir. Ça me fera du bien. Et ça fera du bien à Guerchard aussi.

Le millionnaire réfléchit une minute ou deux, puis il dit :

— Très bien, je lui fais confiance.

Dès que la porte se referma sur le millionnaire et le duc, Guerchard traversa la pièce pour rejoindre Germaine et lui montrer la photographie de Victoire et du jeune homme.

— Vous connaissez cette photographie du duc, Mademoiselle ?

Germaine la prit et la regarda.

— Elle est passée.

— Oui, elle date de dix ans.

— Il me semble reconnaître le visage de cette femme. Mais si elle date de dix ans ce n'est certainement pas une photographie du duc.

— Pourtant elle ressemble.

— Oh, oui, elle ressemble au duc comme il est maintenant… du moins, ça lui ressemble un peu. Mais pas au duc tel qu'il était il y a dix ans. Il a tellement changé.

— Ah !

— Oui. Le voyage… la maladie. Les docteurs n'avaient plus d'espoir, vous savez.

— Oh, c'est ce qu'ils ont dit ?

— Oui, à Montevidéo. Maintenant il va très bien.

Le millionnaire et le duc entrèrent dans la galerie. M. Gournay-Martin posa sa valise sur la table, la déverrouilla et d'un air solennel en sortit délicatement l'écrin qui contenait le diadème. Il l'ouvrit.

— N'est-il pas beau ? soupira-t-il.

— Merveilleux ! répondit le duc.

M. Gournay-Martin referma l'écrin et s'adressa à Guerchard.

— Il y a du danger, alors je vous confie le diadème. Vous êtes le défenseur de mon foyer… vous êtes la bonne personne pour garder le diadème. Ça ne vous ennuie pas ?

— Pas le moins du monde, M. Gournay-Martin. C'est précisément ce que je voulais vous demander.

M. Gournay-Martin hésita. Puis il tendit le diadème à Guerchard, en disant d'une voix franche et supérieure :

— J'ai toute confiance en vous, M. Guerchard.

— Merci.

— Bonne nuit, dit M. Gournay-Martin.

— Bonne nuit, M. Guerchard, ajouta Germaine.

— Je pense, après tout, que je vais changer d'avis et partir avec vous. J'ai besoin de dormir. Bonne nuit M. Guerchard.

— Vous n'allez pas partir vous aussi, votre Grâce ! s'écria Guerchard.

— Pourquoi, vous ne voulez pas que je reste ?

— Si.

— Je pense que je vais plutôt rentrer me coucher.

— Vous avez peur ? le défia Guerchard, d'une manière presque insolente.

Il y eut un silence. Le duc fronça les sourcils pour réfléchir. Puis, il se redressa et dit d'une façon un peu hautaine.

— Vous avez certainement trouvé le moyen de me faire rester, M. Guerchard.

— Oui, oui. Restez, restez, s'écria M. Gournay-Martin. C'est une excellente idée. Vous êtes l'homme qu'il faut pour aider M. Guerchard. Vous êtes un explorateur intrépide, habitué au danger, plein de ressources, et absolument sans peur.

— Etes-vous certain de ne pas vouloir rentrer vous coucher, Jacques ? lui demanda Germaine, sans tenir compte du souhait de son père.

— Oui, je vais rester avec M. Guerchard, dit lentement le duc.

— Eh bien, vous serez frais demain soir pour aller chez la princesse. Vous n'avez déjà pas dormi cette nuit. Vous avez quitté Charmerace à huit heures, vous avez conduit toute la nuit et vous n'êtes arrivé à Paris qu'à six heures ce matin?

— Conduit toute la nuit, de huit heures à six heures ! murmura Guerchard entre ses dents.

— Oh, ne vous en faites pas, dit le duc avec douceur. Cette affaire sera terminée avant minuit, n'est-ce pas ?

— Eh bien, je vous préviens, fatigué ou non, vous m'accompagnerez chez la princesse demain soir. Tout Paris cela là…

— Oh, je serai en pleine forme.

Ils sortirent de la galerie de peinture et descendirent les escaliers. Guerchard se tenait sur ses gardes, comme s'il était prêt à sauter. Il ne quitta pas le duc d'un pouce jusqu'à la porte d'entrée. Le policier de garde leur ouvrit et tout le monde descendit jusqu'au fiacre qui attendait au bas des marches. Le duc baisa la main de Germaine et l'aida à monter dans la voiture.

M. Gournay-Martin s'arrêta à la porte, se retourna et dit d'une voix pathétique :

— Je ne pourrai jamais plus dormir dans ma maison ?

Il ferma la porte et le fiacre s'ébranla.

Le duc remonta les marches, suivi de près par Guerchard. Dans le vestibule, il prit son chapeau et son manteau et grimpa à l'étage. A mi-chemin il s'arrêta et dit à Guerchard :

— Où allons-nous attendre Lupin ? Dans la galerie ou dans la chambre de M. Gournay-Martin ?

— Dans la galerie. Je pense qu'il est peu probable que Lupin cherche le diadème dans la chambre de M. Gournay-Martin. Il doit très bien savoir que c'est la dernière place où le trouver.

Le duc entra dans la galerie. Guerchard s'arrêta sur le pas de la porte et s'adressa à lui :

— Je vais juste poster mes hommes, votre Grâce.

— Très bien.

Le duc s'assit, alluma une cigarette et bâilla. Puis il sortit sa montre et regarda l'heure.

— Encore vingt minutes.

CHAPITRE XIX

Le duc s'en va

Quand Guerchard rejoignit le duc dans la galerie, il avait perdu son air calme et semblait bien plus nerveux. Il se promena dans la pièce, tripotant les bibelots, et dévisageant de temps en temps le duc, avant de regarder ailleurs. Finalement, il s'arrêta devant le foyer de la cheminée et s'y adossa devant l'âtre.

— Pensez-vous qu'il soit sage d'attendre ici, de plus le dos à l'âtre. Si Lupin surgissait soudain de l'ouverture, il vous attraperait par derrière sans que vous ne puissiez bouger, le réprimanda le duc.

— Vous serez toujours là pour venir à mon secours, votre Grâce. Il y avait une note ambiguë dans sa voix, tandis que ses yeux ne quittaient plus le visage du duc. Ils semblaient ne jamais vouloir le quitter. Ils le sondaient et l'étudiaient sous tous ses aspects.

— Ce n'était qu'une simple remarque. Vous ne trouvez pas que c'est un travail plutôt énervant.

— Oui et bien sûr, vous y êtes bien préparé. Si je ne savais pas que vous aviez eu une panne en automobile la nuit dernière, j'aurais hésité à vous demander…

— Une panne ? l'interrompit le duc.

— Oui, parti de Charmerace à huit heures, hier soir, vous n'êtes arrivé à Paris qu'à six heures du matin. Vous n'aviez pas une forte machine ?

— J'avais une cent-chevaux.

— Bigre ! Vous avez dû avoir une sacré panne !

— Oui, elle n'était pas belle, mais j'ai vu pire. Elle m'a fait perdre trois heures, au moins trois heures. Je ne suis pas un mécanicien de premier ordre, même si j'en sais plus sur un moteur que la plupart des chauffeurs.

— Et personne ne se trouvait là pour vous aider à réparer ?

— Non. M. Gournay-Martin ne m'avait pas laissé son chauffeur pour me conduire à Paris, parce qu'il l'avait gardé pour surveiller le château. Et bien sûr il n'y avait personne sur la route, parce qu'il était deux heures du matin.

— Oui, il n'y avait personne, répéta lentement Guerchard.

— Personne.

— C'est fâcheux, lâcha Guerchard, incrédule.

— Que j'aie dû réparer moi-même ?

— Certainement.

Le duc jeta le mégot de sa cigarette dans un cendrier et sortit son paquet.

— Une cigarette ? Ou préférez-vous du caporal ?

— Oui, mais tout de même, je vais en prendre une.

Guerchard traversa rapidement la pièce, prit une cigarette dans le paquet et la regarda.

— Tout de même, tout ça est bien curieux, dit-il sur un ton de défi, de menace, presque un ton accusateur.

— Quoi ? demanda le duc en le regardant avec curiosité.

— Tout : vos cigarettes... les salvias... la photo que Bonavent a trouvé dans le livre de prière de Victoire... cet homme en tenue de chauffeur... et enfin, votre panne.

A présent, la voix de Guerchard lâchait de plus en plus clairement des accusations et des menaces.

Le duc se leva vivement de sa chaise et dit d'une voix hautaine :

— Monsieur Guerchard, vous êtes ivre !

Il alla jusqu'à la chaise sur laquelle il avait déposé son manteau et son chapeau, les saisit et se dirigea vers la porte. Guerchard s'élança pour lui barrer le chemin et cria d'une voix tremblante :

— Non, ne sortez pas ! Vous ne devez pas sortir !

— Vous dites ?... Que dites-vous ?

Guerchard recula d'un pas et passa sa main sur son front. Son visage livide était inondé de sueur.

— Non… je vous demande pardon… je vous demande pardon votre Grâce… Je dois devenir fou, balbutia-t-il.

— En effet, lança le duc d'une voix glaciale.

— Ce que je veux dire… ce que je veux dire : aidez-moi… il faut que vous restiez ici, pour m'aider contre Lupin. Vous comprenez. Vous voulez bien, votre Grâce ?

— Oui, volontiers. Je veux bien rester si vous voulez de moi. Mais vous semblez terriblement contrarié, ce qui me contrarie également.

— Oui, oui, excusez moi.

— Soit. Mais qu'allons nous faire ?

Guerchard hésita. Il tira son mouchoir de sa poche et s'épongea le front :

— Eh bien… le diadème… il est dans cet écrin ? demanda-t-il d'une voix tremblante en le prenant sur la table.

— Bien entendu…

Guerchard l'ouvrit. Le diadème étincela de mille feux sous les lumières artificielles :

— Oui, il est là, vous le voyez ?

— Oui, je vois et alors ? demanda le duc quelque peu déconcerté.

— Alors, nous allons attendre.

— Qui ?

— Lupin.

— Lupin ? Alors , décidément comme dans les contes de fées, vous croyez que lorsque cette horloge aura sonné douze coups, Lupin entrera et prendra le diadème ?

— Oui, je le crois, affirma Guerchard, absolument convaincu. Là-dessus, il referma l'écrin.

— C'est palpitant.

— Ça ne vous ennuie pas ?

— Au contraire, ironisa le duc. Faire la connaissance de l'invisible gaillard qui vous roule depuis dix ans, c'est une soirée charmante.

— A qui le dites-vous ?

— A vous.

Le duc s'installa confortablement dans un fauteuil, et

Guerchard prit place sur une chaise en face de lui, les coudes appuyés sur la table. Ils se turent un moment.

Soudain, le duc rompit ce silence.

— On vient.

— Non, je n'entends rien.

A ce moment des bruits de pas retentirent distinctement dans les escaliers. On frappa à la porte.

— Vous avez l'oreille plus fine que moi, fit remarquer Guerchard. D'ailleurs vous avez montré en tout ceci des qualités de véritable policier.

Il se leva, marcha jusqu'à la porte et la déverrouilla. Bonavent entra.

— Je vous ai apporté les menottes… Faut-il que je reste ?

— Non. Vous avez deux hommes derrière la porte, deux devant, et un dans chaque pièce du rez-de-chaussée ?

— Oui, et j'en ai mis trois à chaque autre étage, lui dit Bonavent visiblement content de lui.

— Et dans l'hôtel voisin ?

— Il y en a une douzaine. Plus de communication possible entre les deux maisons.

Guerchard regarda fixement le visage du duc. Aucune ombre ne venait voiler son insouciante sérénité.

— Si quelqu'un essaie d'entrer, qu'on l'empoigne. Au besoin, qu'on tire dessus. C'est un ordre, répète-le aux autres.

— Très bien, patron, dit Guerchard. Et il sortit de la pièce.

— Fichtre, nous sommes dans une vraie forteresse, s'exclama le duc.

— C'est plus vrai encore que vous ne pensez, votre Grâce. J'ai quatre hommes derrière cette porte.

— Ah bon ?

— Cela paraît vous ennuyer.

— Beaucoup. Avec ces précautions, jamais Lupin ne pourra pénétrer dans cette pièce !

— Ce sera assez difficile. A moins qu'il ne tombe du plafond… ou à moins…

— A moins qu'Arsène Lupin ne soit vous, l'interrompit le duc.

— En ce cas vous en seriez un autre, votre Grâce.

Ils rirent tous les deux. Puis, le duc se leva en bâillant, ramassa son manteau et son chapeau :

— Eh bien, sur ce, je vais me coucher.

— Hein ?

— Dame ! Je restais pour voir Lupin. Du moment qu'il n'y a plus moyen de le voir…

— Mais si… Mais si… restez donc, s'écria Guerchard.

— Vous vous cramponnez à cette idée.

— Nous allons le voir.

— Absurde !

Guerchard baissa la voix et lui glissa avec le plus grand secret :

— Il est déjà ici, votre Grâce.

— Lupin ? Ici ?

— Oui, Lupin.

— Où ? s'étonna le duc.

— Dans la maison.

— Un de vos agents ?

— Je ne crois pas, dit posément Guerchard en le regardant.

— Eh bien… mais… s'il est déjà ici, nous le tenons… Il va venir… s'exclama le duc d'une voix triomphante. Il posa alors son chapeau sur la table à côté du diadème.

— J'espère bien, mais osera-t-il ?

— Comment ?

— Dame ! Vous l'avez dit vous-même, c'est une forteresse. Lupin était peut-être décidé à entrer dans cette pièce, il y a une heure, mais maintenant.

— Je vois ce que vous voulez dire, dit le duc désappointé.

— Oui, maintenant c'est qu'il faudrait un rude courage. Il faudrait risquer le tout pour le tout et jeter bas le masque. Lupin ira-t-il se jeter dans la gueule du loup ? Je n'ose pas y croire. Qu'en pensez-vous ?

La voix rauque de Guerchard s'était durcie, il y avait comme une pointe d'angoisse qui perçait et derrière cette angoisse comme un défi qui n'osait pas trop apparaître au grand jour. Néanmoins, il dardait sur le duc des yeux inquisiteurs, comme s'il avait voulu par la seule intensité de son regard percer le secret caché derrière ce masque impassible.

Le duc le regardait avec curiosité, mais sans trop y faire attention, presque indifférent à ce qui se tramait dans la tête de l'inspecteur principal.

— Dame ! Vous devez être plus au courant que moi, vous le connaissez depuis dix ans, vous ! Il fit une pause, puis ajouta en appuyant sur chaque mot. Tout au moins de réputation.

Guerchard s'énervait peu à peu, ce que commençait à trahir son visage. Néanmoins, il parvint presque à garder son calme, lorsqu'il dit d'une voix saccadée :

— Je connais aussi sa manière d'agir. Depuis dix ans, j'ai appris à démêler ses intrigues, à comprendre et à anticiper ses manœuvres… Oh ! son système est habile… Au lieu de rester caché, comme on pourrait s'y attendre, il attaque son adversaire… franchement… Il le trouble… tout au moins il essaie. C'est un ensemble de combinaisons enchevêtrées, mystérieuses. Moi-même, j'y ai été pris souvent. Vous souriez ?

— Ça me passionne !

— Moi aussi. Mais cette fois, j'y vois clair. Plus de ruses, plus de sentiers dérobés… C'est au grand jour que nous combattons.

Il s'arrêta, sourit, puis ajouta d'une voix moqueuse

— Lupin a peut-être du courage, il n'a que le courage des voleurs…

— Oh ! s'exclama le duc d'une voix dure, dont les yeux s'étaient légèrement allumés.

— Oui, les gredins n'ont jamais beaucoup de vertu.

— On ne peut pas tout avoir, fit remarquer le duc d'une voix calme, mais son air languissant avait quitté son visage.

— Leurs embûches, leurs attaques, leurs belles tactiques, tout cela, c'est bien court.

Guerchard avait fait cette remarque sur un ton méprisant, qui ne lui ressemblait guère.

— Vous allez un peu loin.

Ils se regardèrent longuement, tels deux escrimeurs qui, ayant perdu leur calme, entreprennent de dévisser les mouches de leurs fleurets.

— Mais non, votre Grâce. Et il appuya sur ces mots. Il est

surfait ce fameux Lupin.

— Pourtant, il a fait des choses qui ne sont pas trop mal, lui rétorqua le duc dans un charmant sourire.

Il ressemblait de plus en plus à un escrimeur qui teste la flexibilité de sa lame avant d'engager le combat.

— Ah bon ?

— Oui… Il faut être juste. Le cambriolage de cette nuit, ce n'est pas inouï, mais enfin ce n'est pas mal. Ce n'est pas si bête, l'escroquerie des automobiles, lança-t-il d'une douce voix, insolente, terriblement agaçante.

Guerchard renifla dédaigneusement.

— Et un vol à l'ambassade d'Angleterre, un autre au ministère des Finances et un troisième chez M. Lépine… tous la même semaine… ce n'était pas si mal, vous ne croyez pas ?

— Non. Mais…

— Et puis rappelez-vous le jour où il s'est fait passer pour Guerchard… le grand Guerchard… Allons… il faut rendre à César… entre nous… ce n'était pas si mal.

— Non, gronda Guerchard. Mais il a fait mieux récemment… Pourquoi ne parlez-vous pas de cela ?

— Ah ! de quoi ?

— Du jour où il s'est fait passer pour le duc de Charmerace.

— Quoi ! Il a fait ça ? s'écria le duc, puis il ajouta lentement. Mais vous savez, je suis comme vous, moi. Je suis facile à imiter.

— Pourtant, ce qui aurait été amusant, votre Grâce, c'eut été d'arriver jusqu'au mariage.

— Oh ! s'il le voulait… mais vous savez, pour Lupin, la vie d'un homme marié… intolérable…

— Une grande fortune… une jolie fille, dit Guerchard sur un ton moqueur.

— Il doit en aimer une autre…

— Une voleuse peut-être…

— Comme lui… Puis, voulez-vous mon avis, il doit trouver sa fiancée ennuyeuse… très ennuyeuse… beaucoup trop classe moyenne. Il se révolte.

— C'est navrant, pitoyable, avouez-le, que la veille du

mariage, il ait été assez bête pour se démasquer. Et au fond, est-ce assez logique : c'est Lupin perçant sous Charmerace. Il a commencé par prendre la dot au risque de ne plus avoir la fille.

— C'est peut-être ce qu'on appellera le mariage de raison, lui fit remarquer le duc avec un léger sourire.

— Quelle chute ! Etre attendu pour dîner chez une princesse demain soir et passer cette soirée-là au dépôt… Avoir voulu dans un mois, comme duc de Charmerace monter en grande pompe les marches de la Madeleine et dégringoler les escaliers du beau-père. Sa voix s'éleva brusquement sur une note de triomphe : avec les menottes aux poignets ! Hein ? Est-ce assez la revanche de Guerchard… de cette vieille ganache de Guerchard ? Le Brummel des voleurs en bonnet de prison… Le gentleman cambrioleur sous les verrous !… Pour Lupin ça n'est qu'un petit ennui, mais pour un duc, c'est un désastre… Allons, voyons, à votre tour, sans parti pris, vous ne trouvez pas ça amusant ?

Le duc se leva calmement, releva la tête et lui dit froidement :

— T'as fini ?

— Hein ? s'écria Guerchard en lui faisant face.

— Oh, oui, je trouve ça amusant.

— Et moi donc.

— Non, toi tu as peur.

— Peur ! lâcha Guerchard dans un rire sauvage.

— Oui, tu as peur. Et si je te tutoie, gendarme, ne crois pas que je jette un masque. Je n'en porte pas. Je n'ai rien à démasquer. Je suis le duc de Charmerace.

— Tu mens ! Tu t'es évadé de la Santé il y a quatre ans. Tu es Lupin! Je te reconnais maintenant.

— Prouve-le.

— Oui.

— Tu ne peux pas. Je suis le duc de Charmerace.

Guerchard éclata de rire.

— Ne ris donc pas. Tu n'en sais rien… absolument rien, mon cher ami, se moqua le duc.

— Cher ami ? répéta Guerchard triomphalement, comme si ce mot était une confession.

— Qu'est-ce que je risque ? Peux-tu m'arrêter ?... Tu peux arrêter Lupin... mais arrêter le duc de Charmerace, honorable homme, dandy à la mode, membre du Jockey-Club, de l'Union, demeurant en son hôtel, 34bis, rue de l'Université... arrêter le duc de Charmerace, fiancé à Mlle Gournay-Martin ?

— Misérable, s'écria Guerchard qui était soudain devenu pâle de fureur.

— Eh bien, vas-y. Sois ridicule, devient la risée de Paris... Fais entrer tes flics. As-tu une preuve... une seule ? Non, pas une.

— Oh ! J'en aurai.

— Je crois... Tu pourras m'arrêter dans huit jours... après-demain, peut-être... peut-être jamais... mais pas ce soir, c'est certain.

— Ah ! Si quelqu'un pouvait t'entendre !

— Ne te frappe pas... Ça ne prouverait rien... Le fait est, M. Formery t'a dit la vérité lorsqu'il racontait que, dès qu'il s'agit de Lupin, tu perds la boule. Ah, ce M. Formery, voilà un garçon intelligent.

— En tout cas le diadème est sauf...

— Attends mon vieux... Attends, dit lentement le duc. Sais-tu ce qu'il y a derrière cette porte ?

Le duc se leva et pointa un doigt menaçant vers le porte séparant les deux galeries.

— Hein ? s'écria Guerchard en se tournant vivement vers la porte. Son visage portait déjà les traces d'une vive inquiétude.

— Froussard ! lui lança le duc, qui éclata de rire.

— Nom de nom !

— Je t'ai dit que tu allais être vraiment pitoyable.

Il dit cela sur un ton cruel, qu'il accompagna d'un nouveau rire tonitruant.

— Cause toujours.

— Vraiment pitoyable ! De minute en minute et à mesure que l'aiguille se rapprochera de minuit, tu seras de plus en plus terrifié. Il fit une pause, et cria violemment : Attention !

Guerchard sursauta et jura bruyamment.

— Ce que tu as la trouille !

— Cabot !

— Oh ! tu n'es pas plus lâche qu'un autre… mais qui peut supporter l'angoisse de ce qui va survenir et qu'on ne connaît pas ? J'ai raison, tu le sens, tu en es sûr. Il y a au bout de ces minutes un événement fatal implacable. Ne hausse donc pas les épaules, tu es vert de peur.

Le duc n'avait plus du tout l'air d'un dandy souriant et cynique. A présent, il émanait de lui une force impressionnante et pour le moins inquiétante. Sa voix s'était faite plus profonde, chargée d'une puissance irrésistible, presque écrasante, paralysante. Par-dessus tout, il y avait son regard, un regard terrible, implacable, que supportait à peine Guerchard.

— Mes hommes sont dehors… je suis armé, bégaya l'inspecteur principal.

— Enfant ! Mais souviens-toi, souviens-toi que c'est toujours quand tu avais tout prévu, tout combiné, tout machiné, souviens-toi que c'est alors que l'accident jetait bas tout ton échafaudage. Rappelle-toi, c'est toujours au moment où tu vas triompher, qu'il te bat et il ne te laisse atteindre le sommet de l'échelle que pour mieux te flanquer par terre.

— Avoue alors que tu es Lupin, marmonna Guerchard.

— Je croyais que tu en étais sûr…

Guerchard attrapa la paire de menottes dans sa poche et grommela entre ses dents :

— Je ne sais pas ce qui me retiens, mon petit.

Le duc se redressa et dit d'une voix hautaine :

— C'est assez.

— Hein ?

— J'ai dit que c'était assez. Je veux bien jouer à ce qu'on se tutoie tous les deux mais ne m'appelez pas votre petit.

— Oh, tu ne m'en imposeras plus longtemps, marmonna Guerchard qui scrutait le visage du duc de son regard blême et injecté de sang. Il était au bord de la crise de nerf face à son impuissance et à ses doutes.

— Si je suis Lupin, arrêtez-moi.

— Je vous arrêterai dans trois minutes, ou alors c'est qu'on n'aura pas touché au diadème.

— Dans trois minutes on aura volé le diadème et vous ne m'arrêterez pas, affirma sans ciller le duc.

— Mais je le ferai ! Je jure que je le ferai ! s'écria Guerchard.

— Ne faites pas de serments imprudents. Plus que deux minutes, souffla doucement le duc en sortant un revolver de sa poche.

— Ah, mais non ! cria Guerchard en sortant lui aussi son arme.

— Qu'est-ce qui se passe ?... Vous ne m'avez pas recommandé de tirer sur Lupin. J'apprête mon revolver puisqu'il va venir... Plus qu'une minute.

Guerchard se dirigea vers la porte.

— Nous sommes en nombre.

— Poule mouillée.

Guerchard se retourna brusquement :

— Très bien. Je tiendrai le coup tout seul.

— Imprudent, ricana le duc.

Guerchard serrait les dents. Il haletait, ses yeux injectés de sang roulaient dans leurs orbites, une épaisse sueur glacée coulait de son front. Il se rapprocha de la table d'une démarche hésitante, en tremblant de la tête aux pieds au bord de l'apoplexie. D'un rapide mouvement de la tête, il essaya de chasser l'humidité qui lui brouillait la vue.

— Au moindre geste que vous ferez... au moindre mouvement... je fais feu, dit-il en pointant son arme sur le duc.

— Je suis le duc de Charmerace. Vous serez immédiatement arrêté !

— Je m'en fous !

— Plus que cinquante secondes !

— Oui, marmonna Guerchard d'une voix enrouée. Ses yeux allaient sans arrêt du diadème au duc, du duc au diadème.

— Dans cinquante secondes le diadème sera volé, dit calmement le duc.

— Non !

— Si.

— Non ! non ! non ! hurla Guerchard.

Il chercha des yeux la pendule. Ses mains semblaient presque paralysées.

Le premier coup de minuit sonna. Les regards des deux hommes se rencontrèrent comme deux lames. Deux fois le duc esquissa un mouvement. Deux fois Guerchard se précipita vers le diadème, puis s'arrêta.

Au dernier coup leurs mains s'élancèrent en même temps. Celle de Guerchard s'abattit lourdement sur l'écrin, celle du duc saisit son chapeau.

— Je l'ai ! Alors, ai-je gagné ? Suis-je roulé cette fois-ci ? Lupin a-t-il pris le diadème ?

— Ça n'y ressemble pas. Mais es-tu bien sûr ? dit le duc gaiement.

— Sûr ?

— Rien qu'au poids, lança le duc qui se retenait de rire. Il ne te semble pas un peu léger ?

— Quoi ?

— Celui-là est faux, pouffa le duc.

— Tonnerre de Dieu ! hurla Guerchard. Bonavent ! Dieusy !

La porte s'ouvrit en coup de vent sur la poussée d'une demi-douzaine de policiers.

Guerchard se laissa tomber sur une chaise, stupéfait, comme paralysé. La tension de cette lutte à couteaux tirés avec le duc avait eu raison de lui.

— Messieurs, dit tristement le duc, le diadème a été volé.

Ils lancèrent des cris de surprise, s'agitèrent en tous sens et assaillirent le pauvre Guerchard de questions.

Profitant de ce tumulte, le duc se glissa silencieusement hors de la pièce.

Guerchard sanglota à deux reprises puis, ouvrant les yeux, dans un état d'hébétude absolue, il murmura faiblement.

— Où est-il ?

— Qui ça ? demanda Bonavent.

— Le duc... le duc, s'étrangla Guerchard.

— Il est parti.

Guerchard bondit sur ses pieds en hurlant d'un air affolé :

— Empêchez-le de sortir ! Suivez-le ! Arrêtez-le ! Rattrapez-le avant qu'il ne rentre chez lui !

CHAPITRE XX

Lupin rentre à la maison

La lumière matinale de septembre éclairait faiblement de ses rayons glacés l'élégant fumoir de l'hôtel du duc de Charmerace, au 34bis rue de l'Université, qui s'ouvrait pourtant sur deux larges baies vitrées. Située au premier étage, cette pièce communiquait avec la chambre du duc. Elle était meublée de la plus luxueuse manière, mais avec un goût exquis qui n'est plus fréquent de nos jours. Les chaises étaient très confortables, sans que cela nuise à leurs lignes; le divan contre le mur, entre les deux fenêtres, était lui aussi du dernier cri en matière de confort. L'harmonie des couleurs, d'une dominante gris-bleu, était presque trop claire pour une chambre d'homme, cela aurait mieux convenu à un boudoir. Tout laissait supposer que l'occupant de cette pièce aimait par-dessous tout la lumière et la bonne humeur. Sur les murs, bien espacés, étaient accrochés quelques tableaux d'excellente facture. Deux danseuses de Degas, un groupe de bergères et de bergers, vêtus de soie rose, bleue et blanche, par Fragonard, un portrait de femme de Bastien-Lepage, un superbe Corot, et deux éventails de Conder montraient que l'occupant fortuné de cet hôtel avait des goûts très éclectiques. Le fond de la pièce s'ouvrait sur une cage d'ascenseur vide, dont les portes étaient grandes ouvertes. La cabine était bizarrement à un autre étage. A gauche de l'ouverture, se dressait une bibliothèque, dont les étagères croulaient sous des livres qui montraient, d'une certaine manière, que l'homme aimait se cultiver et méditer et qu'il n'était pas qu'un simple dandy désœuvré.

A côté d'une fenêtre, à moitié dissimulé derrière le rideau,

M. Charolais scrutait la rue. On reconnaissait à peine le M. Charolais qui avait rendu visite à M. Gournay-Martin au château de Charmerace et qui avait volé les voitures de ce dernier. C'était un bien pâle M. Charolais, qui avait perdu le riche teint rougeaud du visiteur du millionnaire. Son nez, aussi, était plus mince, et ne montrait plus aucune trace de ce goût prononcé pour les vins qu'il avait si bien exhibé deux jours plus tôt. Ses cheveux et ses sourcils auparavant noirs n'étaient plus ni si longs, ni si abondants, ils étaient plutôt blonds, minces et raides. Ses moustaches avaient disparu et avec elles, ses vêtements d'homme d'affaire aisé de province. Il portait la livrée des Charmerace, et à cette heure matinale, n'avait pas encore enfilé le gilet bleu qui la complète. Néanmoins, il fallait posséder un sens accru de l'observation pour reconnaître en lui le faux acheteur de la Mercrac. Seuls ses yeux, ses yeux rapprochés, étaient restés inchangés.

Une femme faisait les cent pas au milieu de la pièce, et regardait sans cesse en direction des fenêtres : c'était Victoire. Elle avait le même air anxieux que Charolais. Près de la porte, se tenait Bernard Charolais, dont la timidité naturelle et enfantine, à en juger par ses yeux inquiets, était entrée dans une phase aiguë.

— Foutu, on a sonné ! s'écria Charolais, en quittant la fenêtre. C'était la cloche de la porte d'entrée.

— Non, c'était seulement la pendule du hall, dit Bernard.

— Sept heures ! Où peut-il être ? lança Victoire qui se tordait les mains d'inquiétude. Le coup doit être fait depuis minuit... Où est-il ?

— On doit le filer, fit remarquer Charolais. Il n'ose pas rentrer à la maison.

Il s'éloigna à nouveau du rideau et jeta un œil à sa montre.

— J'ai envoyé l'ascenseur en bas, au cas où il arriverait par l'issue secrète, dit Victoire.

Puis elle se dirigea vers l'ouverture de la cage d'ascenseur et regarda dedans. Rien ne bougeait et aucun bruit n'en sortait.

— Mais alors, nom de nom, pourquoi avez-vous laissé les volets ouverts ? cria Charolais. Comment voulez-vous que l'ascenseur monte si la porte est ouverte !

— J'ai la tête perdue.

Elle grimpa sur le côté de la cage et appuya sur un bouton. Les volets tombèrent, avec un bruit de lourde machinerie reprenant sa position.

— Si on téléphonait à Justin à la maison de Passy, lança-t-elle.

— Que peut-il y avoir de bon là-dedans, s'impatienta Charolais. Justin n'en sait pas plus que nous. Comment pourrait-il en savoir plus ?

— On ferait mieux de grimper là-haut, dit Bernard d'une voix tremblante.

— Non, il va rentrer… J'espère encore, protesta Victoire. Il va venir, c'est certain. Il peut avoir besoin de nous.

— Mais diable ! Supposons que la police arrive ! Si on vient fouiller ses papiers… Il ne nous a rien dit… on n'est pas préparé… Qu'est-ce que nous allons faire ? s'écria Charolais d'une voix désespérée.

— Je suis dans une situation pire que la vôtre et je ne me plains pas. Si la police venait, je serais arrêtée, dit Victoire.

— On l'a peut-être arrêté, dit la voix tremblante de Bernard.

— Ne dites pas ça, le coupa Victoire. C'est déjà pas assez dur d'attendre, sans que vous vous mettiez à pleurnicher comme un bébé.

Elle recommença à faire les cent pas dans la pièce, passant sans arrêt sa langue sur ses lèvres sèches. Soudain elle se dirigea vers la fenêtre :

— Les deux agents sont toujours là ?

— Ne vous approchez pas de la fenêtre, vous on vous connaît, lâcha Charolais. Ils sont là-bas, regardez, devant le café… Tiens !

— Quoi ?

— Deux types qui courent.

— Ils viennent par ici ?

— Non.

— Dieu merci !

— Ils s'approchent des flics… ils leurs parlent. Tonnerre ! Ils traversent tous la rue en courant…

— De ce côté ?… Ils viennent de ce côté, s'écria Victoire en pressant ses mains sur sa poitrine.

— Oui ! Ils viennent ! dit-il en laissant tomber le rideau avec un juron.

— Et lui qui n'est pas là ! S'il vient… S'il arrive par la porte de devant ! Ils vont l'attraper !

Quelqu'un sonna à la porte. Ils restent tous pétrifiés à se regarder les uns les autres.

La cloche venait à peine de s'arrêter de sonner, qu'un léger bruit se fit entendre. Les portes de l'ascenseur s'ouvrirent et laissèrent passer le duc. Celui-ci ne ressemblait plus au dandy à la mise impeccable qui avait échappé à la police et s'était enfui de la maison de M. Gournay-Martin à minuit. Il était pâle, épuisé, presque au bord de l'évanouissement. Au milieu de son visage livide, ses yeux sombres semblaient vouloir sortir de leurs orbites, ses lèvres étaient d'un gris cireux. Il haletait bruyamment. Tout son corps était couvert de sueur. L'une des manches de son manteau était à moitié déchirée et la semelle de sa chaussure gauche avait été arrachée et laissait apparaître un pied blessé qui passait au travers de sa chaussette.

— Le patron ! Le patron ! cria Charolais soulagé.

— Tu es blessé ? lui demanda Victoire.

— Non.

La cloche de la porte d'entrée retentit à nouveau, alarmante, menaçante, terrifiante.

La proximité du danger sembla redonner courage à Lupin, l'aiguillonner pour un dernier effort.

Il se redressa et dit d'une voix enrouée mais claire :

— Ton gilet Charolais… Va ouvrir la porte… pas trop vite… tripote le verrou… Bernard, ferme la bibliothèque. Victoire, cache-toi donc, tu veux nous perdre ? De l'allure toute le monde. De l'allure.

Il tituba jusqu'à sa chambre et claqua la porte. Victoire et Charolais quittèrent la pièce par l'antichambre et arrivèrent sur le palier. Victoire grimpa les escaliers en courant et Charolais descendit lentement dans le vestibule. Bernard appuya sur le bouton. Les volets tombèrent et on entendit l'ascenseur descendre en grinçant. Il pressa un autre bouton et la bibliothèque glissa doucement jusque devant l'ouverture de la cage d'ascenseur pour la masquer. Puis, Bernard sortit de la pièce et monta à l'étage.

Parvenu dans le hall d'entrée, Charolais se mit à triturer violement les verrous. Il hurla à travers la porte aux visiteurs de ne pas être si pressés à cette heure matinale, ils lui crièrent furieusement de se dépêcher en frappant et en sonnant continuellement. Il lui fallut bien trois minutes avant de réussir à déverrouiller la porte. Enfin, il l'entrebâilla et jeta un coup d'œil sur les visiteurs.

A ce moment là, la porte fut poussée violemment, ce qui le projeta contre le mur. Bonavent et Dieusy se précipitèrent dans le vestibule, grimpèrent les escaliers aussi vite que possible. Un policier les suivit et se plaça devant la porte pour la garder.

Sur le palier les détectives s'arrêtèrent et se regardèrent, hésitants.

— Par où est-il parti ? demanda Bonavent. Nous étions sur ses talons.

— Je ne sais pas, mais nous l'empêcherons toujours de rentrer chez lui. C'est la chose la plus importante.

— Mais tu es sûr que c'était lui ? demanda Bonavent en pénétrant dans l'antichambre.

— Je t'en réponds !

Charolais arriva en courant dans les escaliers et les rattrapa avant qu'il ne puisse entrer dans le fumoir.

— Et ! Qu'est-ce que c'est ? Vous ne pouvez pas entrer ici ! Sa Grâce n'est pas encore réveillée.

— Réveillé ? Réveillé ? Votre duc a galopé toute la nuit, s'écria Dieusy. Et même qu'il court rudement bien.

La porte de la chambre s'ouvrit et Lupin apparut sur le seuil en pantoufles et en pyjama.

— Qu'est-ce que c'est ? fit-il d'un ton brusque, avec l'humeur d'un homme dont le sommeil vient d'être dérangé. Ses cheveux ébouriffés et ses yeux fatigués lui donnaient toutes les apparences de quelqu'un qui vient d'être sorti du lit.

Bonavent et Dieusy écarquillèrent les yeux et leurs bouches

s'ouvrirent en grand. Ils le regardèrent interdits.

— C'est vous qui faites tout ce tapage ? Ah, çà, je vous connais tous les deux, vous êtes au service de M. Guerchard.

— Oui, votre Grâce, bégaya Bonavent.

— Eh bien, que faites-vous ici ? Que désirez-vous ?

— Rien, votre Grâce... plus rien... On a dû faire une erreur.

— Une erreur ? dit Lupin de façon hautaine. J'ose espérer que ce n'est qu'une erreur. Mais je le prends comme venant de Guerchard. Je verrais ça directement avec lui. Vous deux, vous pouvez disposer.

Il se tourna vers Charolais et ajouta sèchement :

— Montrez-leur la sortie.

Charolais ouvrit la porte et les deux détectives quittèrent la pièce l'air penaud. Ils descendirent les escaliers en silence, lentement, en réfléchissant. Charolais les accompagna jusqu'à la porte d'entrée.

Comme ils descendaient les quelques marches, Dieusy dit à Bonavent :

— Quelle bourde ! Guerchard est capable d'en être révoqué !

— Je te l'avais dit : un duc c'est un duc.

Lorsque la porte se fut refermée sur les deux policiers, Lupin traversa doucement la pièce en titubant, se laissa tomber sur le divan avec un grognement de fatigue et ferma les yeux. A ce moment-là, Victoire entra dans la pièce, les larmes aux yeux, et se précipita vers lui en s'écriant :

— Oh, mon petit ! Mon petit ! Remets-toi ! Allez, remets-toi !

Elle prit ses mains glacées et les frictionna vigoureusement en lui murmurant les mots de réconfort qu'une mère murmure à son enfant. Lupin n'ouvrait pas les yeux. Puis Charolais entra.

— Le déjeuner ! lui dit-elle. Apporte le déjeuner... Il n'a rien mangé ce matin. Veux-tu déjeuner, mon petit ?

— Oui, dit d'une voix faible Lupin.

— Dépêche-toi, cria Victoire à Charolais, qui s'empressa de quitter la pièce.

— Oh ! Quelle vie tu mènes ! Tu ne changeras donc pas ? T'es tout pâle... Pourquoi ne parles-tu pas ?

Elle se pencha et fit glisser les jambes de Lupin sur le divan.

Il s'étira et sans ouvrir les yeux dit d'une voix brisée :

— Ah ! Victoire ! Que j'ai eu peur !

— Toi ! Tu as eu peur ?

— Oui... ne le dis pas aux autres. Mais cette nuit… J'ai fait une folie… J'ai dû être complètement fou. Une fois que j'ai eu changé le diadème sous le nez même de Gournay-Martin… une fois toi et Sonia hors de portée de leurs griffes, je n'avais qu'à me défiler. N'est-ce pas ? Pas du tout ! Je suis resté par bravade pour me payer la tête de Guerchard… Et après, moi… moi qui suis toujours de sang-froid… J'ai fait la seule chose qu'il ne fallait pas faire… Au lieu de m'en aller tranquillement en duc de Charmerace… que penses-tu que j'ai fait ?… J'ai fichu le camp… J'ai commencé à courir… à courir comme un voleur… Au bout de deux secondes j'ai compris la gaffe que j'avais faite. Ça ne m'a pas pris longtemps, mais c'était déjà trop, tous les hommes de Guerchard étaient à mes trousses… J'étais fait.

— Alors Guerchard a compris… il t'a reconnu ?

— Le premier affolement passé, Guerchard avait osé voir clair… et regarder la vérité. Et après ç'a été la chasse. Ils étaient dix… quinze après moi. Essoufflés, rauques, furieux, une meute, une vraie meute. J'avais passé la nuit d'avant en auto. J'étais claqué. En fait, j'étais battu d'avance… puis ils gagnaient du terrain à chaque instant…

— Pourquoi ne t'es-tu pas caché ?

— Ils étaient trop près… Ils ne devaient pas être à plus d'un mètre. J'étais fichu. A ce moment je passais sur un pont… c'était la Seine… ça tombait bien… Je me suis dit qu'au lieu d'être pris, j'ai voulu en finir… J'ai voulu me jeter.

— Ma Doué ! Et alors ?

— Alors j'ai eu un sursaut. En aucun cas, je ne voulais que ce soit la fin. Je me suis donné une autre minute… une minute… la dernière… J'avais mon revolver sur moi… mais durant cette minute, tout ce que j'avais d'énergie, je l'ai employée… J'ai commencé à gagner du terrain… ils s'échelonnaient… ils étaient crevés aux aussi. Ça m'a redonné du courage, et j'ai fait un effort… Je ne sentais plus mes pieds. J'ai commencé à leur échapper… ils sont restés derrière… tous sauf un… il m'a suivi.

Nous avons couru un trot pas très rapide, pendant je ne sais pas combien de temps. Puis nous avons marché… nous ne pouvions plus courir. Mes forces et mon souffle revinrent peu à peu. Je pense que pour mon poursuivant aussi. Il a poussé un cri et s'est jeté sur moi. Je l'attendais. J'ai fait semblant de courir et quand il ne fut plus qu'à trois mètres de moi je me suis laissé tombé sur un genou, j'ai saisi ses chevilles et je l'ai fait passé au-dessus de ma tête. Je ne sais pas s'il s'est cassé le cou en tombant. J'espère que si.

— Splendide ! Splendide !

— J'étais sorti de Paris, mais je ne savais pas où j'étais. J'ai marché un bon kilomètre et je n'ai plus bougé. J'étais complètement crevé ! J'aurais donné des millions pour pouvoir dormir une heure, rien qu'une heure. Mais je n'ai pas osé dormir. Je devais rentrer sans être vu. Il y avait toi et Sonia.

— Sonia ? Une autre femme ? Oh, c'est ce qui m'effraie toujours… quand tu mêle une femme à nos entreprises. Quand tu as des ennuis… quand tu es en danger, c'est qu'il y a une femme derrière.

— Mais elle est charmante, protesta Lupin.

— Elles le sont toujours. Mais assez. Raconte-moi comment tu es rentré.

— Je savais que ça allait être dur alors je suis resté une heure, puis je suis revenu sur mes pas. Je me suis aperçu que j'avais fait un sacré bout de chemin… presque un marathon. J'ai marché longtemps jusqu'à Paris. Finalement, j'ai pu trouver un fiacre. Mais la malchance était avec moi. J'ai entendu un homme tourner le coin de la rue au moment où je descendais. Il a poussé un cri et s'est mis à courir dans ma direction. C'était Dieusy. Il m'avait reconnu. Je me suis enfui et la chasse a repris. Je lui ai donné du fil à retordre, mais je n'ai pas réussi à m'en débarrasser. Je m'étais néanmoins rapproché de la maison. Alors, j'ai fait un dernier effort, ils m'ont perdu de vue pendant un instant, et j'ai pu arriver jusqu'au coin de la rue près de l'entrée secrète et voilà, je suis ici.

Il sourit doucement et ajouta

— Oh, ma chère Victoire, quel métier !

CHAPITRE XXI

On a coupé les fils du téléphone

La porte s'ouvrit sur Charolais portant un plateau.

— V'là votre petit déjeuner, patron !

— Ne m'appelle pas patron… C'est comme ça que les flics appellent Guerchard. Ça me dégoûte.

Victoire aida Charolais à mettre la table, pendant que ce dernier posait un feu roulant de questions auxquelles Lupin ne daigna pas répondre. Il s'allongea, se détendit, reprenant peu à peu son souffle. Ses lèvres et son visage avaient déjà retrouvé un peu de couleur. La table dressée, il se dirigea vers elle d'un pas plus assuré. Il s'assit, Charolais souleva un couvercle et lui dit :

— Tout de même, vous vous êtes rudement bien tiré d'affaire. Vous l'avez échappé belle.

— Oui. Jusqu'à présent, ça va bien, mais tout à l'heure, ça va barder… J'aurai besoin de tous mes esprits.

Il dévora son petit déjeuner avec l'appétit d'un loup, mais sans les manières. Charolais sortit de la pièce pendant que Victoire s'occupait de Lupin, lui servait son café et mettait du sucre dans sa tasse.

— Dieu que ces œufs sont bons ! s'exclama-t-il. Parmi les milliers de façons de cuire des œufs, la meilleure est incontestablement *en cocotte*.

Il y eut un long silence, pendant lequel on n'entendit que le bruit des mâchoires de Lupin dévorant sont petit déjeuner.

— Ça m'avait creusé, lâcha-t-il enfin. Mais quel repas. C'est une vie très saine, au fond, que la mienne, Victoire. Je me sens déjà mieux.

— Oh oui, c'est très bien quand on en parle, le réprimanda

Victoire. Mais tout de même, tu a essayé de te tuer… c'est bien ce que tu as fait. Juste parce que tu es jeune et que tu abuses de ta jeunesse. Elle ne durera pas éternellement, et tu regretteras bientôt de la gaspiller de la sorte. Cette vie de menteries, de vols et autres mauvaises actions, je suppose que ça va recommencer indéfiniment. Ce n'est pas bon de prendre une leçon. Ça te passe à côté.

— Ce que je veux maintenant c'est prendre un bain.

— C'est très bien de faire semblant de ne pas m'avoir écoutée, quand tu sais très bien que j'ai raison. Mais je te dis que tout cela va mal se terminer. Etre voleur, c'est pas une position… pas une position du tout… quand je pense à ce que tu m'as fait faire cette nuit et la nuit d'avant.

— Parlons-en ! T'as fait que des gaffes !

— Qu'est-ce que tu veux ? Moi, je suis une honnête femme. Je devrais arrêter de faire des choses comme ça ! Et commencer à vivre ma vie !

— C'est vrai, je me demande même comment tu peux rester avec moi. Tu peux me verser une autre tasse de café, s'il te plaît ?

— C'est ce que je me demande tous les jours, moi aussi, mais j'sais point… C'est peut-être parce que je t'aime trop…

— Moi aussi, ma brave Victoire, je t'aime bien.

— Et puis, vois-tu, il y a des choses qui ne s'expliquent pas. J'en parlais souvent avec ta pauv'mère ! Ah ! ta pauv'mère ! Qu'est-ce qu'elle aurait dit de tout cela ?

Lupin se servit lui-même une autre tasse. Ses yeux brillaient et il dit :

— Je ne suis pas sûr qu'elle aurait été très surprise. Je lui ai toujours dit que je voulais punir la société pour la façon dont elle avait été traitée. Tu penses vraiment qu'elle aurait été surprise ?

— Oh, rien de ce que tu as fait n'aurait pu la surprendre. Quand tu n'étais qu'un enfant tu nous en as fait voir. Tu avais des mines délicates, des petites manières à toi, t'étais totalement différent des autres enfants. A sept ans, t'étais déjà mauvais garçon, faiseur de niches… et tu volais déjà.

— Oh, seulement du sucre, protesta Lupin.

— Oui, ça a commencé par du sucre, dit Victoire sur le ton sévère d'un moraliste. Puis ça a été les confitures, puis des sous. Oh, à cette époque là ça allait... un voleur tout petit, c'est mignon. Mais maintenant, tu as vingt-huit ans !

— Vraiment, Victoire, tu es crevante, dit Lupin en bâillant et il se resservit de la confiture.

— Je sais bien, t'es pas corrompu, tu ne voles que les riches, t'as toujours aimé les petites gens... Ah ! Oui, il n'y a pas de doutes, tu as bon cœur.

— Je ne peux pas l'aider... que lui arrive-t-il ?

— Eh bien tu devrais avoir d'autres idées en tête. Pourquoi voles-tu?

— Tu devrais essayer, Victoire, dit Lupin d'une voix douce en la regardant avec humour.

— Jésus-Marie, que dis-tu ! s'écria-t-elle.

— Je t'assure... Moi j'ai tâté de tout. J'ai fait ma médecine, mon droit, j'ai été acteur, professeur de jiu-jitsu. J'ai fait comme Guerchard, partie de la Sûreté. Ah ! quel sale monde!... Puis je me suis lancé dans la société. J'ai été duc. Eh bien, pas un métier ne vaut celui-là, même pas celui de duc ! Que d'imprévu, Victoire... que de splendide imprévu... Comme c'est varié, terrible, passionnant !

Sa voix baissa légèrement et il ajouta :

— Et puis c'est rigolo !

— Rigolo !

— Oui... les richards, les bouffis, tu sais, dans leur luxe, quand on les allège d'un billet de banque, la gueule qu'il font !... T'as bien vu le gros Gournay-Martin quand on l'a opéré de ses tapisseries... quelle agonie ! Il en râlait. Et le diadème ! Dans l'affolement déjà préparé à Charmerace, puis dans l'affolement de Guerchard, le diadème je n'ai eu qu'à le cueillir. Et la joie, la joie ineffable de faire enrager la police ! Et l'œil bouilli que fait Guerchard quand je le roule !... Regarde autour de toi. Duc de Charmerace, ça mène à tout, ce métier-là... ça mène à tout à condition de n'en pas sortir... Ah ! vois-tu, quand on ne peut pas être un grand artiste ou un grand guerrier, il n'y a plus qu'à être un grand voleur.

— Oh ! Tais-toi ! Ne parle pas comme ça. Tu te montes, tu te grises. Et tout ça, c'est pas catholique. Tiens ! Tu devrais avoir une idée, qui te fasse oublier toutes ces voleries… de l'amour… ça te changerait… j'en suis sûre… ça ferait de toi un autre homme. Tu devrais te marier.

— Oui… peut-être… ça ferait de moi un autre homme. C'est bien ce que je pensais. Je crois que tu as raison.

— C'est vrai ? Tu y penses réellement ?

— Oui, dit Lupin, en souriant de son empressement J'y ai pensé… sérieusement.

— Plus de blagues… plus d'intrigues. Mais une vraie femme… une femme pour la vie ?

— Oui, répondit doucement Lupin, dont les yeux brillaient au milieu de son visage.

— C'est sérieux, c'est vraiment de l'amour, mon petit. Comment est-elle ?

— Elle est jolie.

— Oh, pour ça, je me fie à toi. Elle est blonde ou brune ?

— Elle est blonde et mince, l'air d'une petite princesse.

— Que fait-elle ?

— Eh bien, puisque tu me le demande, elle est voleuse, répondit Lupin dans un sourire malicieux.

— Jésus-Marie !

— Mais c'est un délicieux petit voleur.

Il se leva, alluma un cigare, s'étira et bâilla, puis ajouta toujours en souriant :

— Elle a toujours eu de meilleures raisons de voler que moi. Et elle a toujours détesté cela.

— C'est déjà ça, dit Victoire dont le visage blafard avait repris un peu de couleurs.

Lupin marchait de long en large dans la pièce, soufflant de longues bouffées de fumée de son excellent cigare. De temps en temps il jetait un regard plein d'humour à Victoire. Puis, il se dirigea vers la bibliothèque, examina les titres de ses livres avec un sourire approbateur et presque affectueux.

— C'est un intermède très plaisant. Mais je ne crois pas qu'il durera très longtemps. Dès que Guerchard se sera remis du choc de la nouvelle selon laquelle j'ai passé la nuit dans mon lit ducal comme le fait un duc honnête, il se remettra au travail avec une énergie décuplée, afin de me confondre ! J'aurais besoin d'une journée de repos.

— Je suis certaine que tu l'auras.

— La fille que je veux épouser, c'est Sonia Kritchnoff.

— Sonia ? La chère enfant ! Mais je l'aime déjà. Sonia... mais pourquoi dis-tu que c'est une voleuse ? C'est stupide.

— C'est mon extraordinaire sens de l'humour.

La porte s'ouvrit sur Charolais :

— Je peux enlever le petit déjeuner ?

Lupin lui fit signe que oui. A ce moment-là, la sonnerie du téléphone retentit. Il posa son doigt sur ses lèvres et alla décrocher.

— Allô ! Oh, c'est vous Germaine... Bonjour... Si j'ai passé une bonne nuit ?... Excellente ! Merci... Vous voulez me parler tout de suite ?... Vous m'attendez au Ritz...

— N'y vas pas... n'y vas pas... ce n'est pas prudent, dit Victoire.

— D'accord, je serai là dans une demi-heure, trois quarts d'heure tout au plus. Je ne suis pas encore habillé... mais je suis aussi impatient que vous... A tout à l'heure !

— C'est un piège, lança Charolais.

— Ne vous inquiétez pas et même si c'en est un ? Est-ce si sérieux ? Il n'y aurait plus que des pièges maintenant. Si je peux trouver le temps je vais certainement y aller et jeter un coup d'œil.

— Et si elle savait quelque chose ? Si elle voulait se venger ... si elle t'attirait là-bas pour te faire arrêter ? dit Victoire.

— Oui, M. Formery est peut-être au Ritz avec Gournay-Martin. Ils sont peut-être même tous là-bas, à contempler le diadème.

Il hésita un moment, réfléchit, puis il ajouta :

— Que vous êtes stupides. S'ils voulaient m'arrêter, s'ils avaient la preuve matérielle qu'ils n'ont pas encore, Guerchard serait déjà ici.

— Alors, pourquoi vous ont-ils poursuivi cette nuit ? demanda

Charolais.

— Le diadème. Est-ce une raison suffisante ? Ils ne m'ont pas arrêté et quand les flics sont arrivés, ils m'ont réveillé. Ce n'est même plus moi qu'on a suivi. Alors les preuves matérielles... il leur faut des preuves. Il n'y en a pas, ou plutôt c'est moi qui les ai. Dans ce coffre se trouve le diadème, et surtout, l'acte de décès du duc de Charmerace... tout ce qu'il faut à Guerchard pour décider le juge d'instruction à marcher. Et encore, il y a un risque, je pense que je ferais mieux de mettre ces choses à portée de main.

Il entra dans sa chambre et revint avec des clefs et une valise. Il ouvrit le coffre-fort, en sortit le diadème, le véritable diadème de la princesse de Lamballe qu'il glissa dans la valise. Puis il prit un portefeuille remplit de papiers, qu'il posa sur la table, pour le glisser dans la poche de son manteau dès qu'il serait habillé.

— Je suis heureux d'avoir ce certificat de décès, c'est plus sûr. Si jamais on me pince, je ne veux pas que ce gredin de Guerchard m'accuse d'avoir tué le duc. Je n'ai encore tué personne.

— Ça, pour ce qui est du cœur, dit Victoire.

— Pas même le duc de Charmerace, dit tristement Charolais. C'était si facile quand il était malade... juste une petite potion. Et c'était un endroit parfait, loin de tout, pas de docteurs.

— Tu me dégoûtes !

— Au lieu de cela vous lui avez sauvé la vie, dit Charolais visiblement mécontent.

— C'est vrai, je l'aimais bien ce garçon-là. D'abord, il me ressemblait. Je crois même qu'il était mieux que moi.

— Non, il était comme toi, dit Victoire. On aurait dit deux frères jumeaux.

— Ça m'a donné un coup la première fois que j'ai vu son portrait. Tu te souviens Charolais ? Il y a trois ans, le jour du premier cambriolage chez Gournay-Martin à Charmerace. Tu te souviens ?

— Si je m'en souviens ! C'est moi qui vous l'ai signalé. Je vous ai dit « Patron, c'est vous tout craché ! » Et vous m'avez répondu : « Il y a quelque chose à faire avec ça, Charolais ». C'est alors que vous êtes parti pour les neiges et les glaces, et que vous êtes devenu l'ami du duc, six mois avant sa mort.

— Pauvre Charmerace ! C'était un grand seigneur. Avec lui un beau nom allait s'éteindre... Je n'ai pas hésité... Non... Je l'ai continué.

Il s'arrêta, regarda l'horloge.

— Huit heures moins le quart. Est-ce que je téléphone à Sonia, ou non ? Oh, il n'y a pas urgence, laissons la pauvre enfant dormir. Elle doit être épuisée après ce voyage de nuit et ce que Guerchard lui a fait subir. Je ferais mieux de m'habiller. Je ne peux pas faire ce que j'ai prévu en pyjama. J'aimerais pourtant pouvoir rester au lit. Je n'ai pas les idées aussi claires que je l'aurais souhaité, pour faire un travail aussi difficile. Eh bien, je vais faire de mon mieux.

Il bâilla et se rendit dans sa chambre, laissant son portefeuille sur la table.

— Apporte-moi mon nécessaire de rasage, Charolais, et fais-moi la barbe.

— Ah, si c'est pas malheureux, dit tristement Victoire. Il y a quelques années il aurait fait la croisade, au jour d'aujourd'hui, il barbote des diadèmes. Si c'est pas malheureux.

— Je pense que la meilleure chose que nous ayons à faire c'est d'emballer nos affaires, dit Charolais. Je ne pense pas que nous aurons beaucoup de temps pour le faire autrement. Ce jeu touche à sa fin.

— J'espère bien que oui, je veux retourner dans mon pays.

Charolais prit le plateau et ils sortirent tous deux de la pièce. Ils se séparèrent sur le palier, Victoire monta à l'étage et Charolais descendit. Il revint rapidement avec le nécessaire de rasage et fit la barbe à son maître. Rue de l'Université, il assumait la double fonction de valet et de majordome. Il venait à peine de finir sa tâche que la cloche de la porte d'entrée retentit.

— Tu ferais mieux d'aller voir qui c'est, dit Lupin.

— Bernard s'occupe de la porte, dit Charolais. Mais ce serait peut-être mieux que je jette moi-même un coup d'œil.

Il posa le rasoir et sortit. Dans les escaliers, il trouva Bonavent en train de monter, Bonavent déguisé en chasseur du Ritz.

— Vous ne pouviez pas monter par l'escalier de service ? lui dit Charolais, avec l'air important du serviteur d'un duc qui tient rigoureusement à la dignité de son maître.

— Je ne savais pas, moi.

— Eh bien, vous auriez dû le savoir; c'est pourtant assez évident. Que voulez-vous ?

— J'apporte une lettre pour le duc de Charmerace.

— Donnez-la moi.

— Non, non, je dois la remettre en main propre et à personne d'autre.

— Alors, dans ce cas, vous attendrez qu'il ait fini de s'habiller.

Ils montèrent dans l'antichambre et Bonavent se dirigea vers le fumoir.

— Eh ! Où allez-vous ? Attendez ici, dit vivement Charolais. Prenez une chaise… Asseyez-vous.

Bonavent s'assit, l'air impassible et Charolais l'observa, indécis, ne sachant pas s'il allait le laisser seul ou non. Avant d'avoir eu le temps de décider, quelqu'un frappa à la porte d'entrée. Charolais regarda autour de lui d'un air affolé ; puis il sortit de la pièce en courant et se précipita dans les escaliers.

En un instant Bonavent se leva en quittant son air impassible. Il ouvrit doucement la porte du fumoir et jeta un coup d'œil à l'intérieur. La pièce était vide. Il s'y glissa sans bruit, une paire de pinces à la main et coupa les fils du téléphone. Il regarda rapidement autour de lui et remarqua le portefeuille posé sur la table. Il s'en saisit d'un geste vif et le glissa sous son dolman. Il avait à peine terminé, l'un des boutons de sa veste n'était pas encore fermé, que la porte de la chambre s'ouvrit sur Lupin.

— Qu'est-ce que c'est ? demanda-t-il brusquement. Ses yeux dévisagèrent consciencieusement le messager.

— J'apporte une lettre pour le duc de Charmerace, à remettre en main propre.

— Donne-la moi, dit le duc en tendant la main.

— Mais le duc ?

— Je suis le duc.

Bonavent lui remit la lettre et s'en alla.

— Un instant, dit vivement le duc. Il y a peut-être une réponse.

Une petite lueur s'était allumée dans les yeux de Lupin sans que Bonavent ne la remarque.

Charolais entra dans la pièce et dit d'un ton bougon :

— Une plaisanterie. J'espère que je vais attraper ces mômes pour leur réchauffer les fesses. Après ça, ils ne me feront pas quitter une nouvelle fois mon travail à la hâte, vous pouvez en être sûr.

Lupin ouvrit la lettre. En la lisant, il fronça les sourcils, puis sourit et enfin se mit à rire joyeusement :

"Monsieur,

"M. Guerchard m'a tout dit, à propos de Sonia, je vous ai jugé : un homme qui aime une voleuse ne peut être qu'un fripon. A ce propos, j'ai deux nouvelles à vous annoncer : la mort du duc de Charmerace, mort d'ailleurs depuis trois ans et mes projets de fiançailles avec son cousin et seul héritier, M. de Relzières, lequel relèvera le nom et les armes.

"Pour Mademoiselle Gournay-Martin,
Sa femme de chambre, IRMA."

— Elle a écrit ça avec un évident manque de goût, dit Lupin en secouant tristement la tête. Charolais, assieds-toi et écris une lettre de ma part.

— Moi ?

— Oui, toi. Cela semble être la manière d'agir dans les milieux financiers et je suis tenu de la suivre quand une dame l'emploie.

Charolais s'assit devant l'écritoire, prit une feuille, un crayon et soupira profondément.

— Prêt ? demanda Lupin qui dicta :

"Mademoiselle

"J'ai une constitution extrêmement robuste et mon malaise ne sera que passager. J'aurai l'honneur d'envoyer cet après-midi à la future Mme de Relzières mon humble cadeau de noces.

Pour Jacques de Bartut, marquis de Relzières, prince de Virieux, duc de Charmerace.

"Son maître d'hôtel, ARSENE"

— Faut écrire Arsène ? demanda Charolais d'une voix horrifiée.

— Pourquoi pas ? C'est ton nom secret après tout, n'est-ce pas ?

Bonavent écoutait avec attention et regarda Charolais avec intérêt.

Charolais haussa les épaules, termina la lettre, la plia, la glissa dans une enveloppe, l'adressa et la tendit à Lupin.

— Apportez-la à Mademoiselle Gournay-Martin; dit Lupin en la donnant à Bonavent.

Bonavent prit la lettre, fit demi-tour et se dirigeait vers la porte quand soudain, Lupin lui sauta dessus. Un bras puissant s'enroula autour du cou du policier, le tira en arrière, le renversa et lui tordit la tête.

— Bouge et je te brise la nuque ! s'écria Lupin d'une voix terrible. Puis, il s'adressa à Charolais d'une voix calme. Prends mon portefeuille sous son dolman.

Charolais ouvrit la tunique de ses doigts agiles et en extirpa le portefeuille.

— C'est du jiu-jitsu mon vieux, tu apprendras ça à tes collègues, dit Lupin en le lâchant. Il le poussa alors dans le dos et l'envoya voler à travers la pièce. Ensuite, il prit son portefeuille des mains de Charolais et vérifia que Bonavent n'avait pas touché à son contenu.

— Tu diras à ton patron que s'il a besoin de chasseur pour me fusiller, il faudra qu'il épaule lui-même. Mets-le à la porte, Charolais.

Bonavent se dirigea vers la porte, s'arrêta et, tournant vers Lupin son visage livide, il lui lâcha :

— Le patron sera ici dans dix minutes.

— Merci du renseignement, dit calmement Lupin.

CHAPITRE XXII

Le marché

Charolais conduisit fermement le détective jusqu'à la porte d'entrée, sans faire attention ni à ses menaces ni à ses imprécations, en bon serviteur qu'il était. Puis, il remonta et appela Victoire et Bernard depuis le palier. Ils descendirent en courant et tous trois se précipitèrent dans le fumoir.

— A présent nous savons où nous en sommes, dit Lupin. Guerchard sera là dans dix minutes avec un mandat d'arrêt ! Fichez le camp, tous !

— Ce ne sera pas si facile. La maison est cernée, dit Charolais.

— Eh bien, passez par l'entrée secrète. Ils ne l'ont pas encore trouvée. Et attendez-moi dans la maison de Passy.

Charolais et Bernard n'en écoutèrent pas plus, ils se précipitèrent vers la bibliothèque et pressèrent les boutons, la bibliothèque glissa, les volets se levèrent, faisant apparaître la cabine de l'ascenseur. Ils y pénétrèrent. Victoire les suivit. Elle s'arrêta juste devant l'ouverture, se retourna et demanda à Lupin :

— Et toi, tu viens aussi ?

— Dans un instant je prendrai le même chemin.

— Je vais t'attendre.

L'ascenseur se mit à descendre.

— Tu n'a pas de temps à perdre à téléphoner. Ils seront là dans un instant ! cria Victoire anxieuse.

— Je dois le faire. Si je ne téléphone pas, Sonia va venir. Elle s'enferrerait dans Guerchard. Pourquoi diable ne répondt-elle pas ? Elle doit être sourde !

— Passons chez elle ! Fuyons d'ici ! Il n'y a vraiment pas de temps à perdre.

— Chez elle ? Mais je ne sais pas où elle habite ! Allô ! … C'est un petit hôtel près de l'Étoile… Allô ! Mais il y a vingt hôtels près de l'Étoile… Allô… Oh, j'ai dû perdre la tête la nuit dernière… Allô… Ah, ce téléphone ! Je me bats contre un meuble… Alors que chaque seconde est importante.

Il souleva l'appareil, le secoua, vit que les fils avaient été coupés et s'écria furieusement :

— Ah ! on m'a joué le tour du téléphone… C'est Guerchard… Ah ! la fripouille !

— Eh bien maintenant tu viens !

— Mais c'est justement ce que je ne peux pas faire !

— Tu n'as plus rien à faire ici, puisque tu ne peux plus téléphoner.

Lupin la saisit par le bras et la secoua en la regardant, les yeux pleins de panique.

— Mais tu ne comprends donc pas que, puisque je n'ai pas téléphoné, elle vient ! cria-t-il d'une voix rauque. Huit heures vingt-cinq! A huit heures et demi elle va venir.

Son visage était soudain devenu blême. Cette nouvelle fièvre avait fait réapparaître toutes les fatigues de la nuit.

— Mais toi ? demanda Victoire en lui serrant les mains.

— Mais elle ?

— Mais à quoi ça avance ma doué, c'est vous perdre tous les deux !

— J'aime mieux ça, dit lentement Lupin, d'un air abattu.

— Mais ils vont te pendre, s'écria Victoire en agrippant son bras.

— Me pendre ? cria Lupin, en se libérant de son étreinte. Il fronça les sourcils, réfléchit, soupesant ses chances, les risques, cherchant un plan, un moyen d'évasion.

Il traversa la pièce jusqu'à l'écritoire, ouvrit un tiroir et prit une boîte qu'il posa sur la table.

— Ils ne m'auront pas vivant !

— Tais-toi ! Tais-toi ! Je sais bien, t'es capable de tout… et eux aussi, ils te donneront un mauvais coup… Non, vois-tu, il faut t'en aller. Ils ne feront rien à la petite, ce n'est qu'une enfant… Elle s'en tirera sans trop de mal. Tu vas t'en aller, n'est-ce pas ?

— Non, Victoire.

— Alors, si tu ne veux pas ?

L'air résolu, Victoire se dirigea vers l'ascenseur et pressa le bouton. Les portes se fermèrent et la bibliothèque masqua l'entrée. Puis, elle s'assit et croisa les bras.

— Quoi, tu ne vas pas rester ici ?

— Fais-moi bouger si tu peux. Je t'aime autant qu'elle, tu sais, dit Victoire obstinée.

Lupin la pria de partir, lui ordonna de partir, la saisit par les épaules, la secoua et l'insulta comme un pickpocket. Elle ne bougeait toujours pas. Il abandonna, s'assit lui aussi et se plongea à nouveau dans une profonde réflexion. De temps en temps, ses yeux s'allumaient, une ou deux fois ils se mirent même à briller. Victoire regardait attentivement le visage de Lupin, le cœur plein d'espoir.

Il était neuf heures moins vingt-cinq lorsque la cloche de la porte d'entrée sonna. Ils s'interrogèrent du regard. Les yeux de Victoire reflétaient une peur atroce, mais dans ceux de Lupin scintillaient une petite lueur, une lueur annonciatrice d'une bataille prochaine.

— C'est elle ? lâcha Victoire dans un souffle.

— Non. C'est Guerchard.

Ils se leva d'un bond. Sur ses lèvres se dessinaient un sourire décidé :

— La partie n'est pas terminée. J'ai encore une ou deux cartes… une ou deux bonnes cartes. Je suis toujours le duc de Charmerace. Maintenant écoute. Va lui ouvrir.

— Quoi ! Tu veux ?

— Comprends-moi bien. Quand tu auras ouvert la porte, glisse-toi dehors et surveille la maison. Ne t'éloigne pas trop. Attends Sonia. Tu la verras arriver. Empêche-la d'entrer, Victoire… empêche-la d'entrer.

Il avait parlé calmement, mais sa voix avait tremblé sur les derniers mots.

— Mais si Guerchard m'arrête ?

— Il ne le fera pas. Quand il entre, tu te dissimules derrière la porte. Il est trop pressé de m'arrêter pour faire attention à toi. Tu ne comptes pas pour lui. Une fois que tu seras hors de la maison, je le retiendrai pendant une demi-heure. Elle devrait être là dans vingt minutes. Emmène-la dans la maison de Passy. Si je ne viens pas, garde-la là-bas, elle vivra avec toi. Mais je viendrai.

Pendant qu'il parlait, il l'avait poussée vers la porte.

La cloche sonna à nouveau. Ils étaient arrivés en haut des escaliers.

— Pourtant, s'il m'arrête ? dit Victoire haletante.

— Vas-y tout de même. N'abandonne pas tout espoir... Fais-moi confiance... Vas-y... vas-y... pour moi.

— J'y vais mon petit, dit-elle.

Elle descendit courageusement les escaliers.

Lupin la regarda un instant puis il murmura :

— Si seulement elle attrapait Sonia à temps.

Il fit demi-tour, entra dans le fumoir et ferma la porte derrière lui. Il s'assit tranquillement dans un fauteuil, alluma une cigarette et prit un journal. Il entendit augmenter le bruit de la circulation de la rue lorsque la porte d'entrée s'ouvrit. Pendant quelques secondes rien ne se produisit, puis la porte claqua. Quelqu'un monta rapidement les escaliers, traversa le palier, l'antichambre... et Guerchard se précipita dans la pièce.

Il s'arrêta un instant sur le seuil, en voyant Lupin qui lisait calmement et fumait à son aise. Il s'était attendu à trouver l'oiseau envolé. Il resta sans bouger, hésitant, traînant les pieds, tous ses doutes étaient revenus. Lupin lui sourit par dessus son journal.

Guerchard fit un violent effort pour se ressaisir et dit d'une voix haletante :

— Bonjour Lupin.

— Bonjour M. Guerchard, lui répondit Lupin avec un sourire ambigu et le maintien du duc de Charmerace.

— Tu m'attendais ?... J'espère que je ne t'ai pas fait attendre, dit Guerchard avec bravade.

— Non, merci, le temps a passé très vite. J'ai toujours beaucoup de choses à faire le matin. J'espère que tu as passé une bonne nuit après cette malheureuse affaire du diadème. C'était un vrai désastre et si inattendu.

Guerchard avança en hésitant dans la pièce.

— C'est gentil chez toi.

— C'est central… Seulement excuse-moi, je ne peux pas te recevoir comme je voudrais. Tous mes domestiques sont partis. Tes policiers les ont effrayés.

— Ne t'inquiète pas de ça. Je les rattraperai.

— Si tu le fais, je suis certain que tu vas t'amuser avec eux. Mais je t'en prie, enlève ton chapeau.

Guerchard avança lentement au milieu de la pièce, porta la main à son chapeau et la laissa retomber sans l'avoir enlever. Il s'assit juste en face de Lupin et le dévisagea. Ils se regardèrent, comme deux duellistes qui croisent le fer au début d'un duel.

— As-tu obtenu de M. Formery qu'il te signe un mandat ?

— Oui, lâcha Guerchard entre ses dents.

— Et tu l'as sur toi ?

— Oui.

— Contre Lupin ou contre le duc de Charmerace ?

— Contre Lupin, dit Charmerace.

— Eh bien, ça m'a l'air d'aller. Qu'est-ce que tu attends pour m'arrêter ? Qu'est-ce que tu attends ? demanda Lupin, le visage serein, le regard insouciant, la voix indifférente.

— Rien, mais ça me fait tellement plaisir que je veux savourer cette minute dans toute sa plénitude. Lupin !

— Soi-même.

— Je n'ose pas y croire.

— Comme tu as raison.

— Oui, je n'ose pas y croire. Toi, vivant ! Là, à ma merci.

— Oh, pas encore.

— Si ! Et bien plus encore que tu ne le crois…

Il se pencha vers lui, les mains sur les genoux et dit :

— Sais-tu où est Sonia Kritchnoff, en ce moment ?

— Hein ?

— Je te demande si tu sais où est Sonia Kritchnoff ? dit Guerchard lentement, appuyant sur chaque mot.

— Et toi ?

— Moi, je le sais, dit-il triomphalement.

— Où est-elle ? demanda Lupin quelque peu incrédule.

— Dans un petit hôtel près de l'Étoile. L'hôtel a le téléphone et tu peux t'en assurer.

— Vraiment ? C'est très intéressant. Quel est le numéro ? demanda Lupin d'un ton moqueur.

— 555-14… Veux-tu lui téléphoner ? demanda Guerchard en regardant l'appareil défectueux avec un sourire.

Lupin secoua la tête.

— Pourquoi voudrais-tu que je lui téléphone ? Qu'est-ce que tu cherches ?

— Rien… c'est tout.

Guerchard se pencha en arrière sur sa chaise un méchant sourire aux lèvres.

— Évidemment rien. Car qu'est-ce que ça peut te faire cette petite ? Ça n'est pas elle qui t'intéresse. Ce n'est pas un assez gros morceau pour toi. C'est moi que tu cherches… que tu hais… C'est moi qu'il te faut. Je t'ai joué assez de tours pour ça, vieux brigand. Alors, cette petite, tu vas la laisser tranquille ? Tu ne vas pas te venger sur elle ?… Tu as beau être un policier, tu as beau me détester, il y a des choses qui ne se font pas.

Il y avait dans sa voix, de la menace et une sorte de supplication.

— Tu ne vas pas faire ça, Guerchard… Tu ne feras pas ça… Moi… tout ce que tu voudras… Mais elle, elle faut pas y toucher…

Il regarda le policier avec des yeux suppliants.

— Ça dépend de toi.

— De moi ? s'écria Lupin surpris.

— Oui, j'ai un petit marché à te proposer.

— Ah ! dit Lupin dont le visage redevint serein, et son sourire presque agréable.

— Oui.

— Qu'est-ce que tu veux ? Vas-y ! Ne sois pas timide.

— Je t'offre…

— Tu m'offres ? Alors, c'est pas vrai… Tu me roules…

— Rassure-toi. A toi personnellement, je ne t'offre rien.

— Alors tu es sincère. Et à part ça ?

— Je t'offre la liberté.

— Pour qui ? Pour ma concierge ?

— Ne fais pas l'idiot. Une seule personne t'intéresse dans le monde. Je te tiens par elle : Sonia Kritchnoff.

Lupin éclata de rire.

— C'est-à-dire que tu me fais chanter.

— Tu l'as dit.

Lupin se leva et fit les cent pas à travers la pièce, les sourcils froncés, l'air calculateur. De temps en temps, il jetait un regard vers Guerchard, le jaugeait, puis replongeait dans ses réflexions. Par deux fois, il regarda sa montre. Enfin, il s'arrêta et dit à Guerchard :

— Soit. Pour l'instant tu es le plus fort. Ça ne durera pas... Mais tu m'offres la liberté de la petite ?

— Oui, dit Guerchard dont les yeux brillaient dans la perspective de ce succès.

— Sa liberté entière ? ... Ta parole d'honneur ? demanda Lupin qui ressemblait à un chat jouant avec une souris.

— Ma parole d'honneur.

— Tu le peux ?

— Je m'en charge.

— Mais comment ? l'interrogea Lupin qui en doutait.

— Je mettrai les vols sur ton dos. Ça l'innocentera.

— J'ai bon dos, dit Lupin avec un léger sourire.

Il se promena lentement à travers la pièce, de plus en plus abattu. Puis, il s'arrêta et regarda Guerchard :

— Et que veux-tu en échange ?

— Tout. Tu vas me rendre les tableaux, les tapisseries, le mobilier Renaissance, le diadème et toutes les informations sur la mort de Charmerace. Est-ce que tu l'as tué ?

— Si jamais je me suicide, tu le sauras, mon bon Guerchard. Tu seras là. Tu pourrais même me rejoindre. Tu veux m'avoir. En fait, tu veux ma peau.

— Oui, je veux ta peau.

— Ma peau !

— Est-ce que tu vas le faire ? Pense à la petite, dit Guerchard soudainement anxieux.

Lupin rit :

— Je peux te donner un verre de porto, mais c'est tout ce que je peux faire.

— Je vais jeter Victoire en prison.

— Quoi ? Tu as arrêté Victoire ?

— Oui. Elle pourrait être libre. Je ne m'intéresse pas à elle.

La cloche de la porte d'entrée retentit.

— Attends ! Attends ! Laisse-moi réfléchir, dit Lupin d'une voix rauque.

Il s'efforça de rassembler ses idées, afin de trouver un nouveau plan pour contrer ce nouveau désastre. Il s'arrêta pour écouter ce qui se passait. Quelqu'un monta les escaliers et ouvrit la porte. Dieusy apparut dans l'encadrement :

— Qu'est-ce que c'est ? demanda Guerchard.

— J'accepte, j'accepte tout, s'écria Lupin d'une voix paniquée.

— C'est un fournisseur; dois-je le retenir ? demanda Dieusy. Vous m'avez dit de vous prévenir si quelqu'un arrivait et de venir prendre des instructions.

— Un fournisseur ? Je refuse, cria Lupin soulagé.

— Non, vous n'avez pas besoin de le garder, dit Guerchard à Dieusy.

Ce dernier quitta la pièce et ferma la porte.

— Tu refuses ? demanda Guerchard.

— Oui.

— Je vais coffrer la petite, dit Guerchard méchamment.

— Pas pour longtemps. Tu n'as pas de preuves.

— Elle nous en donnera elle-même des preuves. Quelle chance aura donc une pauvre petite comme elle, quand nous l'interrogerons vraiment ? Une créature si délicate se décomposera avant la fin du troisième jour d'interrogatoire.

— Tu mens !

— Tu sais très bien que je peux le faire… sur ma tête… avec une pauvre petite comme ça. Tu connais ton code : minimum cinq ans, dit Guerchard, sur un ton brutal, en le regardant attentivement.

— Mon Dieu, je vais te tordre le cou, dit Lupin en tremblant de fureur.

Dans un violent effort pour se contrôler, il ajouta pensivement :

— Après tout, si je te rends tout… j'en serai quitte pour tout reprendre un de ces jours.

— Parbleu ! quand tu sortiras de prison, ironisa Guerchard, qui ensuite éclata de rire.

— Il faudra d'abord que j'y entre.

— Ah, mais pardon, si tu acceptes, je pense t'arrêter.

— Évidemment, tu m'arrêtes si tu peux.

— Tu acceptes ?

— Eh bien…

— Eh bien ?

— Eh bien ! non ! dit Lupin qui éclata de rire à son tour.

— Tu ne veux pas ?

— Non. Tu veux m'avoir. C'est juste une ruse. Tu te fiches de Sonia au fond… Mademoiselle Kritchnoff. Tu ne l'arrêteras pas. Et puis même, si tu l'arrêtais tu n'as pas de preuves. Tu n'a aucune preuve. Comme pour le pendentif, tu ne pourras pas le prouver. Tu ne peux pas le prouver. Tu ne peux pas prouver qu'il était en sa possession. Où est le pendentif ?… Non Guerchard, après dix ans que j'échappe à tes griffes, je ne vais pas me faire piéger pour sauver cette petite qui n'est même pas en danger. C'était une amie très utile du duc de Charmerace. Je refuse.

Guerchard le regarda, maussade, en se mordant les lèvres, cherchant un nouvel endroit où porter son attaque. Pendant un moment, il resta dérouté, mais il s'accrochait avec tenacité à cette lutte dans laquelle la victoire était pour lui si précieuse.

La cloche de la porte d'entrée sonna à nouveau.

— On sonne beaucoup chez toi, ce matin, lâcha Guerchard entre ses dents.

L'espoir était revenu.

A nouveau, ils ne bougèrent plus, attendant.

Dieusy ouvrit la porte, passa sa tête et dit :

— C'est Mademoiselle Kritchnoff.

— Empoigne-la… Voilà le mandat… Empoigne-la ! cria

Guerchard avec une joie sauvage.

— Jamais ! Ne la touche pas ! Nom de Dieu, ne la touche pas ! hurla Lupin, en sautant comme un tigre sur Guerchard.

Celui-ci courut de l'autre côté de la table :

— Alors tu acceptes ?

Lupin attrapa le bord de la table des deux mains, et attendit, grinçant des dents, le visage livide. Il se tut pendant trente secondes, fixant Guerchard d'un regard enflammé, au fond duquel s'allumaient des idées de meurtres. Enfin, il acquiesça de la tête.

— Faites attendre Mademoiselle Kritchnoff, soupira Guerchard soulagé. Dieusy sortit de la pièce.

— Maintenant, réglons tout cela, dit Lupin d'une voix claire. La marché est le suivant : si je te donne les tableaux, les tapisseries, les meubles, le diadème et le certificat de décès du duc de Charmerace, tu me donnes ta parole d'honneur que Mademoiselle Kritchnoff ne sera pas inquiétée.

— C'est ça !

— Si je te donne tout cela, Mademoiselle Kritchnoff sort du jeu.

— Oui.

— Que se passera-t-il après ? Si je te donne tout… si je m'enfuis… elle sera indemne ?

— Oui.

— Ta parole d'honneur ?

— Ma parole d'honneur.

— Très bien, dit Lupin, d'une voix calme d'homme d'affaire. Pour commencer, dans ce portefeuille tu trouveras tous les documents relatifs à la mort du duc de Charmerace. Tu y trouveras également le reçu du garde-meuble Plantin à Batignolles pour les objets d'art que j'ai pris chez Gournay-Martin. Je les ai envoyés à Batignolles parce que, dans ma lettre je demandais aux propriétaires de ces trésors de me les y amener, j'ai donc pris Batignolles comme l'endroit où elles allaient être envoyées; de plus j'étais sûr que tu n'irais pas regarder là-bas. Tout est dans des caisses, au cas où tu serais venu voir hier, mes hommes avaient donc tout placé dans ces caisses. Le reçu n'est ni au nom du duc de Charmerace, ni en mon nom propre. c'est le nom d'un respectable propriétaire de Batignolles, M. Pierre Servien. Mais, il a dernièrement quitté cette charmante banlieue et je ne pense pas qu'il y retournera.

Guerchard arracha le portefeuille de ses mains. Il vérifia les documents de ses yeux avides, les remit dedans et les fourra dans la poche intérieure de son manteau.

— Et où est le diadème ?

— T'as un pied dessus. Il est dans la valise, au-dessus des vêtements.

Guerchard attrapa la valise, l'ouvrit et sortit le diadème.

— Je suis désolé de ne pas avoir l'écrin, regretta Lupin. Si tu te souviens, je te l'ai laissé chez Gournay-Martin.

Guerchard examina attentivement le diadème. Il regarda les pierres une à une, soupesa la parure dans la main droite, puis dans la gauche.

— Es-tu certain qu'il soit vrai ? demanda Lupin. Non… oh, ne te laisse pas avoir une fois de plus. Ils sont si semblables.

— Oui, oui, c'est le vrai, dit Guerchard avec soulagement.

— Et maintenant as-tu fini de me saigner ?

— Tes armes.

— Elles n'étaient pas dans le contrat. Mais voilà.

Et il jeta son revolver sur la table.

Guerchard s'en saisit et le mit dans sa poche. Il dévisagea Lupin comme s'il ne pouvait pas en croire ses yeux. Il exultait. Puis il lâcha d'une voix forte, dans laquelle perçaient des notes de triomphe :

— Et maintenant, les menottes.

CHAPITRE XXIII

La fin du duel

— Les menottes ? s'étonna Lupin, dont le visage s'assombrit pendant un instant. Puis, il ajouta d'une voix claire :

— Après tout, il ne faut jamais être trop prudent, et avec moi, tu en as besoin. Je pourrais m'échapper. As-tu de la veine que je sois aussi poire, aussi peu Charmerace, aussi peuple ! Hein, pour être aussi amoureux, faut-il que je sois peu homme du monde !

— Allons, tends tes mains ! dit Guerchard en agitant les menottes avec impatience.

— J'aimerais voir la petite une dernière fois.

— D'accord.

— Arsène Lupin, piégé par toi ! Es-tu assez veinard ! Tiens ! dit Lupin en tendant ses poignets.

Guerchard lui passa les menottes avec un grognement de satisfaction.

Lupin baissa les yeux, la mine défaite et dit :

— Veinard ! C'est pas possible, t'es marié ?

— Oui, oui, répondit-il en se dirigeant vers la porte. Il l'ouvrit et appela Dieusy :

— Dieusy ! Mademoiselle Kritchnoff est libre. Dis-le-lui et laisse-la entrer !

Lupin sursauta, rougit et fit la grimace :

— Avec ça aux mains !... Non !... Je ne peux pas la voir !

Guerchard s'arrêta, le regarda. Lupin ravala sa honte et dit, presque pour lui-même :

— Pourtant, j'aurais bien voulu la voir... vraiment... car si elle part comme ça... Je ne sais pas quand... Eh bien oui, je veux la voir.

— Si vous pouviez vous décider, s'impatienta Guerchard en passant dans l'antichambre.

Lupin resta figé, l'air soucieux, les sourcils froncés. Il tendit l'oreille. Des bruits de pas se firent entendre dans les escaliers, puis la voix de Guerchard dans l'antichambre s'adressa à Sonia Kritchnoff sur ton moqueur :

— Vous êtes libre, Mademoiselle. Vous pouvez remercier le duc. C'est à lui que vous devez votre liberté.

— Libre ! Et je le dois à lui ! s'écria-t-elle.

— Oui, Mademoiselle. C'est à lui que vous le devez.

Elle pénétra dans la pièce par la porte ouverte, rougit délicieusement en regardant son sauveur et lui adressa un sourire. Ses yeux étaient inondés de larmes de reconnaissance. Lupin n'avait jamais rien vu d'aussi adorable.

— C'est à vous ? Je vous devrais donc tout ! Ah, merci, merci ! s'écria-t-elle en tendant les mains vers lui.

Lupin se détourna pour cacher ses menottes.

Elle se méprit sur ce mouvement. Son visage blêmit comme celui d'un enfant grondé :

— Oh ! J'ai eu tort. J'ai eu tort de venir ici. J'avais cru hier... je me suis trompée... pardon... Je m'en vais. Je m'en vais.

Lupin, toujours retourné, la regardait par dessus son épaule. Il ne put que tristement lâcher :

— Sonia...

— Non, non, je comprends ! C'était impossible ! coupa-t-elle en criant. Et si vous saviez pourtant, si vous saviez avec quelle âme transformée j'étais venue ici... Ah, je vous jure maintenant, je vous le jure, tout mon passé, je le renie, et la seule présence d'un voleur me soulèverait de dégoût.

— Taisez-vous ! tressaillit Lupin en rougissant. Taisez-vous !

— Après tout, vous avez raison. Peut-on effacer ce qui a été. Si je restituais tout ce que j'ai pris... Si je passais des années de remords et de repentir, ça ne servirait à rien. A vos yeux je serais toujours Sonia Kritchnoff, la voleuse !

De grosses larmes coulaient lentement de ses yeux puis roulaient sur ses joues. Elle ignora totalement leurs flots qui ne cessaient de se gonfler.

— Sonia !

Mais elle ne voulait plus l'écouter. Elle déclara avec une toute nouvelle ardeur, presqu'une passion fiévreuse :

— Et pourtant, si j'avais été voleuse comme tant d'autres... mais vous savez pourquoi j'ai volé. Je ne cherche pas à m'excuser, mais enfin, tout de même, c'était pour me garder intacte et quand je vous aimais, ce n'était plus le cœur d'une voleuse qui battait, c'était le cœur d'une pauvre fille qui aimait... voilà tout... qui aimait.

— Vous ne pouvez pas savoir ce que vous faites ! Vous me torturez ! Taisez-vous ! cria Lupin d'une voix rauque, derrière elle.

— Enfin... je pars... nous ne nous reverrons jamais, sanglota-t-elle. Mais voulez-vous... voulez-vous juste me donner la main.

— Non !

— Vous ne voulez pas ? gémit Sonia d'une voix à vous fendre le cœur.

— Je ne peux pas !

— Ah ! vous n'auriez pas dû... La nuit dernière... si vous me laissez partir comme ça... la nuit dernière... vous avez eu tort...

— Attendez, Sonia ! Attendez. Vous avez dit quelque chose tout à l'heure... Vous avez dit que la présence d'un voleur vous soulèverait de dégoût. Est-ce vrai ?

— Oui, je vous le jure.

Guerchard apparut dans l'encadrement de la porte.

— Et si je n'étais pas celui que vous croyez ?

— Quoi ? s'étonna Sonia.

— Si je n'étais pas le duc de Charmerace ?

— Pas le duc ?

— Si je n'étais pas un honnête homme.

— Vous ?

— Si j'étais un voleur ? Si j'étais...

— Arsène Lupin, le coupa Guerchard sur un ton goguenard.

Lupin se retourna doucement et montra à Sonia les menottes à ses poignets.

— Arsène Lupin !... C'est... C'est vrai ! dit-elle horrifiée en se détournant de lui. Elle s'arrêta, hésita, se tourna à nouveau vers lui et s'écria : Mais alors, mais alors… c'est pour me sauver que vous vous êtes livré. Et c'est à cause de moi que vous allez être mis en prison. Ah ! mon Dieu ! Que je suis heureuse !

Elle se jeta sur lui, passa ses bras autour de son cou et l'embrassa tendrement.

— Et voilà ce que les femmes appellent le repentir, dit Guerchard.

Il sortit, dit au policier de faction dans le hall d'appeler la voiture cellulaire.

— Oh, c'est inoubliable ça ! s'écria Lupin d'une voix tremblante en embrassant Sonia sur les lèvres, sur les yeux, sur les cheveux. Penser que tu m'aimes assez en dépit du fait que… en dépit du fait que je suis Arsène Lupin. Oh, après ça, je vais devenir un honnête homme ! C'est le moins que je puisse faire. Je vais me retirer.

— Tu vas le faire ?

— Sur mon âme, oui.

Et il l'embrassa à nouveau.

Guerchard revint dans la pièce et les regarda d'un air cynique :

— En voilà assez.

— Ah ! Guerchard, je te dois, après tant d'autres, la meilleure minute de ma vie.

Bonavent, toujours en livrée du Ritz, entra en courant dans l'antichambre :

— Patron, cria-t-il. Je l'ai trouvée.

— Trouvé quoi ?

— L'issue secrète. Elle donne sur cette petite rue transversale. Nous n'avons encore trouvé comment ouvrir la porte, mais c'est pour bientôt.

— Le dernier maillon de la chaîne, dit Guerchard avec satisfaction. Allons, Lupin.

— Mais alors il va t'emmener, nous allons être séparés ! s'inquiéta Sonia.

— Ça m'est égal maintenant ! dit Lupin.

— Oui, mais moi pas.

— Tu peux être tranquille et t'en aller. Je n'irai pas en prison, dit Lupin d'une voix calme. Attends dans le hall, si tu peux.

Arrête-toi et parle avec Victoire, exprime-lui ma sympathie. S'ils te conduisent dehors, attends-moi près de la porte d'entrée.

— Venez, Mademoiselle, dit Guerchard. Il faut y aller.

— Va-t-en, Sonia, va-t-en, au revoir… au revoir, dit Lupin, puis il l'embrassa.

Elle sortit calmement de la pièce, son mouchoir sur les yeux, Guerchard lui ouvrit la porte et la tint ouverte, une main sur la poignée. Il dit alors à Lupin :

— Allez, viens.

Lupin bâilla, s'étira et lui répondit doucement :

— Mon cher Guerchard, ce que je veux faire après ces deux nuits, c'est dormir… dormir.

Là-dessus, il traversa rapidement la pièce et s'allongea confortablement de toute sa longueur sur le divan.

— Viens, lève-toi, dit Guerchard brutalement. La voiture cellulaire t'attend. Tous tes rêves doivent s'écrouler après ça.

— Vraiment, tu viens de dire des mots maladroits, dit Lupin gaiement.

Il avait retrouvé son air désinvolte et enjoué. Sa voix sonnait aussi limpide et plaisante que s'il n'avait pas eu de problème du tout.

— Tu veux dire que tu ne veux pas venir ? s'emporta Guerchard.

— Oh non, dit Lupin calmement en se levant.

— Alors viens.

— Non. C'est trop fort. Une nouvelle fois il s'allongea sur le divan et ajouta d'une voix languissante :

— Je déjeune à l'ambassade d'Angleterre.

— Prends garde. Les rôles sont changés maintenant. Si tu te raccroches à une dernière branche, tu perds ton temps. Tous tes trucs, je les connais. Tu entends, voyou, je les connais.

— Tu les connais ? demanda Lupin avec un petit sourire. Fatalité !

Il attendait Guerchard, en faisant tourner ses poignets et ses mains de manière étrange. Une demi-douzaine de mouvements rapides et il enleva ses menottes, les tint un instant entre deux doigts et les laissa tomber.

— Et ce truc, tu le connaissais Guerchard ? Je te l'apprendrai un jour que tu m'inviteras à déjeuner, fit-il d'un ton moqueur, en fixant le détective de ses yeux menaçant et dangereux.

— Allons, en voilà assez, s'écria Guerchard d'une voix rendue atone par la peur. Bonavent ! Boursin ! Dieusy ! Ici ! Au secours ! A l'aide !

— Écoute, Guerchard et je ne blague plus. Si Sonia, tout à l'heure, avait eu un geste, une parole de mépris pour moi, eh bien, j'aurais cédé... à moitié seulement, car plutôt que de tomber entre tes pattes triomphantes, je me faisais sauter le caisson ! J'ai maintenant à choisir entre le bonheur, la vie avec Sonia ou la prison. Eh bien, j'ai choisi : je vivrai heureux avec elle, ou bien, mon petit Guerchard, je mourrai avec toi. Maintenant, fais entrer tes hommes, je les attends.

Guerchard courut vers la porte et cria à nouveau.

— Je crois que ça va barder, dit Lupin en riant.

Il sauta jusqu'à la table, saisit la boîte, enleva la couche de coton et sortit la bombe. Puis, il s'élança vers le mur, pressa le bouton, la bibliothèque glissa doucement sur le côté, l'ascenseur monta jusqu'à l'étage et ses portes s'ouvrirent au moment où le détective se précipitait dans la pièce.

— Ligotez-le ! rugit Guerchard.

— Arrière... Les mains en l'air ! cria Lupin d'une voix terrible, en tenant la bombe de sa main droite au-dessus de sa tête. Vous savez ce que c'est... une bombe... C'est mon passage à tabac, à moi. Eh bien, venez donc me ligoter maintenant ! Les mains en l'air, toi aussi... Guerchard !

— Poules mouillées ! rugit Guerchard. Vous croyez donc qu'il oserait...

— Viens-y voir !

— Oui, donc. Et il avança d'un pas.

Comme un seul homme les policiers se jetèrent sur l'inspecteur principal. Trois d'entre eux tenaient leurs armes, un quatrième les menottes et ils lui crièrent tous de ne pas être fou... De regarder les yeux de Lupin !... Ce que Lupin avait au-dessus de sa tête !

— Quels misérables lâches vous êtes ! s'écria Lupin. Il

s'élança, attrapa sa valise de sa main gauche et la lança dans l'ascenseur. Vous avez des gueules de forçats ! Dommage qu'il n'y ait pas un photographe. Et maintenant Guerchard, voleur, rends-moi mon portefeuille.

— Jamais !

— Oh patron ! Prenez garde ! Le mettez pas en boule ! cria Bonavent à l'agonie.

— Quoi ? Tu veux donc tous les faire crever ? rugit Lupin d'une voix terrifiante. Est-ce que j'ai l'air de blaguer, les enfants !

— Faut céder, patron ! supplia Dieusy.

— Oui, oui, acquiesça Bonavent.

— Laissez-lui avoir ce qu'il veut ! cria un autre.

— Donnez-lui son portefeuille ! hurla un troisième.

— Jamais !

— Il est dans sa poche… dans sa poche intérieure ! Soyez chic ! dit Lupin.

— Allons, allons, il faut lui donner, cria Bonavent. Tenez bien le patron ! Et il plongea sa main dans la poche de la veste de Guerchard et en extirpa le portefeuille.

— Lance-le sur la table !

Bonavent jeta le portefeuille dessus et celui-ci glissa jusqu'à Lupin qui le saisit et le glissa dans sa poche.

— Bien ! dit-il. Puis il ajouta d'une voix féroce : Gare à la bombe !

Il fit le geste de la lancer.

Tout le groupe poussa un hurlement inhumain. Lupin sauta dans l'ascenseur et les panneaux se refermèrent sur l'entrée. Il y eut un grand soupir de soulagement chez les détectives effrayés, puis on entendit les grincements de la machinerie.

Ils lâchèrent Guerchard. Celui-ci se retrouva libre et hurla :

— Après lui ! Vous allez me le payer ! Que quelqu'un descende dans les caves ! D'autres à l'entrée secrète ! D'autres à l'entrée de service ! Allez dans la rue ! Faites vite ! Dieusy, tu prends l'ascenseur avec moi !

Les policiers sortirent en courant de la pièce et descendirent les escaliers, mais sans y mettre du cœur, leur esprit étant toujours préoccupé par la bombe que Lupin avait avec lui. Guerchard et Dieusy se jetèrent sur les portes de l'ascenseur, appuyant et tirant dessus. Soudain il y eut un déclic et ils entendirent le grondement de la machinerie. Un petit bruit se fit entendre et les portes s'ouvrirent d'elles-mêmes. L'ascenseur était vide, prêt à les recevoir. Ils bondirent dedans, Guerchard remarqua aussitôt le bouton et le pressa. Les portes claquèrent et, ils constatèrent avec horreur que l'ascenseur s'était mis à grimper. Soudain, il s'arrêta entre deux étages.

Au moment où l'ascenseur se bloqua, un deuxième compartiment, exactement semblable à celui dans lequel étaient montés Guerchard et Dieusy, apparut à l'étage du fumoir ; les portes s'ouvrirent et Lupin surgit. Mais ô combien changé ! Les vêtements du duc de Charmerace gisaient sur le sol de l'ascenseur, la valise était ouverte, et il portait les mêmes vêtements que Guerchard. Il avait les cheveux noirs clairsemés de Guerchard, sa petite moustache noire. Son visage, caché par le manteau, semblait avoir pris l'apparence de celui de Guerchard.

Il était assis devant un miroir accroché à la paroi de l'ascenseur, une trousse de maquillage était posée sur le siège à côté de lui. Il se noircit les sourcils et traça une ou deux lignes autour de ses yeux. Cela terminé, il se contempla attentivement pendant deux ou trois minutes et alors, ce faisant, une extraordinaire transformation se produisit : la prestance d'Arsène Lupin, du duc de Charmerace, se décomposa, se décomposa réellement, pour prendre celle de Jean Guerchard. Il se regarda et rit, de la voix aimable et rauque de Guerchard.

Il se leva, transféra le portefeuille dans la poche du manteau qu'il portait, ramassa la bombe, sortit et la laissa tomber. Elle rebondit et revint dans sa main avec l'élasticité du meilleur caoutchouc indien. Un énorme rugissement sortit de la cage d'ascenseur. Lupin sourit, se dirigea vers la fenêtre et regarda dehors. Ses yeux brillèrent à la vue d'une automobile, celle de Guerchard, qui attendait juste devant la porte d'entrée. Un policier était de faction auprès d'elle. Il alla jusqu'au palier et regarda dans le hall d'entrée. Victoire était blottie sur une chaise et Sonia se tenait derrière elle, lui parlant à voix basse. A leurs côtés se tenait un policier nerveux, sur le qui vive.

— Hé, agent ! Venez ici ! Vite, lui cria Lupin avec la voix de Guerchard.

Le policier le regarda, reconnut l'inspecteur principal et se précipita avec zèle dans les escaliers.

Lupin montra le chemin de l'antichambre au salon. Puis il dit vivement :

— Vous avez votre revolver ?

— Oui, dit le jeune policier en le tirant.

— Laissez-le ! Laissez-le ! Vous ne devez pas vous en servir ! Vous ne devez absolument pas vous en servir ! Vous avez compris ?

— Oui, dit le policier d'une voix ferme en posant son arme à terre.

— Attendez ici ! s'écria Lupin.

Il ramassa l'arme et montra les portes de l'ascenseur.

— Vous voyez ces portes ? Vous les voyez ?

— Oui, oui.

— Ce sont les portes d'un ascenseur. Dans cet ascenseur il y a Dieusy et Lupin. Vous connaissez Dieusy ?

— Oui, oui.

— Il ne peut y avoir que Dieusy et Lupin dans cet ascenseur. Ils se bagarrent. Vous pouvez les entendre. Lupin est déguisé. Vous comprenez ? Dieusy et un homme déguisé sont dans cet ascenseur. L'homme déguisé c'est Lupin. Dès que l'ascenseur descendra et que les portes s'ouvriront, sautez-lui dessus ! Tenez-le ! Appelez à l'aide ! Il avait presque hurlé les derniers mots dans l'oreille du policier.

— Oui, oui, dit l'agent.

Et il se plaça devant les portes de la cage d'ascenseur, les regardant fixement, comme si elles allaient lui sauter à la figure.

— Soyez brave ! Soyez prêt à mourir dans l'exercice de votre devoir, hurla Lupin. Puis il quitta la pièce, ferma la porte et tourna la clef.

L'agent écoutait les bruits de lutte, lui-même était prêt à en découdre. Les instructions que lui avait donné le faux Guerchard tourbillonnaient dans sa tête.

Lupin descendit calmement les escaliers. Victoire et Sonia le regardèrent venir. Victoire se leva et, comme il arrivait en bas des escaliers, Sonia s'avança vers lui et dit d'une voix anxieuse, plaintive :

— Oh, M. Guerchard, où est-il ?

— Il est là, dit Lupin de sa propre voix.

Sonia s'élança vers lui pour l'enlacer.

— C'est vous ! C'est vraiment vous !

— Regardez comme je lui ressemble ! Suis-je assez moche ?

— Oh non ! Ce n'est pas possible !

— Est-ce un miracle ? demanda Victoire.

— Cette fois le duc de Charmerace est mort, dit-il.

— Non, c'est Lupin qui est mort, dit doucement Sonia.

— Lupin ?

— Oui.

— Ce serait une perte terrible, vous savez... une perte pour la France.

— Ça ne fait rien...

— Faut-il que je vous aime ! dit Lupin en l'enlaçant et en l'embrassant passionnément.

— Vous ne volerez plus ? demanda Sonia en le repoussant, les deux mains sur ses épaules et en le regardant dans les yeux.

— Est-ce que j'y pense encore. Vous êtes là... Guerchard est dans l'ascenseur. Que puis-je désirer de plus ? Lorsque tu es à mes côtés, j'ai l'âme d'un amoureux et c'est encore l'âme d'un voleur. J'ai envie de voler tes baisers, tes pensées, de voler tout ton cœur. Ah ! Sonia, si tu ne veux pas que je vole autre chose, il n'y a qu'à plus me quitter...

Il l'embrassa passionnément.

Sonia se défit de son étreinte et s'écria :

— Mais nous perdons du temps ! Nous devons nous hâter ! Il faut nous sauver !

— Nous sauver ? Non, merci, plus jamais. J'ai assez fui la nuit dernière pour toute ma vie. Pour le reste de ma vie je vais me traîner... me traîner comme un escargot. Mais venez, toutes deux, je vous ramène au poste de police.

Il ouvrit la porte d'entrée et sortit. Le policier en charge de l'automobile le salua.

Lupin s'arrêta et dit doucement :

— Ha ! J'entends des cloches de mariage.

Ils descendirent les marches.

Au moment où ils montaient dans l'auto, la chance voulut que Guerchard et Dieusy appuyassent sur un ressort caché, décoinçant l'ascenseur qui descendit jusqu'à l'étage du fumoir de Lupin et s'arrêta. Les portes s'ouvrirent, Dieusy et Guerchard se précipitèrent dans la pièce et au même instant, l'agent sauta prestement sur Guerchard et l'épingla. Pris par surprise, Guerchard hurla :

— Espèce d'idiot !

Leurs jambes s'emmêlèrent et ils roulèrent sur le sol. Dieusy les observa un moment avec étonnement, puis, avec une vive intelligence, comprit que l'agent c'était Lupin déguisé. Il leur sauta dessus, les sépara, tomba lourdement sur le policier et le maintint au sol d'une main ferme sur la gorge.

Guerchard s'élança sur la porte, essaya de l'ouvrir et la trouva verrouillée. Il se précipita alors vers la fenêtre, l'ouvrit et passa la tête dehors. Quelques mètres plus bas, dans la rue, une automobile s'éloignait tranquillement… vers une lune de miel.

— Arrêtez ! cria-t-il. Il met les voiles dans mon auto !

Postface

Curieusement c'est à des œuvres écrites en collaboration et non à la quinzaine de romans policiers qu'il rédigea seul, de 1907 à 1938, que l'écrivain britannique Edgar Alfred Jepson (1863-1938) doit aujourd'hui de n'être pas totalement tombé dans l'oubli.

De ses romans, peu remarqués en leur temps et disparus bien vite des catalogues, tels *The Loudwater Mystery* (1920) et *The Murder in Rodney Marsh* (1929), le public français ignore tout, faute de traduction.

Pourtant, aux yeux de l'amateur hexagonal, Edgar Jepson n'est pas tout à fait un inconnu; et ce, pour deux raisons.

La première, c'est qu'il est l'un des treize auteurs du célèbre ouvrage collectif, *L'Amiral flottant* (1) et que son nom, côtoyant ceux de Chesterton, Dorothy L. Sayers, Agatha Christie et autres membres du *Detection Club*, y gagne quelque prestige.

L'autre raison est qu'il est le coauteur avec Robert Eustace (2) d'une des plus parfaites nouvelles de meurtres en chambres closes, *L'Indice de la feuille de thé* (3), devenue, dès sa publication, un classique du genre, et depuis maintes fois rééditée.

Mais il n'en demeure pas moins que son véritable titre de gloire aura été d'avoir publié en Angleterre, par le biais d'une «novellisation», le premier roman mettant en scène Arsène Lupin (4).

Certes, le public d'outre-Manche était d'une certaine manière préparé à accueillir un tel personnage ; la littérature populaire, au tournant du siècle, comptabilise nombre de gentlemen-cambrioleurs, et l'on peut affirmer que Simon Carne (1897) de Guy Boothby, le colonel Clay (1897) de Grant Allen et surtout Raffles (1899) d'Ernest W. Hornung, le beau-frère de Conan Doyle, -dont les exploits en marge de la loi connaissaient alors auprès du lectorat un succès comparable à ceux de Sherlock Holmes-, ont ouvert la voie.

Il n'empêche que c'est sous le masque de Charmerace («charme» et «race», tout un programme, on en conviendra!), que le français Arsène Lupin, dandy et séducteur, réussit, avec l'aide d'Edgar Jepson, une percée définitive auprès du public anglo-saxon qui, conquis, accueillera avec enthousiasme les autres romans du cycle.

Enfin, il convient de remarquer que si la transposition sur une scène de romans ou de nouvelles appartenant au genre policier est chose relativement banale - Conan Doyle ou Gaston Leroux, pour n'évoquer que des auteurs de l'époque, s'y sont prétés -, l'inverse, en revanche (c'est-à-dire le passage de la pièce au roman) est beaucoup plus rare.

On n'en connaît, à la vérité, que quelques cas dont le plus célèbre est *Un Alibi de dix minutes* d 'Anthony Armstrong et Herbert Shaw (5).

Ainsi, la «novellisation» d'Edgar Jepson -outre qu'elle nous permet de lire un roman inédit du cycle de Lupin- , mérite egalement d'être considérée comme une rareté littéraire.

Jean-Pierre Croquet

1) *The Floating Admiral*, 1932, Gallimard, «Le Scarabée d'or», 1936 .

(2) Robert Eustace (1854 -1943), médecin de profession, fut en relation avec plusieurs auteurs de romans policiers de l'âge d'or du detective novel auquel il apporta souvent d'utiles

précisions médicales. Il collabora à plusieurs reprises avec Dorothy Sayers et cosigna avec elle *Les Pièces du dossier (The Documents in the Case)*, 1930, Librairie des Champs Elysées, «Le Masque».

(3) *The Tea leaf*, 1925; nouvelle recueillie en français dans l'anthologie de Roland Lacourbe, *Vingt Mystères de chambres closes* , Terrain Vague Losfeld, «Bibliothèque de l'insolite», 1988.

(4) Jusqu'à la publication de la novellisation d'Edgar Jepson, seul un recueil de nouvelles, *The Exploits of Arsène Lupin* (1907) a été traduit en langue anglaise.

(5) *Ten-Minute Alibi* (1934) ; Librairie des Champs Elysées, «Le Masque». Ce roman est la «novellisation» de la pièce homonyme créée à Londres en 1933.

TABLE DES MATIÈRES

Préface 5

Chapitre I La fille du millionnaire 9

Chapitre II L'arrivée du Charolais 21

Chapitre III Le portrait volé 29

Chapitre IV Le duc s'en mêle 41

Chapitre V Une lettre de Lupin 49

Chapitre VI Encore les Charolais 59

Chapitre VII Le vol des automobiles 67

Chapitre VIII Le duc arrive 77

Chapitre IX M. Formery enquête 85

Chapitre X L'aide de Guerchard 95

Chapitre XI La famille arrive 107

Chapitre XII Le vol du pendentif 115

Chapitre XIII Le télégramme de Lupin 125

Chapitre XIV Guerchard trouve la bonne piste 133

Chapitre XV L'interrogatoire de Sonia 143

Chapitre XVI Victoire fait une erreur 151

Chapitre XVII Sonia s'échappe 159
Chapitre XVIII Le duc reste 169
Chapitre XIX Le duc s'en va 181
Chapitre XX Lupin rentre à la maison 193
Chapitre XXI On a coupé les fils du téléphone. 201
Chapitre XXII Le marché 211
Chapitre XXIII La fin du duel 223
Postface 235

TABLE DES MATIÈRE 239

Collection « Attitudes-Mystère »

Déjà parus :

«Jack de Minuit»
de Jean Ray

«La guillotine ensorcelée»
de Jean Ray

«Les joyeux contes d'Ingoldsby»
de John Flanders

«Sherlock Holmes revient»
d'André-Paul Duchâteau

«Crime par ricochet»
d'André-Paul Duchâteau

«La ténèbre»
de Thomas Owen

Collection « Attitudes-Best seller »

Déjà parus :

Mayday !
de Clive Cussler

Iceberg
de Clive Cussler

Vortex
de Clive Cussler

Collection « Volumes »
dirigée par Claude Lefrancq

Bob Morane : Le cycle d'Ananké
de Henri Vernes

Bob Morane : Le cycle du temps . 1, 2
de Henri Vernes

Bob Morane : L'Ombre jaune . 1, 2, 3
de Henri Vernes

Bob Morane : Miss Ylang-Ylang
de Henri Vernes

Bob Morane : L'intégrale . 1
de Henri Vernes

Money, Cash, Fortune
de Paul-Loup Sulitzer

Largo Winch . 1, 2
de Jean Van Hamme

David Starr, justicier de l'espace
de Isaac Asimov

Biggles. 1
de W.E Johns

Le cycle de Mars . 1, 2
de E.R. Burroughs

Le cycle de Vénus
de E.R. Burroughs

Œuvre complètes . 1, 2
de Thomas Owen

Harry Dickson . 1, 2
de Jean Ray

Doc Savage . 1
de Kenneth Robeson

Collection « Volumes »
dirigée par Claude Lefrancq

A paraître :

Les rois de l'espace . 1
de W.E. Johns

Biggles . 2
de W. E. Johns

Harry Dickson . 3
de Jean Ray

Œuvres complètes . 1
de Jean Ray/John Flanders

Œuvres complètes . 3
de Thomas Owen

Œuvres complètes . 1
de Stefan Wul

Œuvres complètes . 1
de Francis Carsac

Doc Savage . 2
de Kenneth Robeson

Lord Lister . 2
de Yves Varende

Le cycle de la Lune
de E.R. Burroughs

Panorama de la S.F. et du fantastique
de Jacques Van Herp

Bob Morane : L'intégrale . 2
de Henri Vernes

ISBN 2-87153-144-7

386 chaussée d'Alsemberg - 1180 Bruxelles
Tél. (02) 344 49 34

Imprimé en France par
Brodard et Taupin en septembre 1995

Dépôt légal : D/1995/4411/058